딴
생각

딴
생각

박찬휘

유럽 17년 차 디자이너의
일상수집

싱긋

쾅! 쾅!

20개 남짓한 꼭지가 모두 내 손을 떠났을 무렵, 고치고 가다듬는 과정을 생각하면 여전히 아득했지만 마음은 여유로워졌다. 그래도 큰 줄기를 끝내놓으니 마치 시험 답안지를 제출한 듯 홀가분했다.

미처 담아내지 못한 아쉬움이 있더라도 돌이킬 수 없다. 그게 답안지 작성의 규칙이다. 그림도 그렇고 글을 쓰는 일도 그렇고 손을 뗄 땐 과감히 떼어야 한다. 아버지는 늘 프로와 아마추어의 차이는 펜을 내려놓을 때를 아느냐 모르느냐의 차이라고 했다.

2020년 봄, 출국심사를 마치고 여권을 건네받는 순간, 런던으로 떠나던 그날이 떠올랐다. 그때 출입국 심사 직원은 여권에 도장을 유난히도 세게 '쾅' 하고 내리찍었는데, 작별을 고하는 일종의 종소리와 같았다. 유학을 떠나면서 머나먼 타지 생활이 시작되었고, 가족과 친구들의 빈자리가 휑하니 드러났다. 틈만 나면 가족의 품으로 훌쩍 떠났다가 다시 돌아오기를 반복했다. 고향이 주는 따뜻함도 잠시, 다시 돌아와야 하는 순간이 되면 처음 유학을 떠나던 그날처럼 마음도 늘 제자리로 돌아갔다. 아물고 벌어지며 반복된 그리움의 생채기는 매번 그대로였다. 그렇게 세월이 흐르는 동안 이 나라에서 저 나라로 여러 번 거처를 옮겼다. 이탈리아어를 익혔다가 다시 독일어를 익혀야 했다. 낯선 그들의 언어만큼이나 새로운 어려움이 언제나 나를 기다리고 있었다.

한국에서 대학을 다닐 때에는 입시의 해방감에 취해 있었고, 몽롱했던 미술대학 4년이 청춘의 객기인 양 시간에 떠밀려 빈손으로 졸업했다. 마음 한편에 남은 미련으로 자동차 디자인을 더 공부하겠다며 유럽으로 유학을 떠났다. 새롭게 학업을 시작한 영국, 첫 직장생활을 했던 이탈리아에서부터 지금 거주하는 독일에 이르기까지 어느새 세 나라를 거치게 되었다. 지금은 이곳을 나의 집이라고 말할 수 있을 정도로 편안하고 익숙해졌지만, 여전히 나를 이방인으로 묶어두는 것들, 변함없이 낯설고 생경한 것들을 어제도 마주쳤고 내일도 마주칠 것이다. 이를테면, 유럽의 우울한 날씨에 대한 불평이나, 여전히 따끔거리는 가시처럼 입에 잘 붙지 않는 타지의 언어 같은 것들.

어릴 적부터 시간이 지나 쓸모를 다한 달력만 있으면 뒷면의 빈 공간을 그림으로 채우느라 몇 시간이고 장난감 없이 보낼 수 있었다. 버려질 위기에 처한 지난 달력의 뒷면을 내 상상 속 그림이 채울 때면 언제나 환호해주는 가족이 있었다. 이렇게 그려봐라 저렇게 그려봐라 한마디 거드는 법이 없이 모두가 내 그림을 칭찬했다. 아버지도 그 당시 그림에 대해 뭔가를 물어보면 '잘 그렸다'며 흐뭇한 표정만 지었다. 가족의 환호 덕분에 마치 수명을 다한 달력에 새 생명을 불어넣는 것 같은 묘한 만족을 느끼곤 했다. 그리고 한참이 지난 후에는 내 생각과 그림을 통해 사물을 만들어내는 일을 업으로 삼게 되었다. 그렇게 평생 그림을 제2의 언어로 삼았다.

그런데 얼마 전, 인천공항에서 난생처음으로 고향을 떠난다는 기분 대신 '독일의 내 집으로 돌아간다'는, 더이상 이방인이 아닌 듯한 가벼운 기분이 들었다. 공항을 떠나지 못하는 아버지 어머니의 모습이 열고 닫히기를 반복하는 자동문 사이로 보였는데도 그날 인천공항의 출국장에서 집을 떠난 후 처음으로 홀가분한 마음이 들었다. 가만히 앉아 몇 년의 세월이 지났는지 손가락으로 헤아려봤다. 열 손가락으로 한 번에 다 짚을 수 없는 16년이라는 시간이 지났다. 머리가 쭈

뻣 설 만큼 생각지도 못했던 긴 시간이다. 그래서 더 늦기 전에 지난 생각을 정리해야겠다는 결심이 강하게 스쳤다. 글로 말이다. 그림 말고 글.

　내 생각을 드러내기 위해선 연필로 그림을 그리는 게 가장 익숙해졌음에도 불구하고 이렇게 갑자기 글을 써야겠다는 생각을 하게 되었다. 내가 이미 16년을 이곳에서 살았다는 막연한 시간의 무게와 동시에 위기가 느껴졌기 때문이다. 이대로라면 여기에서의 삶에 더 익숙해져버려 주변의 것들에 곧 무감각해질 것이다. 그래서 한 번쯤 정리가 필요했다. 한 번쯤 글의 힘을 빌린다면 어떨지, 정돈된 기록이 된다면 또다른 내일을 위한 내 생각의 윤곽들이 더 선명하게 보이지는 않을지, 하는 막연한 기대가 있었다. 하지만 글을 쓰기 시작하면서 이내 깨달았듯이 글은 차분하게 호흡을 가라앉히지 않으면 쓸 수 없다. 그림보다 직설적인 글이라는 매체는 마음 내키는 대로 선을 그어 길을 찾는 그림과 달리 어색하고 불편했다. 다행히도 호흡이 금방 제자리를 찾았다. 아마 달력 뒷면에 그림을 완성할 때 가족들이 환호해주던 순간이 떠올랐기 때문일 것이다.

　내 기록의 꼴은 내 눈앞에서 사라지고 있거나 사라져버린 일, 즉 지난 시간을 떠올리는 일이다. 그래서 막상 기억을 더듬고 지난 이야기를 빛내는 과정에 이르다보니, 기억 속 수많은 시간과 공간의 모퉁이에 촘촘히 박혀 있는 다른 이들을 만났다. 바로 '은인'들이다. 내 특별한 기억 속엔 내가 아닌 나의 은인들이 더 빛을 내며 수많은 이야기를 내게 건네고 있었다. 글을 통해 생각을 정리하는 것은 물론, 나의 잊힌 은인들을 떠올리며 감격했다. 이는 '글'이라는 것이 내게 다시 한번 베풀어준 또하나의 특별한 순간이 되었다.

●

"아버지는 내게 거대한 산이에요."

한국 드라마에서 들은 대사 한 토막이다.

몇 해 전, 1세대 자동차 디자이너인 아버지와 함께 책을 써보자는 제안을 받은 적이 있다. 아버지와는 생각이 다르다는 생각이 짙었던 만큼 당시의 제안은 흐지부지되었다. 당시의 나에겐 '나는 아버지와 다르다'는 세대적 오만함이 깔려 있었기 때문이었다. 그런데 글을 써내려가다보니 내 믿음의 가운데에 늘 아버지가 있었다. 갈피를 못 잡고 방향을 잃던 생각들은 아버지의 지난 말을 떠올리게 했다. '갈팡질팡하느라 힘을 빼지 말고 선택한 것을 믿고 사랑해라'라는 아버지의 말을 기억해내어 길잃은 이야기의 실마리를 찾아갔다. 내 아이의 나날이 예리해지는 질문에 답을 하기 위해선 나의 어릴 적 기억을 불러들여야만 했다. 아버지와의 기억은 나침반과 같았다.

그래서 비록 세대가 다르고 길이 여러 갈래로 나뉘어 있어도 모든 진리는 하나라는 생각을 뒤늦게 하게 된다. 아버지와 내가 걸어간 생각의 길은 다르더라도, 목적지는 같았던 셈이다. 단지 아버지는 먼저 그 길을 찾느라 어려웠던 시절에 힘겹게 애쓴 것이고, 자식인 나는 아버지가 다듬어놓은 좀더 평탄한 길을 우아하게 걷고 있었던 것이다.

'늘 상식을 의심'하라는 아버지의 말.

예술·철학의 역사는 지금껏 세상에서 상식으로 인식되었거나 당연하다고 여겨진 일들에 대한 비판적 고찰의 역사다. 누군가의 비판으로 인해 사람들은 새로운 세상을 향해 마음을 열었고, 누군가의 고찰로 세상을 이전보다 더 다양하게 볼 수 있게 되었다. 모든 철학과 예술, 종교는 다른 시대를 관통하면서 다른 생각과 다른 색으로 세상을 채웠다 할지라도 같은 '진리'를 향해 나아갔다는 점에서는 모두 같다. 그래서 아버지는 내게 예술가이고 철학자다. 아버지의 설명은 여느 철학자들보다 명쾌하고 강렬했다. 덕분에 나는 좀더 쉽게 갈무리한 내 생각을 그대로 아이에게 전달하고 있다. 그래서 내가 사랑하는 나의 아버지, 내 아이의 할아버지는 더욱더 거대한 산이다.

세월이 흘러도 여전히 냉철한 생각을 놓치지 않는 부모님처럼 나의 글도 시간이 흘러도 변함없이 진실한 모습을 가지고 있길 희망한다. 글을 쓰는 일을 위해서는 집이 아닌 홀로 조용히 있을 수 있는 장소에 틀어박혀야 한다고들 한다. 그런데 자판을 두들기고 라미 만년필을 움직이는 시간 동안 다른 어떤 장소도 내게는 필요치 않았다. 왜냐면 나의 한 획 한 획의 온기 속엔 나의 반쪽 민지와 나의 거울 단우의 모습과 웃음이 늘 간절했기 때문이다. 이 따듯함을 더욱 사랑해야겠다.

2022년 6월
뮌헨에서, 박찬휘

이방인

다른 시선

지난 16년간 디자이너로 살아가며 겪은 배움의 과정에는 인종과 문화의 마찰에 따른 좌충우돌 에피소드는 물론, 뿌듯했던 무용담, 일상의 번민까지 헤아릴 수 없을 만큼 다양한 일들이 있었다. 그런데도 여전히 타지에서 새로운 것을 배우고 익히는 일이 적잖게 행복하다. 이러한 마음은 다행히도 나의 정서적 성장판은 아직 닫히지 않았으며 운좋게도 열정적인 디자이너로 좀더 성장할 수 있을지도 모른다는 희망을 가지게 한다. 이곳의 일상은 아직도 나를 자극하는 새로운 촉매제가 된다. 나에게는 무척 특별해 보이는 발견이 이들에게는 그저 일상의 일부처럼 당연시되는 경우가 많다. 그 속에서 영감을 받고 변화하는 나의 유연성이 다행스러우면서도, 한편으로는 내가 여전히 이방인이라는 사실을 다시 자각하고는 씁쓸해지기도 한다.

디자인을 전공으로 삼으면서 유럽을 막연히 동경하기 시작했다. 내게 유럽은 환상의 섬과 같았고, 그곳에 이르기만 한다면 다양한 분야의 비법을 전수받을 수 있을 것이라고 생각했다. 유럽에서 한두 해 공부하면 슬리퍼 차림으로 다녀도 세련된 사람이 될 수 있을 것 같았고, 클래식 곡을 잠깐 듣고도 누구의 곡인지 척척 맞힐 수 있는 문화적 소양도 자연스럽게 스며들어 내 것으로 만들 수 있을 것 같았다. 그만큼이나 학창 시절의 나에게 유럽은 무지개의 끝처럼 느껴졌다.

유럽에 발을 딛기 전에는 만약 내가 유럽의 유명 자동차 회사에서 일해본다면 명품을 만드는 비법을 몇 달 만에 알아낼 수 있을 거라고 짐작하곤 했다. 꽁꽁 숨겨놓고 알려주지 않는 초특급 비밀 레시피, 이들의 비법을 잘 배우면 언제 어디서든 마법사처럼 놀라운 것을 맘껏 만들어낼 수 있으리라 확신했다. 그런데 허탈하게도 그 기대는 완전히 어긋났다. 이미 유럽으로 떠나온 지 한 해가 지나고 또다른 해가 지났다. 내 손을 뻗어 닿지 않는 곳이 없을 만큼 시간이 흘렀는데도 비밀 레시피는 찾을 수 없었다. 오히려 그들의 비법이 있을 법한 곳의 모습은 기대보다 훨씬 소박하거나 더 열악했다.

실망스럽게도 어딘가 꽁꽁 숨겨놨을 거라는 기대와는 달리 빼어난 그들의 것에는 특별한 비법이 없었다. 손쉽게 어깨너머로 읽어낼 수 있는 설명서와 같이 친절하게 정리된 비법서가 없었다는 뜻이다. 이들의 삶 구석구석에 흩어진 사소한 일상의 합이 바로 비법 그 자체였다. 일상의 합은 역사다. 더 나은 존재의 가치를 소망한 종교, 존재를 의심하고 살핀 철학 그리고 존재의 이상향을 표현해낸 예술에 이르기까지 이들의 역사, 켜켜이 쌓여온 이들의 흔적이 형이상의 비법을 만들어낸 것이다.

가령 치열한 인간의 투쟁을 드러낸 전쟁의 역사는 파괴에 따른 궁핍을 몸소 체험하게 했다. 전쟁으로 무너져버린 삶의 기반을 경험한 사람들은 온전한 것에 대한 가치를 뼈저리게 실감했다. 뭐든 아껴 쓰는 절약을 실천하게 되었으며 이는 '한번 구매하면 대물림해서 쓰겠다'는 합리적 소비를 만들어냈다. 한편 역사의 격동 속에서 무수하게 나누어진 국가들은 생필품을 자급자족할 수밖에 없는 제조업의 기원을 만들었다. 각자에게 필요한 것은 저마다 가진 현지의 자원을 조달해 직접 생산해내야 했다. 자급자족은 그들이 아니면 누구도 흉내낼 수 없는 노하우를 가지게 했다. 그것들이 만들어진 자신이 나고 자란 곳에 특별한 의미를 두기 시작했다. 'Made in Italy'처럼 제품의 지리적 기원을 자랑스러워하기 시작했다. 터무니

없이 높은 관세를 부과하는 옆 나라의 맥주가 못마땅해 각자의 지역에서 직접 맥주를 만들어야 했다. 그랬더니 저마다의 특색 있고 다양한 맥주들이 탄생했다. 혁명의 역사를 지나며 수많은 정적을 처형하기 위해 단두대의 칼날은 점점 더 날카로워졌다. 보다 효율적인 무기가 필요했던 시기를 지나며 군사용으로 만들어진 칼이 삶의 일상인 주방으로 들어오며 오늘의 명품 칼이 되었다.

그렇게 역사의 요구와 각자의 필요에 의해 등장하기 시작한 것들은 격변의 역사를 통해 진화를 거듭했다. 그렇게 긴 시간을 버텨내다보니 마침내 '명품'이라는 칭호를 얻었다. 전혀 상관없어 보이는 작은 요소 하나하나가 서로 연결되어 있었다. 작은 것들이 얽히고설켜 이들의 거대한 역사가 되었으니, 함부로 쉽게 흉내낼 수조차 없고 그 기원을 추적하기에는 매듭의 시작이 어딘지를 찾아낼 길이 없다. 역사를 꿰뚫고 철학에 통달하지 않는 이상 불가능에 가깝다.

그래서 쉽고 빠른 '비법' 대신 사소한 일상에서 발견한 낱장의 소소한 이야기들이 이들의 역사이고 비법임을 확신하기 시작했다. 성급한 비법서의 지름길 대신 작은 조각을 통해 느리게 큰 합을 맞춰나가는 일의 의미를 깨우쳤다. 바로 사소한 것들의 지혜다.

사소한 것들을 지나치지 않는 습관은 나와 비슷한 직종에 있는 사람들에게 새로운 기폭제가 되기도 한다. 매일같이 새로운 것들이 밀려오는 아침을 맞이하는 삶 속에서, 디자인이라는 영역은 언제부터인가 시대의 흐름에 쫓기느라 수동적인 태도로부터 자유롭지 못했다. 디자인의 사명 또한 나날이 '확장'되었지만 세상의 흐름은 '팽창'에 가까워졌다. 새로운 것을 연일 만들어내느라 설익은 것투성이다. 어차피 훗날 업데이트를 통해 보완, 정정되리라는 안일한 바람을 가진 채 속도전에 치여 적잖은 것들을 놓치고 있다. 어제와 달리 오늘 등장한 화려한 신버전이라 할지라도, 그 이면에는 놓치는 사소한 부분들이 많다. 첫 버전과 다른 새로운 버전 2.0이 등장했지만 2.01, 2.03, 2.05, 2.1처럼 소수점 뒷자리를 바꿔가는 업데이트가 곧 등장한다. 끝없이 '사소한' 문제를 메우려는 업데이트들은 새로운 것이 가진 또다른 문제점들을 고스란히 반증한다. 결국 사소함은 사람에 대한 배려다. 그래서 디자인은 사람을 배려하는 일이다.

그래서 디자인은 거창하고 복잡한 게 아니라 삶의 질과 직결된다. 결국 사람을 돕기 위해 진화하는 언어가 디자인이다. 그 안에 담긴 작은 말 한마디, 세심한 메시지 하나가 누군가의 마음에 파장을 일으키듯이 사소한 것은 사람의 마음을 움직인다. 그래서 디자이너는 우리의 삶을 돕기 위해 '사소함'을 한번 더 각성해야 하는 것이다. 거창한 비법 대신 낱알의 것들에 대한 생각이다. 이곳의 사람들에게 익숙한 것들이 내게 새롭게 보였던 것처럼 말이다. 그리고선 뻔한 것들이 나의 이야기를 통해 스스로 길을 찾기 시작했다.

●

나는 이곳에서부터 약 5,000킬로미터 떨어진 곳에서 나고 자랐기 때문에 이들과는 다른 이야기를 가질 수밖에 없는 처지다. 그래서 이들에게는 뻔하지만 내게는 놀라운 것투성이다. 예를 들어 이 책의 '커피' 편에서 다루지만 오래전 이탈리아 중부 피렌체Firenze에서 처음으로 비알레티Bialetti사의 카페 모카 주전자를 처음 보았을 때의 감탄은 잊을 수 없다. 그날 이후, 주전자의 생김새에 꽂혀 주말이면 각지의 벼룩시장을 다니며 하나둘씩 사 모으기 시작했다. 당시에 나의 커피 주전자 수집 이야기를 전해들은 이탈리안 친구들은 '그까짓 걸 뭣하러 찾느냐'며 적잖은 비웃음을 짓기도 했다. 하지만 나는 늘 북적거리는 시장통과 경매사이트를 들락거리며 미묘하게 다른 모습을 가진 커피 주전자를 찾았다. 하늘 속 무명의 별을 찾는 것처럼 낯선 이 물체의 다양함을 찾는 일에 매료되었다.

현지의 이들에게 커피 주전자는 너무나 사소한 물건이라서 나의 열정은 그저 웃음거리에 지나지 않았다. 그런데 어느 이방인이 이런 이들의 사소한 자취를 들춰내기 시작했다. 내가 한두 푼 헐값에 구한, 시장바닥에 나뒹굴던 커피 주전자이지만 지금의 에스프레소 머신이 가진 보일러 기술의 원리였다는 근거를 찾아낼 수 있었다. 심지어 밀라노에 있는 어느 제조사는 주전자 디자인의 혁신을 위해 1970년대에 자동차 회사 포르쉐에까지 디자인을 의뢰한 흥미로운 부분도 있었다. 시대적으로 디자인으로 자존심을 세우던 이탈리아가 독일 기업에 디자인을 의뢰했다는 사실은 역사적으로 흥미로운 일이다. 주전자가 100개 가까이 수집되었을 즈음, 이탈리안 친구 몇 명이 내가 살던 집을 찾아온 적이 있었다. 당시 그들은 한쪽 벽에 세워진 주전자들을 보고 '우리한테 이런 멋진 역사가 있었냐!' 며 감탄했다. 나를 비웃었던 녀석은 내게 사과까지 했다. 생각이 짧았다고 말이다. 그러고선 지금부터라도 주전자를 하나씩 사서 모을 거라고들 했다.

　나는 이들의 사사로운 일상의 흔적을 비스듬히 바라보며 감탄하고 있었다. 현지의 친구들은 그 특별한 물건의 사소한 가치를 이방인 친구가 아니었다면 다시 들여다볼 수 없었을 것이다. 이들에겐 매일 잠에서 깨면 마주하는 습관처럼 지나치는 흔적이니깐 말이다. 이방인으로서 자기만족에 지나지 않던 나의 낯선 시선은 나 자신은 물론 친구들의 무심하던 감각조차 깨워냈다. 그들의 일상 중 하나가 이방인의 눈에 의해 이름을 얻게 되는 순간이었다. 이처럼 이야기는 일상에서 시작했다. 커피 주전자처럼 이곳에 펼쳐져 있는 수많은 작은 요소들이 지금도 계속해서 나를 자극할 수 있는 건 내가 지구 반대편에서 온 이방인이라는 증거다. 물론 이방인이 아니라면 결코 누릴 수 없는 특별한 혜택이기도 하다.

　　정체되어 있는 것은 생명을 잃은 것과 다르지 않다. 시대의 흐름을 거슬러 힘차게 오르기 위해서는 보편 속에서 늘 새로움을 찾아야 한다. 끝없이 요동쳐야 하는 건 디자이너의 숙명이다. 한쪽 눈을 지그시 감고선 비껴간 시선으로 다른 것을 찾듯이 다른 시선으로 사소한 것을 바라보는 일은 새로움을 만들어낸다. 비록 16년을 넘어 이방인의 삶 17년 차에 접어들어서도 비법을 찾지 못했지만, 그보다 훨씬 더 큰 걸 얻었다. 사소한 것은 감히 비법서처럼 쉽게 한 권으로 묶일 수는 없었다. 하지만 사소한 것들이 하나씩 빛을 내기 시작할 때, 작은 이야기들이 하나둘 꿈틀대기 시작할 때 마침내 거대한 우주가 되리라.

발명

사소한 질문의 힘

숲속을 달리고 있었다. 파란 하늘만큼이나 넓은, 푸르른 숲이 있는 나라가 바로 독일이다. 만약 내일 당장 산림자원을 제외한 모든 에너지원이 고갈되어 나무를 땔감으로 전환해야 한다면, 독일은 자국 내 필요한 에너지를 얼마나 오랫동안 충당할 수 있을까? 지금처럼 공장을 돌리고 집에서 난방을 하고 자동차가 다니기 위해 필요한 모든 에너지를 나무에서 얻는다면, 놀랍게도 대략 오십 년 넘게 버틸 수 있다고 한다.

희대의 악마 히틀러의 행적 가운데 유일하게 인정받는 한

가지가 있다. 숲에 대한 애정이다. 숲속의 나무 한 그루가 제대로 자리잡기까지는 몇 세대를 거쳐야 할 만큼 오랜 시간이 필요하다. 어느 기업의 기술 혁신이나 리더십을 갖춘 정치인의 일시적 정책으로 단기간에 가질 수 있는 것이 아니다. 최소 국가적 백년대계를 통해서만 이룰 수 있는 진정한 유산이다. 독일에서 지낸 지 꽤 되었지만 지금도 여전히 숲을 볼 때마다 감탄을 멈출 수 없다. 어느새 이 울창한 숲은 내 삶의 일부가 되었다. 숲이 가진 수종이 유난히 아름다워서가 아니다. 푸르름이 가득차면 찰수록 아름다움과 행복을 느낀다. 푸른 숲 또한 인간의 귀소본능을 일으키는 태초의 요인이 아닐까 생각하게 된다.

언젠가 아이가 유치원에 다닐 때 차 조수석에 앉아 이런 말을 한 적이 있다.

"서울에 가면 할머니 할아버지가 있어서 좋긴 한데, 서울엔 나무가 열 개밖에 없어. 왜 그럴까? 독일엔 나무가 백 개나 있는데."

숲이 늘 주변에 있는 환경에 대한 감사함을 한참 잊고 지낸 내게 아이의 말은 적잖은 충격이었다. 나무가 많은 게 좋고 나쁜지를 판단할 수 없는 어린아이일지라도 서울과 독일의 풍경을 도시에 채워진 나무의 숫자로 헤아리고 있던 것이다. 도시를 녹음으로 구분하는 아이의 생각이 놀라웠는데, 한편으로는 나무가 주는 이로운 혜택을 알게 될 때면 나무가 '열 개밖에' 없는 서울에 대해서 더욱 실망하지 않을까 염려하는 마음까지 들기도 했다. 간신히 '열 개의 나무와 백 개의 나무'를 말하던 아이가 훌쩍 자라 초등학생이 된 어느 날 여느 때와 마찬가지로 숲을 지나고 있었다. 말도 익숙하고 표현이 풍부해진 아이가 밖을 한참 바라보더니 질문을 던졌다.

"저 숲속에는 내가 학교에서 배운 수많은 풀과 나무가 있고, 이미 멸종한 식물들도 많을 거야. 그런데 아빠, 담배를 만드는 것도 어떤 잎을 키워서 만드는 거라던데. 그치?"

당시 아이는 학교에서 담배의 유해성과 학교 상급생들의 흡연에 대한 일종의 경고성 캠페인을 누누이 들은 터라 유난히 담배에 경계어린 질문이 많았다.

"그렇지, 담배는 그런 풀 중의 하나지. 그 식물을 재배해서 담배를 만드는 거지."

아이가 의문을 제기했다.

"그런데 어떻게 인간이 그 수많은, 최소 수천수만 종의 풀 중에 담배가 되는 풀을 찾을 수 있었을까?"

"……"

대답할 수 없었다. 다만 담배가 만들어지는 과정을 아는 범위 안에서 간략하게 설명했다.

"잘 키운 담뱃잎을 따서 건조한 다음에 분쇄해서 종이에 마는 거야. 덜 해로우라고 필터를 끼우는 거고."

그러자 기다렸다는 듯 격양되어 다시 질문이 쏟아진다.

"오케이. 거기까지 좋다 이거야. 그렇다면 그 수만 개의 풀 중에서 담배맛이 나는 풀을 찾아 우걱우걱 씹어 먹고, 맛있지도 않은데 그걸 다시 말리고, 그걸 또 잘게 부숴서 종이에 말아. 그치? 그러고선 거기에 불을 붙여서 그걸 맛있는 담배라고 하잖아. 그런 복잡한 과정을 모두 거치면 풀이 담배가 된다는 걸 어떻게 알고 그걸 만들어볼 생각을 했을까? 그렇다고 이 숲에 있는 풀들을 전부 시험해본 것도 아닐 테고."

난 또다시 말문이 막혔다. 인류의 역사에서 알 수 있듯이, 최초로 무언가를 발견한 인물은 대단한 주목을 받는 데 반해 그 무언가를 실생활에 접목시키기까지 '발전'된 역사는 쉽게 지나치기 일쑤이지 않았던가. 모든 생각의 발전은 발견에서 시작되며, 도전과 포기, 다시 할 수 있다는 신념으로 끝없는 시행착오를 반복하면서 계속 나아간다. 담배의 발명은 담뱃잎의 발견에서 끝나지 않고 이파리를 말려 불이 잘 붙도록 분쇄함으로써 비로소 이루어졌듯이 말이다.

그렇다면 탄생한 담배는 그것으로 끝이던가? 담배에 불을 붙여 입으로 연기를 흡입하는 '용기'가 필요했을 것이다. 물론 '맛있을 것 같다'는 추측이 없었다면 감히 용기낼 생각조차 하지 못했을 것이다. 난생처음 그 연기를 빨아들인 사람은 기침을 하다가 토했을 것이며, 누군가는 정신이 흐려지고 다리가 풀려 '이건 뭔가 잘못된 것 같은데' 하고 의심했을 것이다. 그럼에도 또다른 이는 그 연기가 익숙해질 때까지 집요하게 연

기를 빨아들였고, 그렇게 해서 마침내 담배의 역사가 시작됐을 것이다.

●

몇 년 전 대서양의 바다로 여름휴가를 떠났다. 아프리카, 아시아, 유럽의 3개 대륙에 둘러싸인 지중해와는 달리, 대서양은 먼바다를 흘러와 유럽대륙의 서쪽에 도착한다. 아름다운 유럽의 해변을 품고 있는 지중해는 갇혀 있는 바다의 고요함을 가지고 있다. 반면 먼길을 돌아온 대서양은 매우 거칠고 차갑다. 대서양은 그 거친 여정의 끝을 포르투갈과 스페인, 프랑스 북쪽 해변에서 격정적으로 마무리한다. 바다의 피로를 육지에게 말없이 내던지는 그것이 파도다. 멀리서 온 대서양의 파도는 거칠다. 육지에 둘러싸여 있는 평온한 지중해의 해변과는 다르게 대서양의 해변은 고된 여정을 통과한 터라 쉽게 부서지지 않고 해안가까지 끈질기게 밀려든다. 그래서 대서양이 습격하는 해안가에는 그 파도를 타려는 서퍼들이 많다.

아이와 함께 대서양의 바다에서 처음 서핑을 시작했다. 프랑스와 스페인에 걸쳐 있는 바스크 지방의 아름다운 휴양도시 비아리츠Biarritz에서 우리 가족의 파도 속 모험이 시작되었다. 파도를 타는 일은 만만찮다. 일단 기다려야 한다. 기술적인 문제는 차치하고, 내게 적합한 파도가 올 때까지 한참을 기다려야 한다. 기다리다 옆에서 치는 파도에게 따귀를 맞기도 하고, 바다에 잠긴 채 시간을 보내니 급격히 떨어지는 체온도 만만치 않다. 그렇게 기껏 기다려 간신히 만난 파도는 친절하게 나를 실어나르는 법이 없다. 밖에서 바라봤을 때 저게 과연 즐거울까 싶을 정도로, 대다수의 서퍼들은 파도를 즐기기보다는 파도에 고꾸라지기 일쑤다. 특별한 인내와 기술을 동시에 필요로 하기에 다른 스포츠와는 달리 즐기기 위한 과정으로 진입하는 데에만 수년의 시간이 필요하다. 그것도 적합한 파도, 훈련이 가능한 파도가 주기적으로 온다는 꿈같은 조건을 전제로 했을 때 말이다.

또다시 몇 번의 여름이 지났고, 우리 가족은 이제 서핑을 '한다'고 간신히 말할 수 있을 정도에 이르렀다. 타고난 것인지, 노력을 부단히 한 것인지 아이는 날고 긴다. 서핑을 마친 어느 날 아이는 혼자서 핸드폰으로 서핑의 기원을 찾기 시작했고 여러 기원설과 전설을 접했다. 하지만 하와이 원주민 김씨가 먼저 했네 혹은 남아메리카 최씨가 먼저 했네, 하며 '원조' 타령을 하는 말들만 무성했다. 다만 한 가지 분명한 것은 지리적인 기원과 상관없이 그들이 바다에서 나고 자랐으며 널찍한 나무판을 스스로 잘라 파도타기를 시도했다는 점이다. 아이의 질문은 여기서 다시 시작되었다.

"우리는 지금 서핑을 열심히 하다보면 저렇게 잘 탈 수 있다는 본보기가 되는 선생님도 있고, 서핑선수도 있으니까 계속 잘해보려고 노력하는 건 알겠는데, 최초로 서핑을 시도한 사람은 분명 처음에 혼자 해보고 계속 넘어지고 파도에 나뒹굴었을 테고, 수백 수천 번을 혼자 넘어지다가 '이걸로 뭘 할 수 있는 게 아닌 거구나' 하고 포기해야 했을 텐데, 대체 뭘 믿고 그걸 혼자 계속했을까? 너무 신기한 거 아니야? 서핑을 처음 생각해낸 사람은 어떻게 저 허술한 나무판 하나로 파도를 탈 수 있으리라 믿었을까?"

지난번 담배에 대한 질문 이후, 발명과 발견에 대한 두번째 예리한 질문이었다. 담배에 감히 불을 붙여 기침하지 않고 니코틴을 느낄 수 있으리라는 믿음이 있을 때까지 연거푸 담배를 빨아재긴 최초의 흡연자와, 노력하다보면 더는 파도에 나뒹굴지 않고 이 기다란 판자때기 하나로 파도를 능수능란하게 가지고 놀 수 있으리라 생각한 최초의 서퍼는 아이에게 커다란 물음표를 안겨준 존재였다. 하긴, 나조차도 옆에서 날고 기는 서퍼들을 보며 '이게 가능한 일일까?'라는 의문을 여태 지우지 못하고 있었다.

이 질문이 특별했던 이유는 발견 자체에 대한 의문에 그치지 않았다는 데 있다. 즉, 지금의 완성형이 되기까지 실패를 거듭하면서도 될 때까지 밀어붙일 수 있었던 그 '믿음'에 대해 의구심을 가졌다는 것이 흥미로운 점이다. 그러나 아무리 검색을 하고 뒤져봐도, 하와이에서 원주민들이 먼저 시도했네, 어디서 누가 더 먼저 했네, 하는 원조 타령 말고는 없다. 기원과 현재의 모습밖에는 알 수 없다. 발견 이후 지속적인 도전을 가능하게 한 '믿음'의 근거를 찾는 일은 불가능하다.

게다가 필요는 발명의 어머니라 했는데, 서핑의 궁극적인 목표는 '즐거움'이니 더 난해해진다. 최초의 서퍼에게는 파도를 잘 타게 되면 정말 기가 막히게 재밌다고 말해준 사람도 없을 것이고, 생사가 걸린 문제도 아니며 바다에서 생선을 잡아 살림에 보탤 수 있는 일도 아니다. 개인의 시도와 집념 따위가 점차적으로 세상으로 나아간 발명과는 그 방향이 다르다. 적어도 배를 발명한 이는 부력으로 물에서 헤엄쳐 살 수 있는 물고기를 보며 바다를 누비는 인간의 모습을 상상했을 것이다. 덕분에 인류는 발견을 통해 삶의 영역을 확장해나갔다. 그와 달리 어떤 바다 생명체도 파도를 자유자재로 즐기며 인간에게 본보기가 되는 경우는 없지 않았을까. 그럼에도 불구하고 인간은 작은 판자 하나로 파도타기를 해낸 최초의 생명체가 되었다.

●

그럴 때면 우리는 엉뚱한 질문의 답을 찾기 위해 아주 멀리도 가봐야 한다. 그래서 이번에는 철학자에게 물어 답을 탐색해본다. 담배와 서핑을 알 리 없는 철학자 플라톤이라면 어떤 답을 할 수 있을까? '이데아'에 따르면 우리가 살고 있는 세상은 진짜가 아닌 그저 복제품에 불과하다. 우리가 처해 있는 현실은 동굴에 비친 그림자와 같은 허상이며 우리의 뒤편에 진정으로 완벽한 모습인 '이데아'가 있다. 이와 같은 논리로 우리가 무모하게 계속 시도하고 노력하는 그 의지의 이면에는 '하면 된다'라는 것, 그리고 어딘가에 이상향이 있기 때문에 결국엔 완벽한 모습을 하게 되리라는 무의식적인 믿음이 존재했던 것은 아닐까?

이를 담배와 서핑의 기원에 적용시킨다면, 이 풀을 말려 우아하게 담배를 피우는 모습이 '이데아'에 존재했기에 지금의 담배가 만들어졌다고 말할 수 있다. 서핑 또한 파도를 귀신처럼 완벽하게 타는 프로 서퍼가 존재한다는 것을 최초의 서퍼는 이미 어렴풋이 인식하고 있었을지도 모른다. 아니면 아퀴나스의 말처럼 인간이 절대신을 인정하고 신의 피조물로 존재하는 이상, 우리가 겪는 모든 것엔 완벽한 모습이 반드시 존재한다고 답해버렸을 수도 있다. 혹은 예술가 살바도르 달리의 '완벽함에 겁내지 마라, 어차피 못 이룰 테니'라는 예술관처럼 어차피 완벽하지 못할 것을 알기에 용기와 집념을 가지고 무모함을 펼쳤을지도 모른다. 그래서 파도 위에서 김씨와 최씨처럼 고꾸라지고 또 고꾸라지고, 담배를 피우며 기침을 계속해댔을 수도 있을 것이다.

근본에 대한 의심은 언제나 답하기 어렵다. 그래서 검색도 소용없고 해당 분야의 전문가를 찾아 진정한 답변을 듣는

일도 불가능에 가깝다. 점점 늘어가는 이 사소한 의문들은 또 다른 이야기를 불러내고, 결국에는 누군가의 열정과 맞물려 세상을 구원하는 뛰어난 발상이 될 거라는 희망적인 믿음을 갖게 한다. 여전히 담배와 서핑에 대한 아이의 질문에 완벽한 답을 구하지 못했지만, 그 의문에 답하기 위해 한동안 무수한 생각을 멈출 수 없을 것이다. 아이의 질문에 답하기 위해 자기 성찰의 과정을 거쳐야 한다는 점도 반갑다. 아빠로서 답을 구하는 것과 내 평생의 업으로 삼고 있는 '디자인'이라는 영역에서 바둥거리는 모습은 조금도 다르지 않다.

남들과 다른, 세상에 없는 디자인을 이번 프로젝트에서만큼은 꼭 해내리라는 나만의 최초의 순진하고도 결연한 믿음, 하지만 안타깝게도 자주 실패하고 마는 이 믿음은 대서양의 파도 위에 홀로 서보겠노라고 단언한 사람의 그것과 다르지 않다. 어느 잎에 불을 붙이면 맛난 연기 과자가 될 거라는 순진한 생각을 했던 천진난만한 최초의 흡연자처럼 나도 계속 생각하고 그리다보면 이번만큼은 다를 것이라는 믿음으로, 그리고 나의 생각이 수도 없이 세상의 파도에 부서지고 무너져도 언젠가는 세상의 더 밝은 등불이 되리라는 믿음으로 오늘도 내일도 계속 나아간다.

한참을 고민한 후 마침내 아이의 질문에 답을 했다. 플라톤의 '이데아'도, 아퀴나스의 종교적 신념도 당시의 아이에겐 이해하기 힘든 답변일 수밖에 없었기에 이렇게 쉽게 얼버무리

고만 말았다.

"신이 있을 거야. 하느님이 있으니깐 최초의 서퍼는 그게 바로 파도의 쓰임새라고 생각하고 계속 파도를 잡아타려 하지 않았을까? 그리고 성경 어딘가에 담배를 만드는 방법이 적혀 있지 않았을까?"

멋지게 파도를 탈 수 있는 나의 서핑 이데아를 만나는 그 날까지, 이데아에만 등장할 법한 이상향의 디자인을 그려내는 그날까지, 아이의 어떠한 질문에 완벽하게 답하는 순간이 찾아올 때까지 이 야무진 꿈을 멈추지 않으리라. 아이의 질문 하나로 내게 밀려든 생각의 파도는 대서양의 것과 다르지 않다. 난 여전히 아이가 던지는 질문의 파도에 자빠지고 또 자빠진다.

취향

트렌드가 되다

"음, 그냥 맘에 안 드네요."

"저건 색이 너무 빨간 것 같아 정말 별로예요!"

"눈 생김새가 맘에 안 들고."

"시트가 불편하게 생겼네요."

"노노. 저건 절대 아님."

"운전대가 너무 불편하게 생겼네요."

"잠깐만요. 저게 더 공격적이고 날렵해 보이는데요."

"생김새는 일단 맘에 드는데 몸놀림이 둔해 보여요."

"시간이 별로 많지 않아서 지금 빨리 결정해야 합니다. 안 그러면 기회가 없을 것 같은데요."

이 대화는 어떤 상황에서 벌어진 것일까?

참고로 몇 년 전 내가 실제로 나누었던 대화다. 당시에는 아무렇지 않았는데 가만히 돌이켜보니 그날의 기억이 유난히 재밌어서 잘 기억해두었다가 강의 자료로 요긴하게 쓰곤 했다. 단, 혼란을 주기 위해 일부러 문장을 모두 존댓말로 바꾸었다. 청중들은 열이면 열, 내가 예상한 오답을 쏟아냈다. 재밌게도 오답을 외치면서 너나없이 정답을 확신하는 듯 보였다.

"××× 자동차 회사 디자인 품평회!"

"자동차 매장에서 영업사원과 고객의 대화!"

"기자단 초청, 디자인 프레젠테이션!"

흐뭇하게도 내가 원하는 대로 모두가 엉뚱한 대답만 외쳤다.

자, 답을 공개한다.

범퍼카!

정답은 바로 아이가 어렸을 적 놀이동산에서 범퍼카를 고를 때 나와 나눈 대화다.

딴생각

아이와 함께 놀이동산에 갔을 때였다. 당시 아이가 하도 까다롭게 구는 바람에 하마터면 이미 돈을 다 낸 범퍼카를 타지도 못할 뻔했다. 범퍼카가 곧 출발할 참이라 마음이 급해져서 대화 말미에 서두르자는 부분도 있었다. 그때는 서둘러 아이의 안전벨트를 매어주느라 정신이 없었다. 뒤늦게 생각해보니, 아이가 보여준 까탈스러운 모습이 너무나 재미있었다. 기껏해야 5분 타고 말 범퍼카라고 생각했지만, 까다로운 '고객님' 덕분에 난생처음으로 놀이동산 범퍼카를 가만히 들여다보게 되었다. 신기하게도 누가 디자인을 했는지 한 대 한 대 생김새와 색이 전부 제각각이었다. 더 충격적이었던 건 내 아이가 보여준 까다로운 '취향'이었다.

누군가는 어린아이가 범퍼카 한 대 고른 걸 '취향'이라고 할 수 있느냐고 물을지도 모른다. 그러나 취향은 특별한 이들만이 가질 수 있는 것이 아니다. 어린아이에서부터 노인까지, 누구에게나 취향은 있다. 취향이라는 단어를 모르더라도, 내 마음에 드는 것, 곁에 두고 싶은 것을 고른다면 그것이 바로 취향의 발현이다. 즉, 취향이란 선택의 기준이자 내가 누구인지를 드러내는 방법인 것이다. 각자의 믿음과 사소한 취향은 다른 생각의 가능성을 열어젖힌다. 각자의 취향은 하나의 가이드라인을 형성하기 시작하고, 이것이 하나의 방향으로 향할 때 우리는 '트렌드'라는 이정표를 세운다. 그리고 그 트렌드를 좇으며 사회적 취향으로 발전하고 문화의 틀을 이룬다.

딴생각

●

이와 같은 트렌드는 어떻게 탄생할까? 종교와 예술은 취향을 정체성으로 이끄는 데 중요한 역할을 한다. 가령 유럽에서는 신에게 이르기 위해 교회와 같은 건축물이, 신의 이야기를 전하기 위해 대중들의 취향을 저격하고도 남을 수준 높은 회화와 조각이 등장했다. 혹여 보이지 않는 신에 대한 의심이들 때면 철학을 통해 끊임없이 질문하고 답을 찾아내려 했다. 종교의 부산물로 태어난 많은 예술품은 시간이 지나 세상이바뀌면서 각자의 취향에 따라 다양하게 해석하기 시작했다. 아름다운 것과 그렇지 못한 것 혹은 내게 맞는 것과 불편한 것에 대한 각자의 선택과 취향이 존중받기 시작했다. 필요한 것을 각자의 취향대로 만들어 사용하던 수공의 시대를 지나 산업혁명이 도래했다. 효율적인 생산방식, 즉 대량생산이 등장하면서 대중의 취향은 그대로 시장에 반영되었다. 취향을 잘 예측하느냐 못하느냐에 따라 제조업의 운명은 극명히 엇갈렸다. 이리저리 흔들리는 대중의 취향을 그저 무시할 수는 없었다. 여기에서 바로 취향을 측정하고 예측하는 좌표, 대중에게 내일의 취향을 말하는 언어. 디자인이 등장한다.

물론 각자를 드러내는 취향은 선천적으로 타고나는 것만은 결코 아니다. 아비투스(직업이나 재력 등 환경에 의해 구축되는 사고와 판단체계)처럼 주어진 환경과 교육에 의해 얼마든지 후천적으로 개발되거나 체득될 수도 있다. 더 나은 취향을 위해 디자이너는 조금 앞선 것을 조심스럽게 제안한다. 조금씩 조금씩 앞으로 대중을 이끌어주는 역할을 한다. 유행하는 바지 길이가 어느 한순간 갑자기 줄어들지 않듯이 디자이너는 밑단을 조금씩 줄여나가면서 '이번엔 좀 짧은' 스타일을 제시한다. 그래서 대중의 취향을 바탕으로 유행이 만들어진다고 하지만 결국 유행의 앞에는 브랜드와 디자이너가 있다.

디자이너는 대중들이 좋아하면 어제와 조금 다른 딸기맛 사탕을 선보인다. 세상은 조금씩 움직여 나아간다. 그렇게 누군가를 설득해 움직이게 하려면 합리적이고 논리적이어야 하지만, 예술은 디자인과 달리 논리를 접어두곤 한다. 그리고 더 멀리 나아간다. 대중의 취향이 어떤 것이든, 과학적이고 기술적인 현실과는 관계없이 나아간다. 계층을 무너뜨리고 난해하고 진보적인 예술품 앞에 모두를 모아 발가벗긴다. 딸기맛 사탕을 쥐여주는 대신 '사탕을 왜 먹어?'라며 근본적인 질문을 던지기도 한다. 지금의 것들은 부질없다고, 절대 머물면 안 된다고, 더 멀리 나아가야 한다고 말한다. 인과관계조차 부정할 만큼 비논리적이기도 하고, 현실을 파악하지 못하니 때론 철부지와 다르지 않다. 그래서 예술가는 배고프다. 그게 예술이다.

한마디로 디자인은 희미하게 보이는 내일을 구상하고, 예술은 아득한 미래를 그린다. 그래서 디자인은 가깝고 예술은 멀다. 그럼에도 불구하고 우리에게 예술가가 필요한 것은 보이지 않는 그들이 저 먼발치에서 우리의 취향을 이끌어주는 역할을 맡기 때문이다. 반면 디자이너는 당장의 취향을 모아 현재를 반영하는 위치에 서 있으므로 시장이 원하는 대로 타협하고 굴복하기도 한다. 자신이 믿는 대로 세상을 이끌려는 예술가와는 다르다. 예술가는 점을 하나 찍어놓고 그게 우리의 미래라고 말하기도 하고 아무것도 그려놓지 않고 이게 세상의 허무함이라고 말하기도 한다.

그래서 디자이너는 비굴하고 예술가는 당당하다. 디자이너는 내가 원하는 것보다 세상이 원하는 걸 만들기 위해 자신을 내려놓기도 한다. 난 동그라미가 좋은데 세상은 네모를 원한다면, 할 수 없이 네모를 그린다. 그런데 예술가는 동그라미를 그려놓고 이것이 그의 '네모'라고 말한다. 그래서 아마 범퍼카를 디자인한 어느 누군가는 아이들의 눈에 들게끔 자신의 개인적 취향을 아예 내려놨을 것이다. 물론 예술가는 특정한 사용자를 고려조차 않는다. 세상을 배려할 필요가 없다.

오랫동안 타고 다닐 명품 스포츠카도 아닌 범퍼카를 고르며 아이가 겪는 고민의 무게는 결코 가볍지 않다. 그렇기에 디자이너는 작은 것도 함부로 쉽게 넘길 수 없다. 우리는 행복을 찾기 위해 각자의 취향으로 저마다 다른 이야기를 만들어가는 존재이기 때문이다. 이처럼 세상은 수많은 취향과 이야기가 얽힌 곳이다. 세상世相에 비친 아이의 눈을 통해 패턴이 발견되고 사물이 돌아가는 원리까지 짐작하게 된다. 그 일정한 원리를 발판삼아 디자이너는 동시대의 집단들을 설득하고 오류를 찾아간다. 그깟 사소한 취향에서 등장한 범퍼카, 딸기맛 사탕은 무수한 다른 형태로 반복되어 사회의 정체성에 이르게 된다. 그런데 쉽지 않다. 가령, 그때 조금이라도 더 멋진 범퍼카를 고르려고 무지 애쓰던 아이는 이제 범퍼카는 쳐다보지도 않는다. 오히려 클래식카에 열광하는 친구들과 어울리더니 이제는 클래식카만 보면 감탄을 한다. 아빠인 나는 죽어라고 일해서 멋진 신차를 만들어놨는데 아이는 50년은 족히 된 옛날 차가 더 멋있다고 한다.

이건 멋진 걸 보고 못 보고의 문제가 아니다. 취향에 얽힌 각자의 구구절절한 사연의 문제다. 할아버지가 좋아하던 차에 의미를 부여하는 어느 유러피언들처럼 이들은 자동차를 고르는 취향 속에 저마다의 사연을 잔뜩 집어넣는다. 각자의 고집스럽고 절절한 사연은 더 특별한 취향을 만들어놓는다. 그래서 취향저격이 더 어려워진다. 일일이 그들을 찾아가 들을 수는 없는 노릇이기 때문이다. 게다가 클래식카처럼 그들의 이야기엔 몇십 년의 세월이 담겨 있다. 각자의 이야기에서 시작한 이 사소함을 이해하다보면 누군가의 이야기는 다수가 따라갈 수 있는 가이드라인, 즉 문화가 된다.

딴생각

브리콜뢰르

"아빠 큰일났어. 정말 미안해. 팽이를 잃어버렸어."

아이가 사색이 된 얼굴로 울면서 연거푸 미안하다고 말했다.

"침대 아래로 팽이가 들어가버렸어." 아이는 엉엉 울었다.

아이가 요즘 한창 가지고 놀던, 애니메이션과 함께 유행하기 시작한 요상하게 생긴 팽이였다. 팽팽한 벨트를 넣고 힘껏 당기면 기어에 물려 회전이 들어가고 팽이가 바닥으로 내동댕이쳐지면 돌기 시작한다. 튜닝도 할 수 있는 팽이인데, 다른 모델을 여럿 가지고 있을 정도로 아이는 무척 열정적으로 팽이를 좋아했다. 어느 날 그걸 가지고 놀다가 너무 강하게 회전을 주었는지 팽이가 침대 밑으로 들어가버렸고 아이가 그걸

찾으려고 엎드려 침대 밑을 보니 까마득하게 깊고 넓었나보
다. 게다가 어두컴컴하기까지 했으니 팽이가 맨홀에라도 빠진
것처럼 다시는 못 찾을 것이라고 생각했던 것이다.

　　일단 우는 아이를 진정시키고, 집에서 쓰는 건축가용 접
이식 자를 꺼내 가제트 형사의 로봇 팔처럼 길게 쭈욱 폈다. 자
의 마지막 끝단만 90도로 꺾은 다음, 아이와 함께 침대 밑으로
몸을 수그려 자를 깊숙이 넣었다. 끝단에 팽이가 걸렸다. 침대
밑에 쌓인 먼지와 함께 팽이가 모습을 드러냈고 아이는 환호
했다.

　　　　　　　　　　　　　　　　　　　　　　딴생각

아이는 희색이 만면해서는 다시 팽이를 열심히 돌렸다. 똑똑한 아빠 덕분에 아이는 오늘 조금 더 문명화되었다. 도구를 제작하고 사용할 줄 아는 인간, 호모 파베르Homo Faber의 핏줄을 확인하는 순간이었다. 그날부터 아이는 팽이를 돌릴 때면 접이식 자를 곧게 펴고 끝단만 직각으로 구부려 자기 옆에 바짝 가져다놓고 팽이가 손에 닿지 않는 곳으로 들어가면 몇 번이고 그 자로 팽이를 꺼내며 논다.

나도 어릴 때 아버지가 뽀빠이처럼 보였던 적이 있다. 내 아이의 팽이처럼, 내 손이 미치지 못하는 곳으로 작은 물건이 사라지는 일은 내 어린 시절에도 허다했다. 한번은 작은 레고 조각이 소파 밑으로 사라졌다. 그런데 아버지가 기다란 나무 작대기 한쪽에 테이프 끈끈이가 노출되게 반대 면으로 감아서 소파 밑에 있던 그 작은 조각을 찾아냈다. 그리 대단한 일도 아니지만 아버지의 소소한 맥가이버 정신은 '아빠 최고!'의 순간을 만들어냈다. 누구나 그런 순간이 있었을 것이다. 손이 닿지 않는 높이의 물건을 어린 나보다 키가 컸던 부모님이 집어주는 순간, 그럴 때 경외심과 같은 감정을 느꼈던 순간이.

내 친한 친구 중에 안토니오라는 녀석이 있다. 마피아의 거점 중 하나인 이탈리아 남부 항구도시 바리Bari 출신인데, 그 친구의 어린 시절 이야기는 영화 〈폭력의 역사〉에 나오는 수준이다. 마피아에게 돈을 뜯기거나 친구끼리 허구한 날 주먹다짐을 하고, 마피아 출신 삼촌까지 둔, 믿기 힘들 정도로 폭력으로 얼룩진 과거가 있는 친구였다.

그런데 알고 보니 집안에 그보다 더 거친 형이 둘이나 있단다. 삼 형제가 집에서 싸우느라 어머니가 아주 힘드셨겠다고 말했더니, 안토니오는 '집에서 싸우는 일은 없었다'고 답했다. 아니, 시비는 늘상 있는 일이었지만 집안에서 폭력이 발생하기 전에 어머니의 통제로 싸움으로 번지지는 않았단다. 어머니 덕분에 집은 늘 평화로웠다는데, 사실 정확하게 말하자면 어머니가 손에 든 파스타 반죽용 방망이 하나로 온 집안이 조용해진 것이다. 집에서 형제들끼리 으르렁거리거나 목소리가 조금만 높아져도 어머니의 손에는 어김없이 방망이가 들렸고, 삼 형제는 어머니에게 자비 없이 제압되었다. 그 결과 삼 형제가 세상에서 가장 무서워했던 존재는 자기보다 싸움을 잘하는 친구나 동네 깡패나 유명한 마피아도 아니고 그저 어머니 손에 들려 있던 방망이였다. 물론 그들이 방어 없이 방망이를 받아들인 것은 퇴근 후에 돌아온 아버지의 손에 무엇이 들려 있을지 모를 두려움보다는 홍두깨로 맞는 매가 훨씬 더 나았기 때문이었다.

브리콜뢰르bricoleur, 손재주가 좋은 사람을 뜻하는 단어다. 주어진 재료로 완성도 높은 결과물을 만들어내는 능력이 아니라, 상황에 따라 임기응변을 통해 지혜롭게 문제를 해결하는 능력으로 보는 게 맞다. 이 단어가 최근 들어 더 회자되는 것은 지금처럼 빠르게 변화하는 세상에서 적응하기 위한

유연성, 그리고 단편적인 지식보다는 통섭적인 이해와 보편적인 발상을 뛰어넘는 창의성을 요구하는 요즘 시대의 인재상이 바로 '브리콜뢰르'에 가깝기 때문이다. 분야를 넘나들고 사고의 경계를 무너뜨리는 용기, 개인의 잠재된 가능성의 실현과 관계된 최상의 우수성을 가리키는 아리스토텔레스의 '아레테arete'와도 가깝다. 사실 브리콜뢰르 같은 창의력은 일상에서도 얼마든지 마주할 수 있다. 뛰어난 예술가나 디자이너에게서만 나오는 것이 결코 아니다.

책상에 카세트테이프가 놓여 있고 그 옆에 필기용 육각 연필 한 자루가 있다고 치자. 가만히 머릿속에 그림을 그려보면 무엇이 떠오르는가? 연필과 카세트테이프는 전혀 무관해 보이기도 하고 누군가는 카세트테이프 자체를 모를 수도 있다. 물론 드라마 〈응답하라 1997〉을 즐겨 봤던 사람이라면 이 그림을 보자마자 답을 찾았을 수도 있다. 신해철의 음악을 다시 듣기 위해 쉬는 시간에 육각 연필을 테이프 구멍에 꽂아 되감은 추억을 간직한 사람들도 꽤 있을 것이다.

　당시의 카세트 플레이어는 테이프를 몇 번만 뒤로 감아도 건전지가 쉽게 닳았다. 야간 자율학습까지 고려해 건전지의 수명을 미리 생각해둬야 했기에 시간만 허락한다면 짬짬이 수동으로 연필을 릴에 끼워 테이프를 감는 방법을 택하곤 했다. 카세트테이프 제조사와 연필 제조사가 서로 머리를 맞대고 표준규격을 함께 고민한 적은 없을 것이다. 그러나 누군가 연필의 육각이 카세트의 구동용 릴과 정확히 맞아들어가는 것을 발견하면서 필기구와 카세트의 극적인 만남이 발생한 것이다. 그럼 젓가락과 긴 머리카락은 어떠한가? 틀어올린 머리카락에 젓가락을 꽂아 비녀의 역할을 맡게 한 것은 어머니로부터 혹은 할머니로부터 봐왔던 브리콜뢰르스러운 모습일 수 있다. 신발을 편하게 신도록 돕는 친절한 구둣주걱이 내 등짝을 후려치는 배신을 저지르는 일도 달갑지는 않은 순간이지만 기억 속에서 그리 낯설지 않다. 그저 우리 일상에 파묻혀 있던 그 불꽃 튀는 기지를 우리는 인식하지 못한 채 지냈을 뿐이다.

미래의 지능이 가져올 위기에 대해 분야별로 많은 우려가 등장하고 있다. 곧, 아니 내일 당장 '딥러닝'에 기반한 인공지능 기술이 세상을 지배하는 미래가 올지도 모른다. 인공지능이 인간의 지능을 앞지른다면, 사회 속 개인의 역할은 인공지능으로 대체될 위기에 놓인다. 인공지능은 수많은 데이터베이스를 통해 훈련받는다. 단지 연관된 것들을 반복적으로 접함으로써 판단과 유추에 대한 정확한 경험치를 얻게 되는 것이다. 발이 넷 달린 비슷한 크기의 개와 고양이를 과거엔 구분하지 못했지만 이제는 수많은 이미지에 노출됨으로써 개와 고양이를 스스로 구분할 수 있는 능력을 가지게 되었다. 즉 인공지능은 유사한 것들을 더이상 혼동하지 않는다.

과거 인공지능 개발 초기에는 기존에 없던 창의적인 것을 만들어내는 디자인이나 예술 분야는 상대적으로 인공지능의 위협으로부터 안전할 것이라 했다. 하지만 습관적이고 관습적인 발상에서 이루어진 이미지를 반복적으로 접한 결과, 그저 반복에 지나지 않는 지적 능력은 미래의 지능에 제압되어버릴 수밖에 없다는 것이 계속 밝혀지고 있다.

물론 성실하게 훈련된 원리 원칙대로 사고하고 논리적으로 창조하는 과정도 중요하지만 이는 기본적인 여건에 불과하다. 지난 것과 조금도 다르지 않게, 늘 그리던 대로 선을 긋고,

빈칸에 뻔한 색을 칠하고, 출생의 비밀을 밝히는 뻔하고 뻔한 이야기를 만들어내는 일이라면 자리를 잃을 것이다.

다시 말해 인공지능은 안타깝게도 인간의 이 뻔한 발상을 좌시하지 않을 것이다. 결국엔 인공지능은 스스로 인간의 존폐에 대한 물음을 제기할 것이다. '이 뻔한 것들을 확 없애버릴까?' 하고 말이다. 먼 미래의 이야기가 아니라서 두렵다. 그래서 미래의 지능이 예측할 수 없는 각자의 생각을 찾아야 한다. 침대 밑에 들어간 팽이를 꺼낼 때 쓰인 디자인용 자나 형제 싸움을 예방한 엄마의 방망이, 그리고 카세트테이프를 되감던 연필처럼, '요건 몰랐지?' 하며 등장할 기발한 생각은 영원히 인간만이 해낼 수 있을 것이다. 어머니가 즉흥적으로 꺼내든 방망이의 쓰임새는 인공지능이 감히 흉내조차 못 낼 참신한 발상이다. 인간의 폭력을 제압할 수많은 진압 도구를 학습한 인공지능이지만, 차마 음식용 반죽 방망이를 진압용으로 상상하긴 어려울 것이다. 더 맛난 파스타를 만들 수 있는 '도구적 이해'에 바탕을 둔 방망이의 물리적 개선 대신 삼 형제의 폭력을 제압할 수 있는 도구가 절실했던 어머니의 그 쓰임새는 영원불멸의 참신함이다.

대학에 들어와서 처음 술을 배웠고, 소주는 맛이 없다는 것도 그때 처음 배웠다. 신입생 오리엔테이션 때 병따개를 찾으려 우왕좌왕하던 내 앞에서 보란듯이 라이터로 소주병을 따던 선배의 모습은 여전히 잊기 어렵다. 이문세 3집 앨범은 연필로 감아 들어야 더 좋은 소리가 나온다고 말했던 오랜 친구의 말은 아무런 근거 없는 낭설에 불과할 테지만 여전히 사실이라 믿고 싶다. 왜냐면 그런 즉흥적인 발상들은 지금까지 또렷하게 기억할 만큼 나의 마음을 제압했기 때문이다. 강렬한 순간은 사소하게 나타난다. 그리고 그 순간에 사소하게 익힌 우리만의 지혜는 미래의 그 누구를 제압할 수 있는 가장 현명한 무기가 될 것이다.

연필

일자리를 독일로 옮긴 뒤 아이가 새로 다닐 학교에서는 등교하기 일주일 전에 학부모들에게 준비물 목록을 건네줬다. 그 안에는 공책의 규격과 필통 속 물품 등 준비물이 매우 상세하게 적혀 있었는데, 흥미로웠던 점은 연필과 기타 필기구의 제조사를 정확하게 표기해놓았다는 것이다. 실용적 소비가 몸에 밴 독일이라 생각했는데, 초등학교에서 입학 첫날 이른바 명품 메이커인 '파버카스텔'의 연필과 특정 메이커의 필기구를 지참하도록 명시해놓은 것이 뜻밖이었다. 물론 의무 사항은 아니었지만, 아이의 첫 등교 준비물인데다 학용품의 제조사 이름까지 명시되었으니 저렴한 다른 학용품으로 대체할 부모는 많지 않으리라 생각했다. 그렇게 특정 제조사를 명시한 이유는 안전과 품질이 보장된 자타공인 세계 최고의 연필과 노트이기 때문이었을 것이다. 아이들이 처음으로 학교에서 손에 쥐고 공책에 글씨를 적어갈 도구만큼은 세상에서 가장 좋은 재료로 만들어져야 한다. 이것은 독일이 중요시하는 교육의 '기본' 중 하나이다.

사진 속의 연필은 1977년에 만들어진 파버카스텔 연필이다. 몇 해 전, 이 귀한 걸 친구가 생일선물로 주었다. 나와 동갑내기 연필이니 더욱 뜻깊다. 내가 서울에서 태어나 빽빽 울던 당시, 이 연필은 지금 내가 거주하는 곳에서 40분 거리에 있는 '돌石'이라는 뜻을 지닌 작은 도시 슈타인Stein의 한 공장에서 태어났다. 그리고 얼마 후 나는 첫돌을 맞이했고 운명을 점치는 돌잡이를 했다. 모든 이들의 염원에 부응하여 연필을 잡았다고 한다. 한국에서 연필은 '공부'를 뜻한다. 공부는 판검사 같은 직업에 따라오는 높은 사회적 지위, 성공을 목표로 한다. 나 또한 일단 첫 생일에 연필을 잡음으로써 많은 사람에게 훗날 내가 공부를 잘할 거라는 희망의 메시지를 던진 것이다. 아무튼 그 기대에 화답이라도 하듯이 나는 늘 손에서 연필을 놓지 않았다. 연필은 내가 스스로 다루기 시작했을 때부터 내 손에 자주 머물러 있는 물건이었다. 내 연필은 다른 친구들의 것

보다 항상 빨리 짧아졌다. 매우 희망적이었다. 나의 인생은 돌잡이에서 점쳐진 바람직한 방향으로 흘러가는 듯했다.

다만 나의 연필은 당시 어른들이 기대한 바와는 다르게 쓰이고 있었다. 문제를 풀고 답안을 작성하는 일 대신 그림을 그리는 데에만 집중했다. 판검사가 되는 길과는 영 딴판인 방향으로 가고 있었던 것이다. 돌잡이에서 연필을 잡는 순간 환호했던 어른들은 이제 내가 연필을 쥐는 것을 탐탁지 않아 했다.

"만화가나 되려나?"

"환쟁이(그림쟁이)가 되려나?"

나를 믿고 바라보는 부모님 이외의 어른들에게, 나의 서걱이는 연필 소리는 그저 불필요한 검은 가루나 만들 뿐이었다. 게다가 나는 그토록 금기시되던 왼손잡이였다. 왼손잡이는 재수가 없다고 말하는 사람도 있었고, 부모 욕 먹이는 일이라며 으름장을 놓는 선생님도 있었다. 심지어 왼손으로 수저를 쓰면 부모가 일찍 죽는다며 '호로자식'이라는 흉측한 말을 거침없이 뱉는 어른도 있었다. 학교에 입학하자 나의 연필은 강제로 오른손에 쥐여지곤 했다. '대한민국'을 왼손으로 쓰면 안 된다는 이유에서였다. 나는 슬며시 왼손으로 연필을 옮겼지만 왼손으로 쓴 글씨는 왼손잡이 특유의 모양새(글을 쓸 때 오른손잡이는 바깥쪽으로 팔이 나아가지만 왼손잡이는 시계 방향으로 팔목이 꺾이기 때문에 글이 한쪽으로 어색하게 쓰러져 보인다) 때문에 금세 들키곤 했다. 학교측이 얼마나 엄격했는지, 보다못한 어머니가 학교에 찾아가 그림만큼은 그냥 왼손으로 그리게 해달라고 요청할 정도였다. 결국 나의 의지와는 상관없이 그림 그리기와 밥 먹기는 왼손으로, 글씨 쓰기는 오른손으로 결정되었다. 나를 위한 특별한 배려였지만 지금도 기억날 만큼 오른손에 연필을 쥐고 쓰는 일은 이루 말할 수 없는 고통이었다.

부모의 운명조차 망가뜨릴 수 있다는 저주받은 왼손잡이인데다, 못마땅하게도 연필로 그림만 그렸으니 내가 쥔 연필은 더이상 희망이 아니다못해 절망의 도구가 되어버렸다. 나의 학창시절 내 교과서의 뒷면과 앞면, 공책의 공백은 문제풀이나 정답 대신 낙서로 가득했다. 신성한 교과서에다 그림을 그린다고 몽둥이로 맞은 적도 있고, 칠판에 적힌 선생님의 거룩한 가르침을 그대로 옮겨 적어야 하는 공책에다가 감히 그림을 그렸다며 혹독한 처벌을 받은 적도 있다. 생각을 글로 쓰는 것이 아니라 그림으로 그리는 것은 환영받지 못했다. 당시에는 빈 종이만 보면 홀린 듯 낙서로 채워버리는 나의 습성이 원망스럽기까지 했다.

세월이 흘러 지금은 참으로 다행스럽게도 업무 노트에 사방팔방 그림을 그려도 누구 하나 뭐라고 하는 사람이 없다. 누가 앞에서 회의를 하든지 간에 코를 박고 그림을 그려도 직업상 업무의 연장으로 여겨져 얼마든지 용납된다. 주눅들지 않고 혼날 걱정 없이 맘껏 그림을 그릴 수 있다는 것만으로도 축복이다. 게다가 왼손으로 그리는 일에 누구 하나 지적하는 이가 없다. 회의 때 늘 내 옆에 앉는 파리지앵 빈센트. 몇 해 전 그 친구가 왼손으로 그림 그리는 모습을 처음 봤을 때 나도 모르게 내가 듣던 비난의 목소리가 들렸다. 순간 숱하게 듣던 아픈 그 단어가 떠올랐다. 그리고 중얼거렸다.

"호로자식."

●

나는 결국 선생님이 그렇게 하지 말라고 하던 낙서를 매일, 그것도 적지 않은 돈을 받고 하고 있다. 내가 종이에 낙서처럼 끄적댄 조그마한 그림 한 장이 최소 3~4년 동안 2만 명가량의 엔지니어를 움직이게 한다. 공장에선 수많은 직원이 내가 그린 그림을 실체로 만들기 위해 나사와 볼트를 맞춰가며 애쓴다. 돼먹지 못한 왼손잡이의 손에서 탄생한 그림이 이내 자동차가 되어 고속도로를 질주한다. 그것도 속도제한이 없는 아우토반에서 말이다. 그렇게 연필은 어른들이 원했던 판검사가 되는 길 대신 다른 희망의 길을 그려내는 도구가 되었다.

전 세계적으로 디자이너를 꿈꾸는 이가 많은데, 한국에는 유난히 더 많다. 아마도 자동차 공업이 수십 년 만의 압축 성장을 가능케 했기 때문일 것이다. 그래서 한국 사회에서는 자동차 회사의 위상이 독일에서만큼이나 높다. 게다가 해외 자동차 회사의 브랜드 가치가 인기에 한몫을 했을 것이다. '아우디'를 디자인하는 디자이너라면, '페라리'를 그리는 디자이너라면 뭔가 슈퍼스타 같은 묘한 스타성이 있으리라 상상하는 것도

©아우디·박찬휘

충분히 납득할 만하다. 그래서 그런지 매년 수만 명씩 쏟아지는 디자인 전공자들 가운데에서도 자동차 디자이너를 희망하는 이들이 압도적으로 많다. 운좋게 내가 희망하던 회사에서 디자이너로 첫 직장생활을 했을 때 디자이너를 꿈꾸는 학생들에게 질문을 받을 기회가 있었다.

"언제 자동차 디자이너가 되었다는 걸 실감했나요?"

사실 호날두나 메시에게 '언제 축구선수가 되었음을 실감했나요?'라고 질문하는 게 올바른 주소일 텐데 말이다. 이 질문의 바탕엔 엉뚱한 환상이 깔려 있는지도 모른다. 디자이너가 축구선수만큼 돈을 많이 버는 직업이라는 환상이다. 물론 축구선수와 공통점이 아예 없는 것은 아니다. 축구선수도 대부분 유년시절에 밥만 먹으면 공만 찼을 테니 그 시절이 순탄치만은 않았을 것이다. 하라는 공부는 안 하고 공만 차려 한다고 무척 혼이 났을 것이다. 결국 그들은 공 차는 것을 업으로 하는 축구선수가 되었다. 나도 하라는 '공부' 대신 그림을 그려 혼이 났지만, 그림 그리는 것을 업으로 하는 디자이너가 되었다. 이게 바로 축구선수와 디자이너의 공통점이다. 공부나 하라며 어른들이 못마땅해하던 일로 돈을 벌고 있다는 점. 그리고 하나 더, 축구선수가 공 차는 연습을 무수히 하듯이 디자이너 역시 자동차를 그리는 훈련을 무수히 해야 한다. 호날두는 경기가 끝난 뒤 집에 와서도 슛을 훈련한다고 한다. 디자이너도 자동차를 쓱쓱 그릴 수 있게 될 때까지 고된 훈련이 필요하다. 안타깝게도 버는 돈의 액수는 매우 다르지만 말이다.

그림은 자동차의 운명이다. 자동차라는 것은 오묘하게도 모든 삼차원의 집합체로 생겨먹었다. 그래서 시간이 흐르고 셀 수 없이 많은 자동차를 인류가 만들었어도 못생기고 불편하게 생긴 차들은 여전히 쏟아져나온다. 워낙 다양한 재료와 삼차원의 형상이 만나 치고받느라 다양한 형상들이 연출되고 단 몇 밀리미터의 차이로 운명이 갈리기도 한다. 그래서 생각이 그림으로 옮겨지는 과정에서도 표현의 수단인 '그림'은 쓰임새가 중요하다. 사람의 얼굴을 그리는 일과 비슷하다. 디자이너의 그림을 보고 실제의 모습이 정확히 연상이 가능해야 한다는 이야기다. 난 아빠를 그렸는데 아이는 그림을 보고 엄마 얼굴이라고 말하는 것처럼 디자이너의 그림은 누구에게나 정확한 정보를 전달해주어야 한다. 미취학 아동인 아들도 끽해야 5분 운전할 범퍼카를 고르느라 그 생김새를 놓고 노심초사하는데 내 그림 앞에서 손익을 따지는 다양한 전문가 집단들은 얼마나 까다롭게 시비를 걸겠는가? 내 생각을 펼쳐낸 그림들은 다시 타인에 의해 선택을 받는다. 그 선택을 기다리는 일은 생각만 해도 머리가 지끈거린다. 자동차는 원가로 치면 단일 제품으로는 가장 높은 비용이 들어가기 때문에 새로운 자동차가 태어나기 전에 수많은 다른 조직의 사람들이 각자의 전문 영역에서 더욱 신중하게 판단한다. 바로 디자이너의 그림을 통해서이다.

"잘 팔릴 것인가?"

"충분히 고객들에게 새로움을 선사할 수 있을 것인가?"

그래서 디자이너의 그림은 그들을 설득할 수 있는 힘이 있어야 한다. 즉 그림 하나로 실제 차를 명쾌하게 상상할 수 있는 친절함이 필요하다. 그래서 자동차 디자이너는 보다 친절한 그림을 위한 물리적 훈련이 필요하다. 완성품이 되기 이전에 선택의 과정을 여러 번 거치는 일은 디자이너의 운명이다. 이는 여러 완성품을 전시해 그중 어느 작품이 고객에게 선택받는 예술가의 작품과는 완전히 다른 운명인 셈이다. 아무리 생각이 뛰어나다고 한들 차를 쓱쓱 그려 '짠!' 하고 보여주지 못하면 누구도 내 생각을 이해할 수 없다. 아니 이해하기 위해 한번 더 들여다봐야 한다면 이미 그 그림은 탈락이다.

그래서 오늘도 엄마를 엄마같이, 아빠를 더욱 아빠같이 그리려고 발버둥친다.

●

런던 유학생 시절에 나는 지독하게도 그렸다. 미친듯이 그려야 좋은 회사에서 멋진 차를 그릴 수 있는 기회가 온다고 하니 멈출 수 없었다. 그런데 멈출 수 없다는 건 한편으로 참 부담스러운 일이다. 그리면 그릴수록 연필과 마커는 무서운 속도로 닳아가니 마음껏 그릴 수 없었다. 연필과 볼펜은 그렇다 쳐도, 잉크가 담긴 마커는 얘기가 조금 달랐다. 당시 학교 식당에서 점심 한 끼가 4파운드 정도일 때 마커 한 자루는 학교 화방에서 5파운드에 팔리고 있었으니, 유학생 신분에 제법 부담스러운 재료가 아닐 수 없었다. 스케치 맹연습 덕분에 마커가 뻑뻑거리며 목쉰 소리를 내기 시작하면 슬슬 불안해지기 시작했다. 결국 아끼고 아껴 훈련을 이어가면서 물가 비싼 런던에서 유학생으로 지냈다. 열심히 하고 싶어도 그놈의 재료비가 만만찮아 맹목적인 마음가짐만 내세울 수 없었다.

영국에서 학업을 마치고 이탈리아에서 첫 직장생활을 시작한 날이었다. 첫날이니 오리엔테이션이랍시고 나의 사수인 백발의 디자이너 마우리치오가 나를 데리고 회사 구석구석을 다니면서 소개해주었다. 모델실을 다니며 언제 나올 페라리의 무슨 모델의 차라며 의기양양하게 '짜잔' 하는 추임새와 함께 선보여주기도 했는데, 아직 공개되지 않은 모델을 미리 보게 되니 선택받은 사람이 된 것 같았다. 게다가 학창시절부터 말로만 듣던 어느 유명 디자이너와 악수를 하며 통성명까지 했다. 그런 순간은 하나하나 말로 다 표현하지 못할 만큼 영광스러웠다.

그런데 정작 내가 이곳에서 차를 그리는 사람이 되었다는 사실을 실감한 것은 엉뚱한 순간이었다. 오리엔테이션이 거의 끝날 즈음에 사수가 지하에 있는 어떤 방 앞으로 데리고 가더니 이곳은 앞으로 제일 많이 들락거려야 하는 곳이라면서 작은 문 하나를 열었다. 그 방은 그야말로 보물섬이었다. 스케치북과 연필, 마커가 잔뜩 쌓여 있었다.

"여기는 재료실이야. 필요한 만큼 푹푹 집어다 쓰면 돼."

흥분한 나는 물었다.

"공짜 아니죠?"

마우리치오는 대답하지 않고 싱긋이 웃었다.

그날 이후 나는 단 한 번도 뻑뻑 소리를 내는 마커와 짧게 닳아 더이상 쓸 수 없는 몽당연필을 내 손에 잡은 적이 없다. 짧아진 연필은 가차없이 휴지통으로 던져졌으며, 마커펜이 뻑뻑거리며 내 손안에서 운명을 다할 일도 없어졌다. 그때 나는 비로소 내가 차를 그려 인정받을 수 있게 되었다는 사실을 실감했다.

그때의 기억은 자동차 디자이너 꿈나무들의 질문에 변함없는 답이 되었다.

"내가 디자이너가 되었다고 실감한 건 연필이 공짜가 되었을 때였습니다."

●

디지털 펜이 연필을 대신하고, 태블릿PC의 화면이 종이를 대체할 거라고 한다. 연필과 종이를 생산하던 회사들도 많이 사라져가고 있다. 하지만 예전부터 명품을 만들던 파버카스텔과 같은 곳의 가치는 더욱 올라갔다. 우려와 다르게, 연필과 종이는 지나치게 앞서가던 기술과 예측의 틈에서 더욱 빛을 발했다. 그 예를 역사에서도 찾아볼 수 있다. 냉전시대 소련과 미국은 누가 먼저 달에 착륙하느냐를 두고 치열하게 경쟁했다. 이는 온전히 기술의 우위를 위한 경쟁을 넘어 이념의 우열을 가리기 위한 또다른 전쟁이었다. 대기권 밖의 우주 항해사가 사용할 필기구가 필요했다. 당연히 영구적으로 남을 잉크를 사용한 펜이 우선시될 수밖에 없었다. 하지만 대기권 밖에서는 무중력으로 인해 잉크가 종이에 묻지 않고 공중에 둥둥 뜨는 터라 사용할 수 없었다. 그래서 미국의 나사NASA는 천문학적인 비용을 들여 우주에서 사용 가능한 펜을 개발했다. 그런데 소련의 우주인들은 정작 그 비싼 펜이 필요 없었다. 대기권 밖에서도 사용할 수 있는 유일한 재료가 흑연을 가진 연필과 종이라는 사실을 잘 알고 있었기 때문이다.

디자이너가 자신의 생각을 온전하게 그려내지 못하면 심각한 문제가 되는 순간이 있다. 예를 들면, 수많은 엔지니어를 상대로 한 회의에서 재빠른 문제의 해결책이나 새로운 생각을 시각적으로 설명해야 할 때가 있다. 어차피 회의 참가자들이 전부 컴퓨터나 태블릿PC를 갖고 있으니 디지털로 그려내면 되지 않느냐고 생각하기 쉽지만, 그 방식은 무척 번거롭다. 마치 칠판에 분필로 삼각형을 그리는 수학 선생님처럼, 누군가 해결책을 손에 잡히는 대로 그 자리에서 쓱쓱 그려내야 한다. 결국 옆에 있는 빈 종이에 형광펜이든 무엇이든 잡히는 대로 그리는 단 하나의 낙서가 모두를 설득하게 된다.

컴퓨터를 만진다고 허둥지둥하다보면 전광석화같이 흐르는 회의에서 이미 두세 박자 늦어버린다. 그렇게 박자를 놓치면 기회는 사라져버리고 없다. 엔지니어는 결코 디자이너의 새로운 생각을 느긋하게 들어주지 않는다. 잠깐이라도 머뭇거리면 곧바로 다음 어젠다로 넘어간다. 아무리 세대가 바뀌고 매체가 변한다 한들, 자동차 디자이너에게 펜과 연필, 마커는 필수품이다. 수천 장을 찍어낼 때나 정교함을 요하는 최후의 작업에서는 컴퓨터를 이길 수 없지만, 현장에서 문제를 재빠르게 파악해 대처하려면 주변의 널브러진 종이에 쓱싹거리는 게 최고다. 교과서 표지에 낙서하고 혼나길 반복했던 것이 나쁘지 않은 경험이었다. 즉흥적으로 낙서할 줄 아는 것이 가장 효율적이다.

게다가 생각이 펜으로 전달되고 펜이 종이에 문질러질 때 발산되는 과정이란 단순히 기록의 과정만은 아니다. 그 찰나에 기막힌 아이디어가 증폭될 수도 있고, 전혀 인식하지 못했던 큰 실수가 감지될 수도 있다. 가만히 생각해보면 참으로 우아하기까지 하다. 빛나는 열매는 단단한 껍질을 뚫고 나와야 한다. 나비가 하늘로 날아오르기 위해서 단단한 허물을 벗어내는 인고의 시간을 지나듯이 파괴는 다른 창조의 기회가 된다.

흑연은 어떤가. 흑연은 종이에 비벼지며 마찰되고 파괴되는 과정을 거쳐서야 종이에 흘린 검은 가루의 흔적, 즉 기록이 되어 남게 된다. 그건 어느 왼손잡이 소년의 낙서일 수도 있고, 몇 개의 선이 좀더 심각하게 이어져 자동차의 형상이 되기도 한다. 어쩌면 인류가 우주여행의 꿈에 한 발짝 더 다가갈 수 있는 것은 그 옛날 러시아 우주 항해사가 연필로 꼼꼼히 남긴 메모 덕분일지도 모른다.

다이아몬드와 흑연은 탄소라는 동일한 원소로 태어났다. 단지 결정 구조의 차이로 인해 안타깝게 다른 빛깔을 지닌 운명에 이르고 말았다. 하지만 어느 것에 가치를 놓고 보느냐에 따라서는 연필이 보석보다 더욱 숭고하기도 하다. 보석은 인간이 규정한 물질의 가치 속에서만 빛을 발하지만, 흑연은 사랑을 쓰기도 하고 수많은 아이디어를 기록해 인류에 이바지하기도 한다. 인류의 운명을 뒤바꾼 발명품들도 연필 끝에서 그려진 그림을 통해 이 세상에 태어나지 않았던가?

이제 한번 더 명확해졌다. 연필에 담긴 뜻은 공부가 아니다. 연필은 희망이다.

종이

태극기

펄럭이며

나의 아버지는 1세대 자동차 디자이너다. 내가 왼손으로 연필을 쥐어 모두가 경악하던 그때, 아버지는 다빈치도 피카소도 왼손잡이였다며 오히려 반기는 기색이었다. 아버지는 사방팔방에 낙서를 해대는 짓궂은 나의 열정을 유일하게 흐뭇하게 바라봐주는 분이었다.

잠시 내 아버지 이야기를 해야겠다.

아버지가 디자이너를 꿈꾸게 된 것은 초등학생 시절 미술 선생님 덕분이었다. 이념이 세상을 갈라놓은 시절답게, 조국을 옳게 머리에 담고 있는 일이 가장 중요하던 때였다. 돌이켜 보면 아버지의 그때 그 시절에서부터 내가 초등학교에 다니던

딴생각

시절까지, 때마다 군인들에게 위문편지를 쓰고, 태극기의 건곤
감리를 옳게 그리고, 지금 봐도 난해한 애국가의 가사를 4절까
지 완벽하게 외워야 한다는 강요는 조금도 바뀌지 않았다.

아버지의 첫 미술 숙제는 태극기를 그려오는 것이었다.
숙제를 제출하는 날, 다른 아이들은 하나같이 종이 한 면을 태
극기로 가득 채워 왔다. 당장 깃대에 달아도 될 정도였다. 어떤
친구는 종이를 반듯하게 펴기 위해 이불 밑에 종이를 넣어두
었다가 액자에 넣어 가져오기도 했다. 숙제를 아예 안 했으면
안 했지 감히 태극기를 엉터리로 그려온 친구는 없었다. 이 신
성한 태극기를 누가 더 존엄하게 대했는지 미묘한 차이만 있
을 뿐이었다. 그때 아버지는 자신이 친구들과는 다르게 숙제
를 해왔다는 사실을 알게 되었다. 선생님께 크게 혼날 것 같은
두려움에 차마 종이를 펼치지 못했다. 혼자만 숙제를 다르게
해온 것도 문제이지만, 존엄한 태극기를 반듯하게 그리지 않
은 태도도 문제가 되리라 염려스러웠던 것이다. 게다가 친구
들은 거의 온 가족이 출동해 애국의 숙제를 한 것처럼 보였다.
마치 혼자만 애국하지 못한 것처럼 느낀 아버지는 선생님의
반응이 더욱 두렵기만 했다.

아버지는 친구들과 달리 파란 하늘을 배경으로 바람에
펄럭이는 태극기를 입체로 그렸다. 태극기가 한껏 바람에 구
겨지고 휘날리는 역동적인 모습으로 말이다. 아버지의 태극
기는 다른 친구들의 것처럼 스케치북을 가득 채우지 않았으

며, 스케치북 속의 하늘이 내어준 작은 공간에서 바람에 부대
끼며 흔들리고 있었다. 아버지는 간신히 용기를 내어 숙제를
펼쳤고 천편일률적인 네모반듯한 태극기를 그려온 친구들은
비웃어댔다. 역시나 선생님은 무뚝뚝한 말투로 아버지에게
수업시간이 끝나면 남으라고 했다. 다른 친구들과는 너무나
다르게 숙제를 했다는 확신이 들었기에 아버지는 더욱 두려
움에 사로잡혔다. 그러나 선생님은 아버지를 혼내지 않았고,
대신 예상과는 전혀 다른 이야기를 했다. 남들과는 다른 그림
을 그릴 수 있는 특별함, 남다른 시선과 좋은 소질이 있으니
그림을 한번 배워보는 게 어떻겠느냐고 권유했다고 한다. 펼

럭이는 태극기를 그렸던 그 소년은 훗날 자동차 디자이너가 되었으며 지금도 디자이너를 희망하는 많은 이들에게 다른 시선으로 상식을 의심하길 꾸준히 당부하고 있다.

어릴 적부터 나는 아버지가 그림을 그리는 모습을 많이 보며 자랐다. 빈 종이가 있으면 가만두지 못하고 늘 낙서로 빈 공간을 채우던 아버지의 오른손은 쉴 틈이 없었다. 아버지가 그림을 그릴 때면 나는 왼쪽에 꼭 붙어 앉아서 같이 그림을 그리곤 했다. 왼손잡이인 내가 오른손잡이인 아버지와 함께 연탄곡을 연주하듯 그림을 그렸던 기억은 여전히 추억으로 남아 있다. 주말이면 아버지와 함께 이젤과 화판을 들고 들과 산으로 그림을 그리러 다니는 날이 많았다. 그 광경이 신기했던지 멈춰 서서 구경하거나 감탄사를 터트리는 사람들도 종종 있었다.

언젠가 한번은 동해의 감포 바닷가 근처 소나무 숲에서 그림을 그리고 있는데 무섭게 생긴 군인이 온몸에 중무장을 하고 다가왔다. 그 군인은 한참을 망설이다가 아버지의 화판을 들여다보면서 우물쭈물 말했다. 이곳은 군사 보안 구역이라 사진 촬영이 금지된 곳인데, 그림이라고 하더라도 이렇게 풍경을 똑같이 그린 그림이라면 보안상 심각한 문제가 될 수 있다며 아버지와 나를 쫓아내버렸다.

그림을 배워나가는 동안 아버지는 언제나 이렇게 그려야

한다는 정해진 틀을 말해준 적이 없다. 언제나 내가 그린 대로 좋은 것들만 찾아 잘했다고 응원해줄 뿐이었다. 다만 단 두 가지만은 나중에 그림을 잘 그리게 되어서도 잊지 말아야 한다며 늘 강조해주었다. 하나는 먼저 종이의 바탕은 빛이 가진 가장 밝은 흰색이므로 가장 밝은 부분은 늘 남겨두라는 것이고, 다른 하나는 스케치를 할 때면 선을 간결하게 해야 한다는 것이다. 표현하고자 하는 것을 몇 개의 선만으로 간결하고 명료하게 드러내기 위해선 과감하게 선을 긋는 반복적인 연습이 필요하다는 말도 덧붙였다. 선이 틀리게 그어지는 걸 두려워하지 말고 쭉쭉 선을 그어 연습하면 나중에 내가 긋고자 하는 선을 '적재적소'에 그려넣을 수 있다고 했다.

넓은 종이 위에 단 몇 개의 선만으로도 내가 그리고자 하는 바가 확연히 보여야 하고, 선 위에 색이 입혀질 때는 밝은 부분은 밝은 대로 남아 있어야 내 생각을 옳게 말하는 그림이 된다는 것이다. 선은 바로 경계이기 때문이다. 우리가 보는 실제의 사물은 선으로 경계가 나뉘어 있지 않다. 색으로 인해 분리되거나 원경과 근경을 통해 앞과 뒤를 구분한다. 즉 선으로 표현하는 것은 사물의 경계를 인위적으로 드러낸다. 특징적인 부분은 보다 짙고 굵은 선으로 강조된다. 경계를 더 명확하게 인식시키고 특징을 강조하려 선을 긋는 것인데, 주변에 잡다한 선들이 함께 존재한다면 무엇이 주제인지 식별이 불가능해진다.

모든 일이 그렇듯 말은 쉽지만 실천은 어렵다. 종이의 밝은 부분을 남겨놓기는커녕 지나친 욕심으로 흰 여백을 덮어버리기 일쑤였고, 성급한 마음에 붓질을 하다가 마르지 못한 물감이 번져 흰 면에 얼룩이 지곤 했다. 조급한 마음은 간결한 몇 개의 선 대신 어지러운 얼룩이 되어 밝게 남은 지면을 채워버렸다. 여백이라는 것은 그저 멍하니 비워둔, 미완의 빈 구멍 정도로만 여겨졌기 때문이다.

그때의 나에게 종이는 눈앞에 놓인 평면일 뿐이었다. 그러나 나중에 깨달은 바로는, 종이에 놓인 것들은 결국 여백, 그러니까 이차원이 아닌 삼차원이라는 입체 공간이 되는 것을 전제하고 있다. 얇은 종이 한 장에 시간과 공간을 구성하기 위해서는 여백이 살아 있어야 한다는 것을 뒤늦게 알아버렸다. 산수화, 원경과 근경을 구분 짓던 '여백의 미'처럼 말이다. 그러고 보니, 남들은 평면의 종이에 태극기를 납작하게 그렸지만, 아버지의 흰 종이 위에는 넓은 운동장 위에 바람이 불고 있던 날이 펼쳐졌다. 그림 속 운동장의 가운데에 놓여있던 태극기는 바람의 흐름을 타고 마음껏 펄럭이고 있었다. 누구에게나 동등하게 주어진 하얗고 얇은 종이가 누군가에게는 그저 납작한 평면이 되고 또다른 누구에게는 끝없이 확장된 우주와 같은 공간이 된 것처럼 평면은 넓은 공간으로 재탄생할 수 있는 무한한 가능성을 지닌다.

가령, 멋진 풍경이 눈앞에 펼쳐지면 모두 감탄한다. 그리고 약속이라도 한 듯 '그림 같다'라는 말을 한다. 그건 겹겹이 펼쳐진 풍경들이 동서남북으로 가지런히 놓인 채 원경과 근경을 선명하게 드러내고 있기 때문이다. 산과 바다, 구름과 안개. 그 사이에 놓인 그림 속의 여백 같은 모습 덕분에 우리는 더 그림 같은 풍경 속으로 빨려들어간다. 즉 아버지의 태극기 그림을 바라보던 선생님은 이미 태극기가 펄럭이는 공간 속에서 있었던 것이다.

●

구텐베르크의 금속활자 발명 이후 인쇄술의 발달로 인해 입에서 입으로, 혹은 수기로만 전해야 했던 이야기들이 반듯하게 인쇄된 형태로 전해질 수 있었다. 더이상 보태지고 와전되어 '뻥'이 될 수 없었다. 인쇄된 문자와 문서를 통해 보다 객관적으로 정보를 전달할 수 있게 되면서 인쇄술은 중대한 의미를 갖게 되었다. 하지만 인터넷이 등장한 이후, 인쇄매체 중심의 세계는 종말을 향했다. 문자는 종이보다 화면 속에 더 많이 출력되기 시작했다. 문자는 더이상 종이에 인쇄될 필요 없이 온라인 공간 속을 떠다니며 재생산과 편집을 무한히 반복하며 더 강한 생명을 얻었다. 한마디로 화면에 출력된 문자들은 종이에 인쇄된 문자와 문서가 가지고 있던 객관성을 완벽하게 와해시켰다. 이런 이유로 객관적인 정보를 실어나른 종

딴생각

이의 미래는 위태로워졌다. 다른 필기구와 함께 시대의 요구에 동떨어진 재료가 되었다.

무엇보다 디지털의 등장은 '입력취소undo'를 끝없이 가능하게 만들었다. 마치 빠른 시간 여행이라도 하듯 이전의 나로 맘껏 돌아갈 수 있는 편의를 선사했다. 언제든 수정이 가능하고 얼마든지 고쳐쓸 수 있게 되었다. 종이가 부족할 일도 연필 길이가 짧아질 일도 없다. 선을 잘못 그어도 애써 지울 필요가 없다. 내가 선을 그은 행위 자체를 아예 없던 일로 만들어버리듯이 오리발을 내밀 수 있게 된 것이다.

신기에 가까운 디지털의 마법인 '입력취소'는 글을 쓰거나 그림을 그리는 이들에게 기적과 같은 편리가 되었다. 그러나 편리함이 손에 익숙해지는 순간 우리는 편리의 만용을 마주하게 된다. 생각 없이 획을 넣고 습관적으로 페이지를 채워본다. 괜찮다. 맘껏 취소해도 돈이 들지 않는다. Ctrl+Z의 무한반복으로 모든 게 없던 일이 된다.

종이에 볼펜으로 글을 쓰고 선을 긋던 때와 달리 '어차피' 뒤로 돌릴 수 있으니 오히려 한 획 한 획에 대한 집중력이 떨어진다. 옛날엔 적재적소에 두 번 그어 성공할 일들이 지금은 백 번을 긋고 천 번을 취소해도 단 하나를 건져낼까 말까 한다. 그러고도 뭐가 부족한지 다시 Ctrl+Z의 유혹을 받는다. 습관적으로 실행을 취소했으니, 자신의 선택에 대해서도 확신하지 못한다. '다시 취소할까?' 실행취소의 편의를 오남용한 결과다.

결국 입력취소를 통해 돌이키고 싶은 만큼 맘껏 되돌릴 수 있다는 생각은 몇 개의 선들을 적재적소에 그려넣으라는 아버지의 가르침을 거의 불가능하게 만들어버렸다.

또 실재의 하얀 종이는 촉각하는 공간이다. 모니터에 펼쳐진 워드 프로그램의 빈 문서나 포토샵 창에 띄워진 빈 캔버스와는 달리 책상에 놓인 진짜 종이는 촉각적 경험을 준다. 두께에 따라 용도에 따라 저마다 다른 결과 미묘하게 다른 종류의 하얀빛을 가지고 있다. 마케팅에서 다루는 소비자 행동 분야에 '터치 욕구'라는 말이 있다. 실물의 촉각을 느끼는 순간 상호작용이 시작된다. 매개체 간의 논리를 연구한 철학자 아리스토텔레스는 '촉각은 다른 지각에 대한 매개 역할을 한다'고 말했다. 즉 내가 그려야 할 세상을 바꿀 스케치 한 장, 마음을 움직인 글 한 구절도 책상 위에 놓인 종이의 촉각에서부터 시작되었다는 의미다. 오늘날에는 차가운 스크린에 손을 대는 것이 누구에게나 최초의 촉각이 되어버렸기 때문에 까끌까끌한 이 특별한 촉각은 더욱 강렬한 애착으로 남는다.

당연히 만져보고 사야 할 상품을 스크린을 통해 보고 추측에만 의존해 장바구니에 담고 결제 버튼을 누른다. 그리고선 택배 상자를 뜯고 '이런……'이라며 실망하거나 '뭐 이 정도쯤……'이라며 잘못된 선택을 두 눈 질끈 감고 넘긴다. 이처럼 직접 만져보지 않고 '감'을 정확히 느끼는 건 어려운 법이다. 아니 불가능한 일이다. 촉각을 통해야, 즉 직접 만져보고 사물을 접해야 실망할 일도, 대충 합의를 봐줄 일도 없다. 하다못해 점원과 마주하며 나누는 교감으로 에누리를 구할 수도 있다. 이처럼 촉각은 다른 이들과의 교감으로 파생되기도 한다.

또 촉각은 사물 간의 공생을 위해 존재하기도 한다. 종이의 미세하며 까칠한 결이 있어야지만 성실하게 흐르기 시작한다. 플라스틱과 같은 매끄러운 표면 위에서는 흐르지 않는다. 몇천만 원 하는 고가의 몽블랑 만년필도 종이 결이 있어야만 작동한다. 거친 종이의 결에 기대야지만 삭삭 긁혀 흑색으로 남는 목탄도 마찬가지다. 유화의 물감도 결에 남아 그 색을 미세한 결 속에 머무르게 한다. 그 무수한 결 덕분에 수백 년을 버티는 그림으로 남아 있을 수 있다. 더군다나 촉각을 통해 재료를 인식할 때, 즉 종이의 촉각을 연필이든 목탄이든 재료를 통해 교감할 때 평면의 종이는 다시 이야기의 공간으로 인식될 수 있다.

아버지의 당부대로 까칠까칠하고 하얀 종이의 밝은 곳을 비워두면 시선으로부터 멀리 떨어진 희미한 공간이 되고, '적재적소'에 그은 몇 개의 선들은 더욱더 돋보이며 강한 빛이 난다. 이게 바로 빼곡한 색으로 캔버스를 채우던 유럽인들이 감동하는 동양화 속 절제의 미, 즉 '여백의 미'이다. 동양화가 보여주는 여백의 아름다움도 창호지의 결과 먹의 넓은 번짐을 인식할 수 있을 때 비로소 엮어갈 수 있는 것이다. 여백을 남기기 전 창호지의 결을 먼저 살피고 알아야 한다. 종이의 여백은 화면을 가득 채우는 지나친 열정보다는 과감한 냉정함, 채움 대신 비움을 택한 절제의 아름다움이다.

　내 왼손이 아버지의 오른손과 함께 그림을 그릴 수 있던 일을 떠올려보면 종이의 여백은 아버지와 나의 시간을 담아낸 특별한 공간이었다. 지금도 새 스케치북이나 공책을 펼치면 곧 깊은 공간이 되어줄 거라는 기대감에 한껏 들뜬다. 이제는 생각을 쓱싹 그리는 일이 밥줄이 되었을 만큼 능숙해졌지만, 아버지의 충고는 어린 나에게나 성인이 된 지금의 나에게나 변함없이 작용하고 있다. 그만큼 쉽지 않은 일이다. 이미 가득 채워진 공간에선 무엇인가를 떠올리는 일이 어렵다. 비어 있을 때야 비로소 엉뚱한 생각으로 채우고 새로운 색으로도 채울 수 있는 법이다. 빈 공간이 되어줄 하얀 여백을 과감히 남기는 것과 결정적인 몇 개의 선으로 머릿속 상상을 쉽게 드러내는 것, 끝나지 않는 숙제다. 하얀 종이 속의 여백은 그림을 그리고픈 나의 상상력을 자극할 뿐만 아니라 아주 멀어져버린 그때의 푸른 동해로 나를 소환한다.

　지난 행복한 기억은 몇 개의 선으로만 그려진 또렷한 형상처럼 매우 선명하다. 감포 바닷가에서 마주친 애국 수호의 임무를 성실히 수행하던 군인. 너무 잘 그린 그림은 국가의 보안을 위협한다며 기가 막힌 바다 풍경을 화폭에 옮기지 못하게 우리를 제지했던 그 군인의 모습은 특별했다. 그리고 그의 군복 팔뚝에 박음질되어 있던 늠름한 태극기. 그의 태극기는 엄격한 군기 아래 가지런히 다림질된 덕분이었던지 그의 팔뚝에 납작하게 붙어 있었다. 당연히 전혀 펄럭이지 않았다. 그래서 어린 아버지의 하얀 종이 위에서 거침없이 펄럭이던 태극기는 그날 한번 더 특별해졌다.

태극기 휘날리며.

카메라

유리알
유희

우리는 이미지 잉여의 시대에 살고 있다.

어릴 적에 나는 수학여행을 가기 전 아버지가 애지중지하던 펜탁스 카메라를 빌린 적이 있다. 사진기를 처음 만져보는 내가 못 미더웠던지 아버지는 연신 시범을 보이며 기본 사용법을 구체적으로 알려준 뒤에야 카메라를 꺼내며 내게 해보라고 했다. 먼저 카메라 몸체 뒷면의 커버를 열고, 필름통에서 꺼낸 필름을 적당히 잡아빼고선 카메라에 정확하게 장착하고…… 연속 동작을 완벽히 해 보인 뒤에야 카메라를 빌릴 수

딴생각

있었다. 그뒤 수많은 '일'들이 일어났다.

필름 한 통에는 대략 서른 장 정도를 담을 수 있다. 그래서 여행 전, 그 비싼 코닥 필름을 몇 통 준비해야 할지 한참을 고민했다. 그리고 필름을 조심스럽게 카메라에 끼우는 일, 조리개를 조절하고 렌즈와 피사체의 거리를 조정하여 셔터를 누르는 일, 서른 장 내외의 필름이라 혹시 필름을 다 쓴 줄도 모르고 찍는 건 아닌지 노심초사하는 일. 그뿐인가, 다 쓴 필름을 분리하는 일, 필름을 현상하지 않는 한, 어떤 놈이 눈을 감고 떴는지조차 당장 확인하지 못하는 일, 수학여행에서 돌아온 뒤 필름을 현상소에 맡기는 일, 사진에 찍힌 친구들이 얼른 사진을 보고 싶다고 채근하는 일, 일주일 뒤에 현상소로 가서 사진을 찾는 일, 현상소 사장님에게 제대로 나온 사진이 없어서 돈 받기 미안하다는 말을 듣는 일, 정말 모든 사진이 적정 노출을 못 맞춰 하얗게 나와버린 일, 친구들과의 순간을 담았던 소중한 사진을 깡그리 말아먹어 친구들에게 어떤 말로 변명을 해야 하나 한참을 고민했던 일, 일, 일.

추억을 사진으로 담는 소중한 일을 수행하기 위해서는 많은 일을 해야 한다. 휠을 돌리고 셔터를 누르느라 몸은 바쁘고, 필름을 꺼내 사진관에 맡긴 뒤로 사진이 내 손에 들어오기까지의 마음은 흥분과 초조함을 오르내린다.

그 시절을 돌이켜보면, 한 장의 영원한 순간을 남기기 위해서는 핸드폰에 고사양 디지털카메라가 장착돼 있는 지금과는 비교도 할 수 없이 몸과 마음을 거치는 수많은 일을 해야만 했다. 아버지에게 카메라를 빌려달라고 간청하는 '용기', 기다림의 '흥분'과 내가 수학여행의 기록을 망쳐버렸다는 '좌절', 친구들이 던진 '비난'. 몸과 마음이 분주했음에도 그렇게 우리의 모든 기록과 수고는 현상소에서 사진을 찾아 나오는 순간 꽝으로 돌아갔다.

동작 하나하나를 추억으로 기록하기 위해서는 오감과 몸이 조화롭게 움직여야 한다. 수학여행 동안 나는 초점을 맞추고 굼뜬 실력으로 카메라의 노출계를 일일이 돌려야 했다. '빨리 좀 찍어 새꺄!'라는 성미 급한 친구들의 재촉에도 이 수동 카메라의 초점을 직접 눈으로 맞춰야 했고, 초점이 맞을 때까지 친구들의 모습을 광학식 뷰파인더를 통해 한참 바라볼 수밖에 없었다. 비록 한 장도 온전한 사진으로 남기지 못했지만, 그날의 기록은 어느 고해상도로 인화된 디지털 사진보다 훨씬 더 선명하게 내 머릿속의 그림으로 남아 있다.

●

어느 순간 이미지는 모두 디지털로 변형되기 시작했다. 필름은 더이상 활발하게 생산되지 않는다. 이제 와서 필름의 느낌과 기계다운 카메라가 좋다면, 몇 배나 비싸진 가격을 치르고 구입해야 한다. 당연히 필름을 현상해주는 곳도 예전만큼 많지 않다. 그 시절 수학여행의 설움 때문인지 나는 여전히 필름카메라 몇 개를 간직하고 있다. 효율로 치자면 말할 것도 없는 번거롭고 오래된 기계지만 손맛을 제대로 전달하는 오리지널 아날로그적인 '일'의 매력을 아끼고 또 아끼고 있다.

때마침 요즘 들어 다시 필름카메라의 사용자가 늘었다. '왜 필름카메라로 돌아갔나?'라는 질문에, 그들은 하나같이 '찍는 일, 기다리는 일, 우리가 한동안 잃어버린 추억을 기록하려 발버둥치던 그 '일'에 대한 희열 때문'이라고 답한다. 그리고 나날이 늘어나지만 제대로 활용되지는 않는 높은 화소 수와 골치만 아픈 디지털카메라의 수많은 기능에 대해 오히려 회의를 느껴서라고 말하기도 한다.

얼마 전 우연히 내 서랍 속에서 현상하지 않은 필름 한 통을 발견하고는 호기심에 현상소에 의뢰했다. 오래된 현상기로 현상된 필름은 사진으로 인화되는 대신 디지털로 스캔되어 웹하드에 재빠르게 올라온다. 나는 그렇게 디지털화된 필름 사진을 하나씩 다운로드하여 사진을 확인했다. 필름을 스캔한 사진은 아래위가 전복되어 있기 일쑤. 그렇기에 일일이 컴퓨터로 열어 아래위를 돌려 바르게 맞췄다. 그러고선 가만히 사진을 보니 하늘도 파랗고, 햇빛도 무척 쨍했다. 언제 어딘지 바로 떠오르진 않았지만 일단 파랗게 담긴 하늘만으로도 흡족했다.

'여기가 어디지?' 잠시 생각했다. 하늘 사진만으로는 어디에서 찍은 사진인지 바로 알아볼 수 없었으나 다음에 등장한 몇 장 덕분에 기억이 떠올랐다. 2년 전쯤 여름에 이탈리아의 섬 사르데냐Sardenia에서 찍은 사진이었다. 뜻밖에도 잿빛 하늘의 추운 겨울이 한창인 1월의 독일에서 그 쨍한 여름의 기록을 만나게 된 것이다. 사진을 다루는 실력은 어쨌든 옛날보다 좋아진 덕분에 수학여행 때처럼 하얗게 날려먹은 사진은 단 한 장도 없었다. 서른 장의 필름에는 2년 전 여름의 기억이 고스란히 묻어 있었다. 사진 속 나뭇잎들은 어찌나 푸르던지, 바다는 얼마나 파랗던지. 전혀 생각지도 못한 필름 한 통이 주소를 잃은 채 돌고 돌다가 한 통의 편지가 되어 내게로 왔다. 내가 나에게 보낸 그때의 그 반가운 여름 편지들. 필름을 위해 거쳐야 하는 일들을 마다했다면 이 겨울의 한가운데에 여름을 만나는 일은 결코 없었으리라.

기억에 기억을 이어 떠올려보니 그 여름 사르데냐 여행에서 디지털카메라와 필름카메라를 함께 썼다. 메모리 카드에 담긴 수천 장의 디지털 사진은 여행에서 돌아온 직후 살펴보았다. 당장 눈앞의 큰 모니터로 사진 수백 장을 주르륵 펼쳐볼 수 있으니 쉽게 살핀 것이다. 반면 필름은 미루고 미루다 이렇게 2년이란 시간이 흘러 우연히 필름을 찾을 때까지 까맣게 잊고 있었다.

디지털카메라가 필름카메라를 대체한 이후, 사진을 찍고 살피는 일은 아주 짧지만 흥분되는 일이 되었다. 그건 내가 찍은 게 아니라 카메라가 찍어준 수백 수천 장의 사진 중에서 마음에 드는 것을 재빠르게 골라잡는 얄팍함 때문이다. 초점도 알아서 빽빽 맞춰주고, 노출도 자동으로 맞춰주니 사진이 하얗게 다 날아갈 리가 없다. 친절도 이리 친절할 수 없다. 마치 남이 해놓은 것을 골라잡는 듯한 이 얄궂은 만족감. 디지털카메라로 찍은 수천 장의 사진은 당연하게도 쉽게 휴지통으로 옮겨지는 사진이 훨씬 많다.

마음껏 지울 수 있고 또 되돌릴 수 있는데다, 비싼 필름 한 통을 끼워 서른 장 남짓 건지는 필름카메라보다 훨씬 많이 찍을 수 있으니 마음껏 셔터를 누른다. 모습이 내 망막에 채 맺히기도 전에 누른 셔터는 이미지를 메모리 카드로 바쁘게 실어 나른다. 당연히 남은 기억은 없고 메모리 카드를 채운 데이터만 가득하다. 불필요한 사진을 컴퓨터에서 지워내느라 바쁘다. 수천 장의 사진을 거둬내고 최종적으로 선택받아 살아남은 이미지는 마침내 클라우드에 저장된다. 하지만 그중 내 머릿속에서 기억할 수 있는 건 별로 없다.

그런데 사진을 전부 하얗게 날려먹어 친구들로부터 질타받아야 했던 수학여행의 '존재하지 않는 사진'들은 여전히 내 머릿속에서 500dpi보다 더 또렷하게 인화되어 남아 있다. 비록 필름을 현상하는 걸 깜빡했을지라도, 나의 이 망각이 아니었다면 지난 2년 전의 여름이 건네준 선물을 받으며 행복해하는 일은 없었을 것이다. 뒤늦게 얻은 서른 장 남짓한 그날의 사진에는 버릴 것이 단 한 장도 없었다. 전부 분주하게 만들어낸 진짜 기억이었기 때문이다.

차분히 몇 장의 사진을 고르는 일보다 줄줄이 휴지통으로 쏠어버리는 일이 더 많아진 것은 '디지털' 덕분에 이미지를 담고 나르는 일이 쉬워졌기 때문이다. 옮겨 적고 메모하는 일이 가장 쉬운 일이었는데, 이제는 옮겨 적는 일과 듣고 받아 적는 일조차, 녹음하거나 '찰칵' 손쉽게 찍는 일이 대신해버리고 말았다. 기억하고 싶은 순간의 이미지를 담는 것이 사진의 역할이었다면, 이제는 '기록'은 물론 '기억'의 순간까지 이미지가 대체해버렸다. 이미지를 담는 일이 손으로 쓰는 일보다 쉬워졌다. 그뿐인가, 사진은 뭐니뭐니해도 혼자 보기 위한 저장 매체다. 지갑에 끼워놓고 흐뭇하게 들여다보던, 빈번한 그리움에 자주 만지작거렸는지 이미 나달나달해진 손주의 사진. 특별한 손님에게만 꺼내놓던 내 역사가 담긴 앨범은 '너'와 '나'를 위해서만 조심스럽게 보관하던 우리의 추억 저장소였다.

●

이미지는 넘쳐난다. 사진을 담당한 찍사의 역할은 각자 나눠가진 지 오래. 한때 사진인지 그림인지를 알 수 없는 '하이퍼리얼리즘'이라는 예술이 등장했다. 가짜와 진짜의 혼돈 속에 존재하는 이 장르는 우리에게 시사하는 바가 크다. 영화 〈트루먼쇼〉에서 주인공 트루먼은 가상 공간 한복판에 놓인다. 트루먼을 제외한 모든 사람은 그 공간이 모두 꾸며지고 연출된 것임을 안다. 한마디로 출생부터 성인이 될 때까지 한 사람의 몰래카메라를 찍는 것이다. 트루먼을 제외한 모든 배경과 인물들은 하이퍼리얼리즘처럼 진짜같이 연출된 가짜들이다. 가족과 친구들까지 연출의 일부인 상황 속에서 바보가 된 트루먼의 모습을 보며 시청자들은 묘한 쾌감을 얻는다. 이처럼 트루먼쇼와 하이퍼리얼리즘이 가진 모습은 지금 우리가 처한 이미지 잉여의 시대와 다르지 않다.

세상이 온라인 네트워크로 소통하기 시작하면서 소셜네트워크서비스(SNS)라는 새로운 연결의 형태로 인해 원하든, 원하지 않든 모두가 하나로 연결되었다. 사실 SNS는 나만을 위한 공간이라기보다는 다른 모두에게 드러내기 위한 공간이다. 이제 본인이 잘 나온 사진은 자신의 지갑과 책꽂이에 머물지 않고 가상의 공간에 빼곡히 진열된다. 사진을 이리저리 편집하면서 나는 어느새 가상의 할리우드 배우가 된다. 불특정 다수로부터 더 많은 이목을 끌기 위해 왜곡된 내가 그 가상의 공간에 노출된다.

예전에 사람들은 목적지에 도달하기 위해 이동했다. 실제로 어떤 장소에 가기 위해 그곳을 찾아갔고, 그 특별함을 기록하기 위해 사진에 담았다. 그리고 그 순간은 사진이라는 형식을 빌려 영원한 생명을 얻었다. 하지만 지금은 다르다. 가상의 공간에 나를 드러내기 위해 현실의 공간을 일부러 찾는다. '인증샷'을 올리기 위해, 내가 있는 곳, 있던 곳을 가상의 공간(SNS)에 드러내기 위해 카페를 찾는다.

이로써 이미지는 우리가 함께 있는 공간을 담아내는 역할보다는 가상 공간에 보이기 위한 가짜를 만들어내는 역할이 커지고 있다. 더불어 실제보다 훨씬 더 길어진 다리, 훌쩍 자란 키와 더 큰 눈을 가진 모습으로 조작된 가상의 나를 진짜의 나와 동일시하며 달콤한 착각에 빠지는 건 덤이다. 물론 내가 아닌 나를 통해 행복을 찾을 수는 있지만, 점점 더 왜곡되고 허황

된 가상으로 자신을 밀어넣는다. 거기에 실제의 나는 결코 없다. 그렇게 태어날 때 고귀했고, 일 년 뒤 연필을 쥔 나인데, 진짜 나는 사라진다.

●

카메라 발명의 의의는 단순한 과학 기술적 성취에 머무르지 않는다. 카메라의 탄생은 예술의 역사에도 중대한 전환점이 되었다. 이전까지 역사는 그림으로 기록되었지만, 카메라의 등장으로 회화는 실제를 기록할 의무로부터 해방되었다. 회화는 기록하는 역할을 모두 카메라에게 물려주기 시작했다. 그야말로 혁신이었다. 사진기 덕분에 회화는 온전히 예술로서의 역할에만 집중하게 되었다. 사진은 렌즈에 초점을 맞춰야 할 피사체가 반드시 필요하지만 회화는 현실에 존재하지 않는 것도 얼마든지 그릴 수 있으니 현실을 가장할 필요도 없이 생각나는 대로, 술에 취한 대로, 맘대로 그릴 수 있는 진짜 예술이 되었다. 더이상 '사진 같은' 그림을 그릴 필요가 없어졌으므로 사실적인 재현과는 다른, 작가 개인의 표현력이 요구되기도 했다. 즉 화가 각자의 인상대로 그리는 인상주의도 카메라의 등장으로 나타나기 시작했다. 이처럼 회화는 훨씬 더 자유로워졌다.

한편, 뒤부아의 말처럼, 사진, 즉 순간을 담아내는 이 저장

장치는 시간이라는 초월적인 우주의 흐름으로부터 순간을 분리해낸다. 그리하여 그 순간을 '영원하게' 만든다. 결국 사진은 죽음으로 이 시간을 종결해야 하는 우리의 운명을 순간으로 담아 영원히 저장하는 것, 몹시 필연적이고 현실적이고 객관적으로 세계를 재현하는 것이다. 결국 사진기의 가치란 삶의 단편을 저장함으로써 유한한 인간의 시간과 달리 영속적인 희망을 말하는 데에 있을 수도 있다. 그리고 태초의 모습과 달리 이제는 주머니 속에 들어갈 만큼 작아진 전화기에까지 내장된 우리의 이 편한 기록 장치 또한 심오한 이야기를 가질 수밖에 없다.

●

문자를 적는 대신 찍어서 기록하는 일이 많아진 것은 스마트폰의 역할 확대와 디지털 이미지 센서의 등장 덕분이라 말할 수 있다. 하지만 무엇보다 손안에 들어온 편리하고 손쉬운 카메라의 탄생에 기여한 가장 큰 진화는 광학 기술의 진보다. 즉 유리알(렌즈)의 진보다. 카메라 뒷면에 박힌 렌즈의 기술을 바탕으로 이미지가 유리알을 지나야만 디지털로 생성될 거리가 생겨나게 되는 것이다. 우리는 스마트폰의 모든 부품이 얇아지고 작아지고 사라지는 마술을 매일매일 눈앞에서 마주한다. 그럼에도 불구하고 쉽게 사라지지 않는 것이 바로 유리알이다. 스마트폰은 더 많은 사진과 더 많은 음악을 더 똑똑하게 다루면서 점점 가벼워지고 점점 단순해지지만, 카메라로 쓰기 위한 스마트폰의 눈은 주렁주렁 점점 그 개수가 늘어간다. 아무리 고해상도의 사진을 만드는 디지털 센서도 유리알 렌즈를 간과하고서는 더 나은 이미지를 담을 수 없다. 더 아름다운 가짜로 변신하기 위해선 더 큰 이미지, 더 좋은 원본이 있어야 한다. 그렇게 해야만 늘어난 내 키가 들키지 않고, 물광피부가 된 내 피부가 더 자연스러워 보이는 법이다.

남들이 보지 못한 것들을 찾기 위해선 더 멀리 있거나 더 작은 것을 보아야 하고, 그러려면 미간을 찌푸리거나 안경 같은 뭔가를 쓰거나 손으로 빛을 가려야 한다. 보이지 않는 것을 들여다보기 위한 집념은 곧, 광학의 집념이고 과학이다. 빛이 투명한 유리를 통과해 반대쪽으로 지나갈 때까지 그 속도는 느려질 수밖에 없다. 이렇게 매 순간 지나치면서 유리라는 물질로 인해 속도의 차이를 지니게 되는데, 바로 이때가 빛이 구부러지거나 왜곡되는 굴절의 시작이다. 이렇게 빛은 굴절되어 각기 다른 방향으로 확대된다. 그래서 할머니에겐 보이지 않던 신문의 글자가 돋보기를 걸치면 또렷해진다. 유리의 굴절을 이용해 여러 번 겹쳐서 들여다보니 보이지 않던 것이 마법처럼 눈에 들어오기 시작한다.

별과 달을 보겠다는 단순한 집념만으로 우리의 눈이 천리안이 되지는 못한다. 단지 우리의 호기심에서 발현된 사소

한 빛의 굴절을 알게 되면서 광학을 만들었다. 극소수의 인간만이 향유했던 독서이지만, 편리하게 책을 찍어내기 위한 인쇄술이 등장하면서 글을 아는 인간이라면 누구나 독서하는 것이 가능해졌다. 인쇄술의 발전으로 글을 보다 짜임새 있게 찍어내게 되면서 아주 작은 활자로 책이 만들어지는 경우도 많아졌다. 이로 인해 안경의 등장과 함께 작아서 잘 보이지 않던 것을 확대시켜 보여줄 마법 같은 광학의 기술이 절실했다. 그리고 인간이 가닿을 수 없는 먼 곳의 별과 달을 살폈고, 지구가 둥글다는, 당시엔 씨알도 먹히지 않았던 헛소리를 감히 확인할 수 있었다. 지금까지 저 먼 달과 별을 볼 수 없었다면 우리는 지금 무엇을 어떻게 믿고 있을지 상상조차 할 수 없다.

이제는 실제처럼 보이는 매직, 가상현실 VR 기술도 광학을 통해 발전했다. 끽해야 전자시계 정도의 광학이라는 신기루를 통해 자동차 유리창 위에 내비치는 헤드업 디스플레이라는 마술이 현실화되었다. 유리가 없다면 이 신기한 헤드업 디스플레이는 존재할 수 없다. 그리고 앞으로 나올 미래의 증강현실도 제대로 보기 위해선 반드시 적당한 유리창이 필요하다. 하루가 다르게 나타나는 디지털 마술 속에서도 광학이라는 '유리알의 유희'가 공존하지 않는다면 우리 눈앞에 펼쳐지는 마법 같은 일은 결코 존재할 수 없다.

말아먹은 내 수학여행, 매번 싹 다 지우기 바쁜 디지털카메라를 통한 기록. 몇 년이 지나 다시 돌아왔던 그해 여름의 필름 사진들. 세상이 바뀌고 번거로운 일들이 편해졌더라도, 모두 이 유리알을 통해 기록되었다는 사실은 변함없다.

볼록한 유리알이 장착된 망원경 덕분에 인류는 새로운 대륙을 바라보며 터전을 개척했다. 인류사를 지배해 온 천동설을 뒤집는 일도 유리알의 지혜가 있었기에 가능했다. 지구가 태양을 중심으로 돌고 있다는 것을 증명하기 위해선 우주를 향한 망원경이 필요했다. 갈릴레오의 지동설에 대한 믿음도 그의 지혜가 녹아난 렌즈의 발명 덕분에 가능했다. 혹은 아버지의 카메라로 사진을 홀랑 날려먹고 친구들로부터 욕을 배부르게 먹으며 필름카메라 신고식을 치른 나와 같은 수많은 이들의 불편했던 사연도 광학 기술을 진보시킨 힘이었다. 달랑 핸드폰 하나로 넘치는 이미지를 담을 수 있는 시대에 이르렀고, 쉽게 조작된 이미지가 넘쳐나는 공간에 살아가게 되었다. 가상의 공간에 놓인, 다리가 두 배는 더 길어진 마법에 걸린 듯한 외모로 탈바꿈된 당신의 모습은 이 잘난 스마트폰의 디지털 마술 덕분만이 아니다. 전화 뒤에 달린 작은 유리알의 왜곡, 사진기의 마법. 구구절절한 카메라의 이야기가 있기에 가능한 일이다.

커피

오늘을 살다

무엇에 쓰는 물건인고?

난생처음 이탈리아의 피렌체로 여행 갔을 때 어느 잡화점
에서 요상한 기계를 만났다. 나는 오즈의 마법사에 나오는 양
철나무꾼같이 생긴 주전자의 모습에 끌렸다. 알루미늄을 주물
로 떠낸 모습과 섬세한 후가공 때문에 무엇에 쓰는 물건인지
몰랐지만 그저 멋져 보였다. 한마디로 무척 이탈리아다웠다.
어디에 쓰는 물건인지 몰라도 그저 멋지고, 시선을 빼앗아버
린다. 정신이 혼미해지는 마법, 바로 '메이드 인 이탈리아Made

in Italy'의 힘이다.

자주 고장나도 세상에서 가장 아름답고 빠른 빨간색의 자동차 페라리에도 언제나 이탈리아의 깃발이 함께 들어가고, 세상에서 가장 아름다운 구두 마놀라블라닉의 이름 아래에도 'Made in Italy'라는 프린트는 함께한다. 신에 가까운 목소리 파바로티는 이탈리아 볼로냐Bologna 출신이며, 세상에서 가장 아름다운 소리를 낸다는 스트라디바리우스도 이탈리아의 손길을 통해 탄생했다. 작곡가 베르디의 '이탈리아를 가지면 우주를 가진 것과 같다'는 말처럼 맛있고 멋지고 감동적이고 잊을 수 없는, 인간 오감의 끝판왕은 모두 이탈리아를 거치지 않고는 탄생할 수 없다.

그 요상한 물건, 그건 바로 커피 주전자. 이탈리아말로는 카페티에라cafetiera, 혹은 모카포트, 커피를 만드는 기계였다. 어쨌든 처음 보자마자 외모에 끌려 얼른 사버렸다. 커피를 끓이든 물을 끓이든 그냥 가지고 싶었다. 나의 엉성한 소비 습관 중 하나인데, 그 생김새에 홀리면 쓸모가 있든 없든 판단력을 잃곤 한다. 일단 내 손에 넣고 본다. 무척 위험한 소비 습관이다.

마케팅 전문 용어로 난 '호구'였다. 그리고 시간이 흘러 어느새 집에 100개의 아름다운 모카포트가 생겼다. 여전히 볼 때마다 생김새가 아름답다. 그리고 오로지 커피를 뽑기 위한 기능 하나만 있으므로 군더더기가 없다. 그냥 원초적으로 생겨먹었다. 어떤 건 1940년대에 만들어졌고, 어떤 건 포르쉐와 콜라보로 디자인되었다. 북부 밀라노Milano에서 생산된 것부터 이탈리아의 땅끝 도시 레체Lecce에서 만들어진 것도 있다.

그 이탈리아 피렌체Firenze에서 유학생 신분으로 모카포트라는 것을 처음 손에 넣은 후 나는 커피 주전자의 마법에 홀려버렸다. 그리고 이탈리아에서 첫 직장생활을 시작하면서 주말이면 벼룩시장을 돌아다니며 단돈 2~3유로에 하나둘씩 모았다. 생김새가 조금 다르고 독특한 걸 찾는 건 쉽지 않았지만 언제나 벼룩시장에서 흥정하는 가격은 의외로 쌌다. 살면서 내가 원한 것 중에 생각보다 싼 것은 아마도 이 커피 주전자가 유일하다. 나는 어딜 가건 비싼 물건만 쏙쏙 골라 집어내는 '센스'가 늘 탁월했는데, 이탈리아 벼룩시장에서 만난 이 커피 주전자는 개중 가장 비싼 것도 부담스럽지 않은 가격이었다. 대충 70유로쯤은 할 줄 알았는데 5유로도 안 되는 것이 태반이었다.

100개 가까운 커피 주전자를 다 같이 모아놓고 하나씩 들여다보니 저마다의 다른 생김새가 놀랍다. 분명 그저 커피 한 잔 먹겠다는 인간의 의지일 뿐인데, 이 조그마한 주전자 하나가 이렇게 제각각 다른 형상을 하고 있다. 게다가 각각 다른 지역에서 생산되었다. 어느 하나 겹치는 녀석이 없다. 이탈리아의 모든 것은 멋부릴 기회를 그냥 지나치는 법이 없다. 삶의 구석구석 어느 하나 멋에 대한 고집이 미치지 않은 곳이 없다. 그

래서 누군가는 이를 두고 허세라며 한심하게 멋만 부린다고 혀를 끌끌 차기도 한다. 그래도 그들은 전혀 상관하지 않는다. 삶의 한 단편조차 그냥 대충 넘기는 법이 없다. 꼴랑 커피 한 잔 뽑아내는 기계일지라도 뽐내고 싶고 남과 다르게 생긴 것을 갖고 싶어한다. 그저 매력적이고 싶어 안달이다. 그래서인지 이들 삶의 모든 구석구석에는 남들과 다른 각자의 매력이 넘쳐난다.

●

　지금의 에스프레소 기계를 보면 여러 가지 설이 있지만 나폴리 커피에서 시작되었다는 설이 가장 유력하게 여겨진다. 대다수가 알고 있는 '비알레티'가 만든 유명한 모카포트 이전에 나폴리에서 시작된 나폴리타노라는 또다른 커피 주전자가 있다. 그 나폴리타노 커피 주전자의 역사가 한발 먼저 시작되었다.

　먼저 우리가 알고 있는 비알레티 모카포트의 원리는 간단하다. 지금의 모카포트는 두 개의 층으로 나뉘어 있다. 1층에는 물을, 그 위에는 잘게 빻은 커피 원두를 담고 불에 올리면, 물이 끓기 시작하면서 수증기의 압력으로 위층으로 올라간다. 그 뜨겁게 역류하는 물이 중간의 원두를 통과하면서 2층에 에스프레소가 만들어지는 것이다. 증기기관의 원리와 같다.

반면 나폴리타노 커피 주전자는 스팀의 힘으로 커피를 위로 밀어올리는 대신에 물이 끓기 시작하면 주전자를 뒤집어버린다. 구조는 일반 모카포트와 별로 다르지 않지만, 물을 압력으로 밀어올리는 방식이 아니라 아래층의 물이 끓기 시작하면 주전자를 통째로 뒤집어서 뜨거운 물이 아래로 흐르면서 커피를 지나게 하는 것이다. 그렇게 커피는 생성된다. 증기기관 이전의 기술이었다. 주전자를 어떻게 뒤집냐고? 그래서 생김새가 독특하다.

커피 기계의 발전은 스팀으로 분출되는 증기압 이후 가속되었지만 그 시작은 나폴리Napoli에서였다. 그리고 커피와 나폴리의 인연은 이 독특한 커피 주전자에서 그치지 않는다.

딴생각

●

카페 소스페소Caffè Sospeso. 직역하면 '매달아놓은 커피'라는 기이한 단어가 된다. 이 단어는 이탈리아 남부 미항의 도시, 마피아의 도시, 나폴리타노 커피의 도시, 나폴리에 그 뿌리를 두고 있다.

이탈리아 모든 동네의 모서리에는 자잘한 카페들이 즐비하다. 화려하고 그럴싸한 인테리어를 자랑하는 한국의 커피숍과 달리, 이탈리아의 동네 카페에는 몇 개의 의자와 테이블이 조촐하게 놓여 있다. 벽에는 어느 조기 축구팀의 단체사진과 누군가의 사인이 담긴 지역 축구팀의 상의가 액자에 담겨 걸려 있다. 정부의 영업허가증 대신에 걸려 있는 축구 유니폼의 상의를 통해 주인의 출신을 알 수 있다. 바쁘게 배달된 조간신문은 드문드문 테이블마다 널려 있고 바에는 거대한 에스프레소 머신이 씩씩거리며 커피를 내릴 준비를 하고 있다. 어디서 떼어왔는지 크루아상과 달달해 보이는 디저트가 놓여 있다.

케이블이 정리되지 않은 채 공중에 매달려 있는 텔레비전은 전날 세리에 A 축구 경기의 하이라이트 및 다시 보기로 찌뿌둥한 아침의 바를 소란스럽게 만든다. 이미 자리를 채운 동네 노인들과 출근할 필요가 없는 듯한 동네 사람들은 에스프레소 잔 하나를 앞에 두고 어제 경기 결과에 대해 양손을 써가며 토론을 펼친다. 그들의 손짓만 보아도 어제 경기 결과를 알 수 있다. 양손을 계속 흔들며 요란하니까 어제는 분명 패배였다. 누구 하나 지역 축구팀이 패배한 어제의 경기 결과에 승복하지 않는다. 모든 심판의 판단을 불만 삼고, 결코 인정하지 않는다. 어제의 골이 오프사이드가 아니었다고 말하며 서로를 위안한다. 왜냐하면 그들은 이탈리안이니까.

출근 시간이 되면, 한 잔에 80센트, 비싸게는 1유로 20센트 정도를 내고 에스프레소를 마시려는 사람들이 들이닥친다. 사람들은 바쁜 와중에도 카페 문을 열고 들어와 동전을 바에 올려놓는다. '운 카페(커피 한 잔)'라고 외치며 에스프레소를 주문하는 풍경은 매일같이 반복된다.

어느새 바 위에는 누가 놓은 건지도 모르게 동전들이 마구 쌓이는데, 카페 주인은 기가 막히게 누가 어떤 커피를 시켰고, 누가 동전을 냈고 안 냈는지, 누가 아직 커피를 못 받았는지 정확하게 찾아낸다. 그 정신없는 아침의 북새통에도 귀신같이 거스름돈을 주고받고, 누구 하나 불평불만 없이 아침 커피를 모두 해결하고 카페를 떠나는 모습은 놀랍기까지 하다.

그런데 희한한 광경이 펼쳐진다. 누군가는 거스름돈을 받지 않거나, 아예 커피값을 두 배로 내면서 '카페 소스페소'라고 말한다. 이 말의 의미는 오늘 하루, 이름 모를 사람에게 커피한 잔을 베풀겠다는 뜻이다. 오후가 되면 카페 소스페소를 기다리는 자들이 바를 찾는다. 이들은 거리를 배회하는 홈리스

이거나, 커피를 간절히 마시고 싶은데 딱히 잔돈이 없는 이들이다. 이들은 어느 때건 카페의 문을 열고 오늘 혹시 '카페 소스페소'가 있는지를 주인에게 묻는다. 누군가 고맙게도 나를 위해 커피값을 내어준 것이 있느냐는 조심스러운 질문인 것이다. 오늘도 어제와 같이 많은 이들이 커피를 나눴으니, 넉넉한 카페 소스페소가 있을 것이다. 누군가 가볍게 기부한 몇 잔의 커피가 뒤에 다녀간 누군가를 위로하는 넉넉함이 된다. 이름도, 얼굴도 밝히지 않고 따듯함을 전하는 작은 커피 한 잔의 인심이다.

●

커피 주전자를 손에 넣고, 이탈리아에 살면서 커피란 걸 처음 배웠다. 사실 배웠다기보다는 커피를 즐길 줄 아는 여유를 익혔다고 하는 편이 나을 것이다. 먼저 첫 직장에서 제대로 된 커피 '에스프레소'를 즐길 줄 알아야 이 이탈리안 무리에 낄 수가 있을 것만 같았다. 그래서 원액만 쥐어짜낸 쓰디쓴 에스프레소를 홀짝거릴 줄 알아야만 했다.

이탈리아에서 첫 직장을 다니던 시절, 회사 안에 비치된 커피 자판기가 하나 있었다. 커피와 수다로는 둘째가라면 서러울 이탈리아 사람들의 명성에 걸맞게, 하루에도 몇 번이고 자판기 앞에 모여서 수다를 떨던 사람들의 모습이 여전히 또렷하게 그려진다.

그 자판기에는 유난히도 많은 종류의 버튼이 있어 그만큼 다양한 커피를 고를 수 있었다. 냉장고보다 좀더 큰 기계에서 수많은 종류의 커피가 나온다는 게 무척 신기했다. 더 신기했던 것은, 이미 이 기계와 최소 수 년은 동고동락했을 동료들의 모습이었다. 하루에도 최소 대여섯 번은 그 앞에서 쉬는 시간을 갖곤 하는데, 자판기 앞에 서서 고작 60센트짜리 커피를 두고 무얼 마실지를 매번 고민하는 모습이 참 우스꽝스러웠다. 이 커피를 고르려 버튼을 누르려다가 다시 주저하고 한참 아래의 것을 선택하기도 하는 그 진중함.

덕분에 나는 뻔한 에스프레소(일반적으로 'Caffe'라고 표기되어 있다. 이탈리아에서 일반적으로 카페라고 하면 에스프레소를 지칭한다) 외에도 수많은 변종 커피가 있다는 사실을 그때 처음 알게 되었다. 나는 주로 맨 상단 좌측의 에스프레소 버튼을 눌렀다. 60센트 자판기 커피인데 뭐, 하며 매번 아무 생각 없이 버튼을 눌렀다. 하루에도 몇 번이나 자판기 커피 앞에서 고민에 빠지는 당시 신입 디자이너 카를로와 베르네를 결코 이해할 수 없었다. 심지어 한심해 보이기까지 했다. 그런데 15년이 흘러서야 그들을 이해하게 됐다. 아니, 그들을 한심해했던 내가 얼마나 어리석었는지 깨치는 데에 15년이 걸렸다.

고작 60센트의 자판기 커피지만, 단 몇 분의 휴식을 위해 최선을 다하는 그들의 모습은 단순히 커피를 고르는 행위 그

이상이었다. 그것은 60센트가 '카르페 디엠'이 되는 순간이었다. 60센트를 그렇게 쓰는 내 친구 카를로와 베르네의 여유로운 그 신중함은 내가 배워야 했던 것들이다. 인생은 선택의 자취라고 하지 않던가? 최선을 다해 선택한 사소한 순간들. 그 선택의 순간을 이으면 그게 인생이 된다는 말이 있다. 나는 이름도 기억나지 않는, 그저 내 손가락이 가장 편하게 누를 수 있는 좌측 상단의 버튼을 매번 눌렀다. 당연히 매일 같은 커피가 나왔다. 2년 조금 안 되는 시간 동안 나는 자판기 앞에서 단 하나의 점밖에 찍지 못했다. 자판기에 붙은 수많은 이름 속에서 매번 다른 커피를 선택했던 친구들은 나보다 다양한 점을 찍었다. 그들의 점을 이은 선은 나의 선보다 훨씬 풍요로운 삶으로 이어졌으리라는 깨침을 얻기까지 참으로 오랜 시간이 건조하게 지나갔다.

●

　한국도 커피가 난리다. 아니, 예전부터 커피가 흔했지만, 그냥 달달한 인스턴트 커피믹스가 아니라 원두에서 짜낸 커피를 순수하게 마시는 게 난리다. 휴가차 잠시 귀국할 때, 한국의 거리 풍경을 보고 있으면 아메리카노가 담긴 플라스틱 잔을 들고 있는 사람들이 어김없이 보인다. 그래서 그런지 대형 프렌차이즈 커피숍은 물론, 건물 구석구석의 자판기 너비만한 틈새 상점에서조차 커피를 판다. 정말 물 대신 커피를 마시는 걸로 보일 만큼 커피는 도시 풍경의 일부가 되었다.

한국은 이전에도 중요한 커피 시장이었지만 최근 몇 년 사이 더 큰 시장이 되었다고 한다. 급격한 수요 증가로 커피 관련 브랜드와 문화 또한 폭발적인 규모로 성장했다. 특히나 커피를 파는 카페에서는 좋은 커피 기계를 놓는 경쟁이 붙기 시작했다. 그래서 최근 몇 년 사이에 이탈리아산 커피 기계 한국이 무척 짭짤한 시장이라고 한다. 모카포트부터 시작하여 커피 기계에 적잖은 관심을 갖기 시작한 나도 늘 서울의 풍경을 볼 때면 궁금했다. 먼저 이 많은 카페들이 어떻게 다 살아남을 수 있는지가 무척 신기했다. 그리고 대체 얼마나 커피를 많이 팔기에 이런 틈새 상점들이 '라마르조코'나 '파에마' 등 몸값이 웬만한 자동차 한 대 가격을 웃도는 비싼 기계를 들일 수 있었을까 하는 궁금증이 스멀스멀 올라왔다.

사실 커피 기계뿐 아니라, 의료기기, 미용가전 등을 만드는 유럽의 많은 차별화된 첨단 제조사들은 늘 비싼 장비를 앞세워 중국·한국·일본을 노린다. 왜냐하면 아시아 시장은 언제나 최신의 장비를 앞세워 경쟁력을 확보하는 마케팅을 쓰기 때문이다. 금세 신제품으로 장비들을 갈아치워주니 제조사 입장에선 이런 훌륭한 고객이 없다.

'최신 장비 보유'. 어딜 가든 입간판에서 쉽게 볼 수 있는 말이다. 거기다 '수입'까지 붙으면 더 힘이 실리고 독일산이라고 하면 더욱 그렇다. 흥미롭게도 그런 장비의 원산지인 유럽에서는 '합리'를 소비의 근본으로 앞세우기에 오히려 신제품을 팔기엔 무척 껄끄러운 시장일 수밖에 없다. 그들에게 신기술은 흥분의 대상이 아니라 경계의 대상이 된다. 즉 수십 년을 쓰던 것을 버리고 새것으로 바꾼다는 것이 부담스러운 과제다. 신제품이니, 좀더 빠른 속도를 가졌으니, 더 가벼워졌으니 신이 나기보다는 새롭게 적응해야 할 낯선 상대가 몹시 불편한 것이다. 열쇠를 자물쇠에 꽂고 돌려 철컥 소리를 들어야만 마음이 놓이는 이들의 강박 때문에 간편한 디지털 자물쇠가 아직도 통하지 않는 것과 같다.

커피 기계도 마찬가지다. 좋은 원두를 고르고, 한 기계를 오랜 시간에 걸쳐 길들이며, 올바른 방법으로 커피를 내리는 기술. 즉 각자의 노하우를 가지고 오래된 에스프레소 기계로 커피를 뽑아내니 누구도 따라할 수 없는, 특별한 커피가 탄생한다. 오랜 기간 동안 한자리에서 쌓아온 시간이 만들어낸 커피 향. 그 '비결'을 쉽게 알아낼 수 없는 것은 당연하다.

한국에서는 갑자기 자리한 에스프레소 문화 덕분에 저마다 더 이탈리아스러운 커피맛을 내겠노라고 분주하다. 하지만 오랜 기간 쌓은 노하우가 없으니 어떤 기계로 커피를 만들어도 토리노의 어느 작은 커피가게, 그 노포의 커피 향을 따라갈 수가 없다. 결국 시간을 두고 만들어낸 각자의 역사가 없으니 비결이 없다. 그래서 내세우는 것이 소위 '장비빨'이다. 가장 비싼 커피 기계를 들여놓고 '최신'임을 외쳐야 한다. 커피 향으로는 맞짱을 뜨기 어려우니 비싼 장비와 특별한 원두로라도 승부를 걸어보는 것이다.

사실 지금의 아메리카노며 에스프레소며 하는 커피들도 다만 이탈리아에서 건너왔을 뿐이다. 뛰어난 맛에 대한 집념과 노련한 제조업의 역사 덕분에 마치 커피는 이탈리아가 만들어낸 것처럼 인식되고 있지만 사실 진짜 원조 커피는 어디에도 없다. 왜냐면 이탈리아가 커피 원두를 재배한 것도 아니고 그들이 커피를 가장 먼저 마신 것도 아니기 때문이다.

원조는 각자가 만들어간다. 각자의 이야기가 있으면 그게 원조인 셈이다. 커피를 원래는 진한 에스프레소로 마셔야 하고 원래는 이렇게 저렇게 해야 한다는 것은 없다. 대학 시절 150원짜리 자판기 커피를 떠올려본다. 모호한 이름표를 달고 있던 프림커피, 밀크커피, 블랙커피. 후배보다 돈이 많든 적든 커피를 뽑아주는 건 당시 선배의 마땅한 도리였고, 그래서인지 자판기 앞에서 선배들은 늘 동전이 넉넉한 듯 보였다. 그뿐인가, 세상에서 제일 달달한 봉지 커피와 일명 다방커피라 불리는 둘둘반(인스턴트커피 두 숟갈, 설탕 두 숟갈, 프림 반 숟갈) 커피까지. 커피는 일찌감치 달달한 맛을 가진 게 원조인 것처럼 우리 곁에 있었다. 내가 먼저 한 것이 아니라 나의 시간이 투영된 것, 그게 내겐 원조다.

커피는 원두의 원산지와 로스팅의 정도를 읊으며 해박함

을 과시할 수단이 아니라 그저 사람과 사람, 사람과 시간을 이어주는 음료였다. 누구나 피할 수 없던 입시지옥을 마주한 우리의 수험생 시절. 학업을 위한 잠과의 사투에서 커피가 주는 각성은 절실했다. 따뜻한 커피의 온기는 낯선 이와의 첫 만남을 녹여내고, 오랜만에 만난 첫사랑과의 어색한 자리에선 공허하게 비어버린 우리의 지난 시간을 채워주는 절실한 향기가 되어준다. 어색할 땐 잔을 들어 커피를 홀짝이면 되었고, 커피를 홀짝일 땐 다행히도 그의 눈을 애써 마주칠 필요가 없었다. 그렇게 커피는 우리를 늘 돕고 또 도왔다. 내가 본 드라마에서 배신자의 얼굴에 끼얹던 것도 주스였지 결코 커피인 적은 없었다.

난 그저 커피 주전자 하나를 우연히 만났을 뿐이다. 그냥 잘난 생김새에 이끌렸을 뿐인데 그들의 커피 속에는 이탈리아의 사람 사는 소탈한 이야기와 열정어린 모습이 그대로 비치고 있었다. 누군가가 남긴 동전 몇 닢이 다른 이의 마음을 커피의 온기로 가득 채웠고, 나처럼 커피 자판기 앞에서 각박하기만 했던 자신의 삶을 돌아볼 기회를 만난 이도 있었을 것이다. 매일 같이 자판기 앞에 코를 박고 커피를 쉽게 고르지 못해 고민을 하던 두 친구, 카를로와 베르네의 한심하기 짝이 없어 보였던 그 선명한 기억. 그리고 십수 년 뒤 나는 'Carpe diem'을 뒤늦게 깨치며 자판기 앞에 선 그 둘의 모습을 다시 기억했다.

시간이 흘러 카를로는 벌써 마라넬로 페라리 본사에서 디자인 팀을 이끄는 수장이 되었고, 베르네는 이미 세상에서 가장 비싼 차 페라리의 '라 페라리La Ferrari'를 그려낸, 페라리의 미래가 되어 있었다. 이 두 친구의 기억 덕분에 자판기 앞에서 한숨 더 고르며 꼼꼼하게 커피의 종류를 고르며 주어진 순간을 충실히 사는 자세를 되새겼다. 걱정 가득한 내일보다 지금을 사는 의미에 대해 여러 번 생각해보게 되었다. 그렇게 커피는 늘 우리를 돕는다.

라디오

시골에서 자란 아버지의 이야기다. 어릴 때 한번은 어두 컴컴한 장롱 위에서 흘러나오는 소리에 졸도할 뻔했다고 한 다. 아버지의 아버지, 즉 나의 할아버지가 언젠가 서울에 다녀 오신 후로 손이 닿지 않을 정도로 높은 장롱 위에서 아침이면 누군가의 음성이 흘러나왔다고 한다. 당시 시골 촌놈에 불과 했던 아버지에게는 너무 무서운 소리였다. 천장과 장롱의 어 둑한 틈에서 목소리, 음악, 긴급한 뉴스 등 별별 소리가 나오니 별의별 상상을 다 했다고 한다. 혼자 내린 결론이 위에 누군가 누워 있다는 것이었으므로, 한동안 라디오 소리가 흘러나오는 안방은 아버지에게 공포의 밀실이었다.

뒤늦게 장롱 위에 누가 누워 있는 것이 아니라, 라디오라는 신기한 기계장치가 있다는 것을 알게 되면서 거기서 나오는 소리의 정체를 알아냈다. 신기한 음성과 지직대는 소음, 다양하고 신비하게 들리던 음악은 촌놈의 귀에 달짝지근하기 그지없었다. 이제 그 안에 사람이 진짜로 누워 있다고 하더라도 더이상 무섭지 않고 그 소리를 계속 듣고 싶었다.

한번은 어느 성악가의 곡에 푹 빠져 그 곡이 끝날 때까지 자리를 뜰 수 없었고 곡이 끝난 후 진행자가 말하는 곡의 제목을 받아 적으려고 했는데 곡명인지 원곡자의 이름인지 구분 못할 낯선 단어에 무척 당황했다고 한다. 제목을 듣자마자 금방 까먹을 것 같았던 소년은 필기구를 급히 찾다가 결국에는 안방에 있는 날카로운 재봉 가위를 집어들었다. 얼마나 급했던지, 어머니가 시집올 때 혼수로 해온 아끼고 아끼던 장롱 안쪽에 들리는 대로 글자를 새겼다. 정확한 곡명은 〈돌아오라 소렌토로Torna a Surriento〉였는데, 소년은 '돌아오라 '소련' 토로'라고 잘못 새겨넣었다. 생전 처음 들어본 이탈리아 소렌토Sorento, Surriento의 지명을 당시에 익숙했던 구소련의 이름으로 착각했던 것이다. 소년은 소련이란 나라에서 이렇게 아름다운 음악이 탄생했다고 착각했지만, 차이콥스키와 라흐마니노프와 같은 걸출한 음악가가 소련 출신이기는 하니, 소년의 엉터리 지식은 아주 잘못된 것은 아니었다.

이후 소년은 시골 학교의 음악 수업에서는 배우지도 못할 음악들을 듣기 위해 장롱 앞에 자주 머물렀고, 장롱 위 괴물 덕분에 음악을 익히며 음악가가 되는 꿈을 꾸었다. 교가 가사를 외우지 못해 혼이 나거나 4절까지 있는 비장한 애국가를 토씨 하나 틀리지 않고 달달 외워야 했던 음악 시간보다는 그저 흐르는 대로 음악과 음성에 모든 걸 맡길 수 있는 라디오 소리가 촌구석의 소년에게는 큰 행복이었다. 이후 서울에 있는 고등학교로 전학 간 후 처음으로 어렵게 손에 넣은 물건이 〈돌아오라 소렌토로〉가 들어 있는 LP판이었다. 물론 전축은 형편상 가당찮으니 당장 소리를 듣지는 못하더라도 그저 LP판을 소유했다는 이유 하나만으로 기쁨을 얻었다. 이 모든 것은 장롱 위에 누워 있던 정체 모를 누군가의 덕분이었다.

그 소년의 아들인 내가 살고 있는 독일의 작은 도시 잉골슈타트Ingolstadt는 장롱 위에 누워 있을 법한 괴물이 등장하는 으슥한 소설 『프랑켄슈타인』의 배경인 도시다. 이 도시는 도나우강이 동서로 가로지른다. 집에서 정확히 10분만 걸어가면 도나우강을 볼 수 있다. 아버지는 이오시프 이바노비치의 〈도나우강의 잔물결Donauwellen Walzer〉이라는 곡을 처음 들었을 때 대체 도나우강은 얼마나 다른 강이길래 물결이 잔물결일까, 물결이 얼마나 아름다우면 이런 곡이 떠올랐을까 늘 궁금했다고 했다. 한번은 독일에 오신 아버지가 내게 이런 말씀을 했다.

"고맙다, 아들아. 꿈에 그리던 도나우강 옆에 내 아들이 사는 것만으로도 행복하다."

내 대답은 "그런데 잔물결 참 별거 없죠?"였다. 아름다움이나 크기로 보나 한강이 더 운치 있으니 말이다.

●

19세기 후반 하인리히 헤르츠와 굴리엘모 마르코니에 의해 전자기파가 발견된다. 이후 위급상황 시 의사소통과 특수 보안 통신을 위하여 모스부호가 탄생되었다. 거리와 상관없이 무선으로 통신이 가능한 장치가 등장했다. 모스부호는 암호화와 해독 과정을 필요로 한다. 신호를 이해하기 위해선 '삐'가 무엇을 의미하고 '삐삐'가 무엇을 의미하는지 해석해야 한다. 그래서 당시에는 모스부호 통역사 역할을 하는 통신병이 별도로 필요했다. 모스부호와 같은 신호는 거리와 상관없이 통신을 가능하게 했지만 인간의 음성을 직접 전달하는 방법에 비하면 난해한 방식이었다.

이후 알렉산더 그레이엄 벨에 의해 발명된 전화기는 음성을 통한 교류를 가능케 했다. 1900년대 초에 이르러 미국에서 최초의 라디오 방송이 사람의 음성을 싣고 송출되기 시작했다. 이후 라디오는 일본 국왕의 항복 선언과 같은 역사적 순간을 라이브로 들려준 최초의 실시간 매체가 되었다. 또한 모두가 모여 함께 듣는 일을 가능하게 했으니 우리 모두의 매체라는 또다른 의미를 지니기도 했다.

'실시간'과 '모두'라는 특성은 라디오라는 매체를 이념 선동을 위한 수단으로 이용하기에도 무척 요긴했다. 나치의 선동이 목적인 히틀러의 연설에는 청중을 압도하는 소리를 내는 스피커가 필요했다. 대중을 정치적 이념에 옭아매기 위해서 폭발적이고 호소력 있는 소리가 필요했기에 마이크로 입력된 음성 신호를 증폭시켜줄 장치인 앰프가 발명되었다. 히틀러의 웅장하게 증폭된 강한 억양과 음성에 대중은 압도되었다. 라디오가 건드린 인간의 청감각은 '모두'를 '실시간'으로 같은 생각을 지닌 사람으로 만들기 시작했다. 아이러니하게도 이념의 확산을 위해 고안된 장치는 결국 인류 최대의 비극을 일으킬 만큼 무시무시한 파급력을 지닌 것이 되어버렸다.

한편 당시에 대중을 선동하기 위해 독일이 만들어낸 라디오와 오디오 장치들은 지금 명품으로 존재한다. 이후 독자적인 주요 미디어로 자리한 라디오는 각자 취향에 맞는 주파수를 선택해 원하는 걸 들을 수 있는, 말하자면 '구독'이 가능해진 최초의 전기장치이기도 하다. 워크맨, 아이팟과 같은 완전한 개인 휴대용 음향 단말기의 태동이었다고 할 수 있다. 이러한 기술적인 발전에 디터 람스라는 걸출한 디자이너의 등장으로 세련된 옷마저 입혀진다. 라디오가 개인의 사물이 되어버린 이후 '갖고 싶은' 디자인에 대한 요구가 높아진 것이다. 따라서 디터 람스가 이끈 독일 '브라운사'의 라디오는 산업디자인의 아이콘이 되기 시작했다. 실제로 애플의 아이폰과 아이팟도 디터 람스의 디자인을 모태로 한 것이다.

텔레비전이 처음 나왔을 때만 하더라도 라디오는 전부 사라질 거라고들 했다. 청각 신호만 존재하는 라디오와 달리 화려한 시각 매체인 텔레비전에서는 소리와 함께 나날이 선명해지는 형형색색의 영상이 펼쳐지니 소리만 지직대는 매체는 불편한 것이 되어버릴 줄 알았다. 사고로 시력을 잃어 후천적 시각장애를 가지게 된 경우 어릴 적에 꿈에서 본 장면을 생생하게 본다고 한다. 하지만 선천적인 시각장애의 경우 꿈에서 아무것도 그릴 수 없다고 한다. 들은 것만으로는 꿈속에서도 어떤 형상을 그려 낼 수 없다는 것이다. 그래서 소리만 나오는 라디오는 쉽게 사라질 미완의 기술이라는 추측은 충분히 그럴듯한 얘기였다.

하지만 아직까지도 라디오는 사라지지 않았다. 라디오에서 나오는 그 소리를 결코 내 눈으로 확인할 수 없다는 점 때문에, 그러니까 그 장롱 위의 괴물이기 때문에 라디오는 사라질 수 없다. 눈과 귀로는 소리의 형상을 결코 가질 수 없으므로 심리학에서 말하는 리액턴스 현상(가질 수 없을 때 더 가치를 두는 현상)으로 인해 누군가의 연주와 목소리를 더 사랑할 수밖에 없는 것이다. 비록 라디오는 무수한 사람을 위한 매체이지만 홀로 라디오 앞에 있게 되면 라디오에서 나오는 음성은 내

게 말을 건네는 일대일 매체가 되어버린다. 마치 라디오 진행자와 내가 이야기를 나누는 듯한 착각은 또다른 감성을 증폭시킨다. 라디오와는 달리 영상매체는 음성 이외에 시각 요소도 있으므로 나와의 소통보다는 다수의 이를 위한 것이 된다.

갇혀 있는 모습을 띤 라디오는 청취자의 상상을 무한히 펼칠 공간을 만들어낸다. 결국 라디오는 시공간을 초월한 힘을 가지게 된다. 어느 한 가수는 어릴 적 재개발이 진행중인 달동네에서 살면서 귀에 이어폰을 꽂으면 집 무너지는 소리, 사람들의 싸우는 소리를 더이상 듣지 않을 수 있어 행복했다고 한다. 불행과의 단절을 잠시나마 가능하게 해주었던 이어폰 덕분에 음악은 행복이었다. 청취자 각자의 사연을 바탕으로 DJ가 선택한 음악이 흐를 때면 그는 음악의 한가운데에 놓인 가장 행복한 사람이 되었다. 오로지 소리만이 있었기 때문에 청취자들은 그의 이야기에 쉽게 공감한다. 소리만 있으면 머릿속으로 다 그릴 수 있으니까, 귀에 이어폰만 꽂아놓으면 눈을 감은 채 보고 싶은 모든 꿈의 세상을 다 볼 수 있으니까.

이론적으로 라디오의 전파는 거리가 멀수록 점점 약해지긴 하지만 결코 사라지지는 않는다고 한다. 거리에 따라 신호의 강도가 변하더라도, 혹은 100년의 시간적 거리에 떨어져 있다 할지라도, 오래전에 송출된 음성이 담긴 주파수는 우주 어딘가에 존재한다는 이야기이다. 그래서 우리는 아직도 몇십 년 전에 송출된 비틀스의 노래를 흥얼거리는지도, 혹은 떠나버린 우리 청춘의 말들을 아직도 기억해내고 있는지도 모른다. 이미 떠난 마이클 잭슨의 죽음을 믿지 못하는 골수팬들처럼 누군가의 우상이 지구 저편에 살아 있다는 음모론을 말하는 것도 오래전 송출된 신호를 들었기 때문일지도 모른다.

결국 라디오는 모두의 희망이 되었으며 화려한 매체가 내 손안에 펼쳐졌음에도 불구하고 여전히 짱짱한 매체로 남아 있다. 어쩌면 나 또한 아버지를 그렇게 괴롭히던 장롱 위 라디오 속 음성의 주인공을 만날 수도 있을 것이다. 혹시 아는가? 라디오를 켠 채 조금만 더 기다려보면 괴물의 소리에 음악가를 꿈꾸었던, 바람에 펄럭이는 태극기를 그리던 시골 소년. 어릴 적 내 아버지, 그때 그대로의 모습을 만나게 될지. 그런 운이 좋은 날이 과연 올지.

돌아오라 '소련' 토로.

게임

어릴 적에 열심히 들여다보았던 뷰마스터.

동그란 하얀 판의 검은 필름 속엔 영화의 명장면이 들어 있다. 필름을 붉은 뷰마스터에 넣고 우측 노란색 레버를 누르면 판이 돌아가면서 영화 속 명장면을 보여준다. 영화 〈시네마 천국〉에서 극장 영사기사 알프레도가 꼬마 토토에게 영화를 보여주는 장면처럼 영사기에 필름을 넣고 빙빙 손으로 돌리면서 재생하는 것과 같은 원리라고 보면 된다. 뷰마스터는 빛이 있는 곳을 향하게 두고 바라보면 더욱 잘 보인다. 뷰마스터를 눈에 가져다대면 온통 칠흑 같은 극장처럼 어두운 배경에 영화 속 장면이 한 컷씩 등장한다. 그래서 뷰마스터는 오직 나만을 위한 극장이었다. 〈이티〉, 〈구니스〉 등 동심을 설레게 했던 유명한 영화의 장면들을 큰 극장 화면 대신 뷰마스터로 째깍째깍 들여다보는 일은 신비롭고 설렜다.

얼마 전 아이가 유명한 비디오게임기로 축구 게임을 하고 있었다. 내가 대학생일 때 그 게임은 첫 버전이 출시되자마자 큰 반향을 일으켰다. 당시에는 무척 신기한 게임이었다. 게임 속 선수가 슛을 할 때의 폼을 보면 실제 선수의 동작과 매우 흡사했는데, 그건 당시의 혁신적인 기술이었던 모션 캡처로 실제 선수들의 움직임을 측정하여 게임에 반영한 덕분이었다. 혁신 중의 혁신이었다. 당시에도 '이제 스포츠 게임이 이 정도면 굳이 밖에 나가서 땀 흘리며 공을 찰 필요가 없겠는걸' 하며 어쭙잖은 예측 따위를 늘어놓곤 했다.

이 게임은 매년 업그레이드되는데, 아이가 갖고 있는 건 2020버전이다. 첫 버전이 97이었으니 스무 번도 더 업그레이드된 버전인 것이다. 우연히 게임을 하는 걸 본 덕에 20년을 건너뛴 최신 버전의 게임들을 제대로 구경할 수 있었다. 당시 97버전을 보면서 '이보다 더 좋아질 수는 없다'고 확신했던 것과는 달리 23년 동안 다듬어진 기술로 구현된 선수들의 동작은 몇 번을 유심히 봐도 그래픽으로 구현된 화면이 아닌 것 같았다. 이제는 실체를 그대로 옮겨놓은 수준이었다. 이게 실제 중

계방송인지 게임인지 의심스러워 컨트롤러와 화면을 몇 번이나 번갈아 보았다. 때마침 아이가 크리스티아누 호날두를 조종해 멋지게 골을 성공시켰다. 예정된 골 세리머니가 이뤄지고 호날두의 얼굴이 확대돼도 여전히 의심을 버릴 수가 없었다.

"와…… 진짜 호날두랑 똑같네. 야…… 진짜 호날두다."

혀를 내두르며 감탄하는데 아이가 퉁명스럽게 말했다.

"아빠, 호날두가 호날두 같은데 뭐가 놀랄 일이야? 호날두라고 등에 쓰여 있잖아. 호. 날. 두."

아차 싶었다.

나처럼 컴퓨터의 초창기를 겪은 사람들은 최신 기술로 만들어낸 현실이 얼마나 진짜 같은지에 감탄하고는 한다. '와, 진짜 호날두 같다'라는 말이 요즘 아이들에게는 멍청해 보일지도 모르겠다. 그러나 가짜를 진짜처럼 연출하기 위한 기술 격변의 시기를 지나온 세대에게는 놀라운 일이다. 과거 너무나 어설펐던 모습이 이제는 현실 같아져버렸다(물론 그때는 완벽하다 생각했다). 이제는 비디오게임, 가상현실, 증강현실 앞에서 함부로 진짜 같다는 말조차 할 수 없다. 자칫 감탄이라도 했다가는 아재가 되기 십상인 세상이 되어버렸다.

그렇다면 가상 속의 호날두가 '진짜 같다'는 감탄을 인정하지 못하는 아이는 가상과 현실을 구분하지 못하는 것일까? 예를 들어 실제 호날두를 길에서 우연히 마주치면 '와, 호날두다!' 하고 감탄하지 않을 것인가? 이미 비디오게임에서 실제보다 더 실제 같은 모습을 실컷 봤으니까? 게다가 컨트롤러로 호날두를 맘껏 부려먹기까지 했으니 실제 호날두를 만나는 일에 아이들은 무심할까? 결코 그렇지 않을 것이다. 분명히 현실의 호날두를 보면서 '와, 진짜다'라며 감탄할 것이다.

2년 전쯤 회사에서 있었던 일이다. 회사가 천문학적 비용을 들여 가상현실 프레젠테이션을 도입했다. 참고로 자동차 회사는 일반적으로 프레젠테이션을 준비하기 위해 화학적으로 개량된 '클레이'라는 재료로 물리적 모델을 제작한다. 특수한 재료의 고비용으로 인해 어림잡아 대당 2~3억 원의 비용을 들인다. 프레젠테이션 한 건당 대략 수십 개의 모델이 준비되니 총 20~30억의 비용이 단 한 번의 프레젠테이션을 위해 쓰이는 것이다. 게다가 이 모델은 고작 한두 시간 남짓 쓰이고 전부 폐기된다. 게다가 한 차종이 나올 때까지 최소 대여섯 번의 공식적인 사장단 품평을 거치므로 총비용과 시간은 다시 몇 곱절이 된다. 그런데 만약 이 천문학적 비용의 품평이 가상현실로 대체되면 비용은 물론 거기에 투입되는 환경에 이롭지 않은 특수한 재료, 물리적 가공 시간까지 줄일 수 있다.

가상현실로 품평을 진행하면 미래에 나올 차가 내 눈앞에 놓이게 된다. 눈부신 기술 덕분에 VR로 보는 차의 모습은 진짜보다 더 진짜 같다. 가상현실 속에는 심지어 차가 팔려나갈 현지의 풍경이 배경으로 깔린다. 가령 햇빛 찬란한 캘리포니아 해변이나, 눈으로 뒤덮인 스웨덴의 어느 호숫가에 차를 놓을 수도 있다. 현지 시장의 조건에 맞게 차의 모습이 현지배경에 연출되는 모습은 기가 막히다.

내장디자인의 경우엔 고글을 쓰고 의자에 앉으면 자동차 매장에 앉은 고객이 되어 이리저리 구석구석 살필 수 있다. 심지어 뒷자리로 가서 앉을 필요도 없고 원하면 공중부양으로 옆자리 뒷자리 앞자리를 옮겨다닌다. 트렁크 사이즈가 궁금하면 트렁크에 놓일 골프가방, 여행가방 등을 종류별로 휙휙 바꿔서 보여준다. 내장재의 색은 물론 다른 옵션이 어떻게 보이는지 맘껏 체험할 수 있다. 원하는 만큼 가상으로 준비된 장면들이 차의 생김새는 물론 쓰임새에 대한 이해를 재빠르게 돕는다. 물론 물리적 재료를 통한 촉각으로 느낄 수 없다는 맹점은 여전히 있지만 다양한 방식으로 구현되는 기술 덕분에 의사결정 효율이 극대화된다.

드디어 디데이. 가상현실Virtual reality 시스템이 투입되고 첫번째 사장단 품평의 날이었다. 모델이 놓여야 할 커다란 실내 품평장 대신, 훨씬 작은 공간으로 사장단을 초대했다. 각자의 자리에 가상현실 고글이 놓여 있었다. 사장들은 그걸 하나씩 들고서는 간단한 담당자의 안내와 함께 고글을 머리에 착용했다. 그리고 드디어 품평될 모델들이 고글 속에 삼차원의 기술로 연출되기 시작했다.

"와, 죽인다!!"

"이거 진짜보다 더 진짜 같다!!"

"와, 진짜 기술이 좋다. 놀랍다 놀라워!!"

고글을 낀 마케팅 사장도 연구개발 사장도 감탄을 멈추지 못했다. 현실적인 평가가 진행되어야 하는데 5분, 10분이 지나도록 감탄사만 들렸다. 시간이 촉박했기에 서둘러 본론으로 들어가지 않으면 이날을 위해 공들인 우리의 노력은 전부 수포로 돌아갈 수도 있었다. 결정을 받아내야지만 프로젝트는 다음 과정으로 진입할 수 있다. 그 상황을 지켜보던 당시 디자인 부서장이 다급한 마음에 질문을 던졌다.

"지금 보고 계신 모델이 5년 뒤 출시될 ××모델입니다. 먼저 전체적인 인상은 어떠신지요? 이제 본론으로 들어가주시면 감사하겠습니다."

질문이 끝나기 무섭게 사장들은 하나같이 대답했다.

"다 좋아, 아주 좋아! …멋지다, 멋져!"

긴장하던 디자이너들의 얼굴에는 화색이 돌았고, 분위기는 좋은 평가를 받는 것으로 마무리되는 듯했다. 연구개발 사장님이 고글을 먼저 휙 벗더니 고개를 절레절레 흔들었다. 디자인이 흡족하다는 듯한 그의 흐뭇한 미소는 반가웠다.

"놀랍다 놀라워. 기술이 무섭다 무서워."

좋은 분위기에 맞춰 다시 한번 사장님께 질문을 던진다.

"이번 디자인이 참 괜찮죠?"라고 확인차 질문을 던졌다.

그러자 사장은 이렇게 답했다.

"무슨 디자인? 자 이제 디자인 얘기해보자, 이제 디자인 얘기를 해야지. 모델 어딨어?"

"……"

그들이 감탄한 것은 디자이너들이 심혈을 기울여 준비해 가상공간에 펼쳐 보인 모델들의 디자인에 대한 것이 아니었다. 그저 진짜같이 연출된 이미지가 놀라웠던 것뿐이다.

실제 모델이 준비되지 않은 것을 알아챈 사장단은 그 자리에서 노발대발했고, 우리는 지난 몇 달을 게을리 일한 집단이 되어버렸다. 실재하는 것이 눈앞에 없으니 생산적인 일을 하지 않았다고 판단해버린 것이다. 그리고 우리는 정확히 3주 동안 다시 모델을 준비해야 했다. 가상현실을 활용했던 첫 품평은 그저 신기술쇼에 지나지 않았고, 결국 실제 모델을 준비하느라 두세 배의 일을 더 해야 했다. 비용과 시간, 결국 어느 하나 나아진 게 없었다. 삶을 편하게 해줄 거라 믿었던 '가상현실' 대신 코피 터지게 야근해야 했던 '참혹한 현실'이 되고 말았다. 그리고 평생을 자동차와 씨름해온 사장단은 번쩍이는 가상의 자동차는 결코 '차'로 인정하지 않았다. 가상으로 실체를 대체하는 일은 이렇게나 막막하기만 하다. 게으른 놈들이 부리는 꼼수가 되기 십상이다.

●

인류는 끊임없이 더 나은 삶을 위해 노력했다. 바로 축구

팬이 가상속의 호날두를 만나듯이, 가상을 이용하면 우리의 소원이 결국엔 이루어져 삶이 윤택해지는 것처럼 말이다. 현실에서 구현되지 못한 것을 가상의 구현을 통한다는 점에서 가상은 어쩌면 인간의 오랜 '주술'과 닮아 있다. 아직 존재하지 않는 것을 가상으로 연출한 가상현실 고글처럼 인류의 가상인 주술도 더 나은 현세를 꿈꾸고 그려내기 위해 오랫동안 존재했다.

아주 오래전에는 소망을 주술로 풀어내면 더 나은 삶이 있을 거라는 믿음이 보편적이었다. 우리는 그 소망을 담아 그림을 그리기 시작했다. 풍년을 기원하는 마음으로 동굴에 모두가 풍요로운 모습을 담은 벽화를 그렸다. 자신의 그림이 자식과 종족의 풍요와 직결되므로 온 힘을 다해 그렸다. 한 획 한 획 속에는 가상의 풍요를 기원하는 기도하는 마음을 담았다. 지난해에 사상 초유의 태풍과 홍수로 흉작이 들어 올해에는 더욱 정성껏 그림을 그렸더니 올해 농사는 작년보다 나아졌다는 식이다. 최악이었던 작년의 날씨보다는 어떤 경우에도 더 나아질 수밖에 없는 상황일지라도 동굴 속 주술 그림 덕분이라고 믿어버렸다. 우리의 바람을 담은 그림 덕분에 풍요가 현실에 찾아온 것이다.

이상향에 가까워지기 위한 주술은 그림을 넘어 행위에 이르기까지 했다. 바람을 담은 노래를 부르고 무당을 불러 굿을 하고 다 같이 손을 잡고 춤을 추었다. 심지어 사람을 제물로 바치고 제물이 된 이는 기꺼이 희생을 받아들였다. 우리의 주술이 현실을 더 낫게 만들어주리라는 확고한 믿음 때문이었다. 그렇게 가상인 주술과 현실이 분리되지 않을 때 인간의 주술은 더 나은 삶을 위한 행위가 되었고 돌탑이나 벽화 첨탑 등등 수많은 부산물들이 여기저기 남았다.

마침내 주술과 현실의 부실한 인과관계가 수많은 역사를 통해 벌거벗겨지기 시작했다. 과학과 같은 논리적인 의심이 시작되면서부터다. 어제 쌓은 돌탑과 무관하게 지구가 멸망하지 않는 한 가뭄 뒤에 비가 한 방울씩 떨어지는 것은 당연한 일이다. 최악이었던 어제보다는 반드시 더 나은 내일이 찾아오는 일은 정성껏 그린 벽화와는 무관한 일임이 드러나버렸다. 이렇게 가상과 현실의 간극을 완벽히 인지한 이후, 주술의 부산물은 예술이라는 새로운 옷을 입기 시작했다. 그림과 탑, 조각은 가상과 현실의 매개 대신 기쁨을 주는 예술품이 되었고, 여전히 남은 믿음은 종교가 되었다. 결국 가상은 그렇게 현실이 되기 위해 몸부림치다 예술과 종교를 건네주었다.

근대가 되어서도 인간은 다시 가상을 위해 다양한 시도를 했다. 물론 가뭄 시기에 단비를 내리게 하는 미신 행위 대신, '호날두' 같은 진짜를 체험하기 위한 가상을 만들려 끊임없는 시도를 해왔다. 대표적으로 독일에서 만들어진 국카스텐이 있다. 우리에게는 밴드 이름으로 잘 알려져 있는데, 가창력도 음색도 뛰어난 밴드 국카스텐의 이름이 어디에서 온 것인지에 관심을 갖는 사람은 많지 않을 것 같다. 국카스텐은 독일어로 guck(보다)와 kasten(상자)의 합성어다. 쉽게 말해 만화상자다. 상자 속에 평면의 그림을 겹쳐놓고 원경을 설정하여 실제에 근접한 이미지를 만들려고 한 장난감이다. 결국 시각적 효과를 응용하여 구현된 이미지를 보다 실제에 가깝게 느낄 수 있도록 한 '가상현실'의 태동이라고 볼 수 있다.

국카스텐이 처음 등장한 17세기는 오랫동안 신학의 권위에 모든 학문의 뒷덜미가 잡혀 있던 시기였다. 이후 신학의 권위가 떨어지기 시작하면서 연금술과 같이 이미 사장되었던, 즉 과학적 근거로 지워질 수밖에 없었던 비과학적 사상들과 검증되지 않은 분야의 지식이 다시 부상하기 시작했다. 국카스텐과 같이 마법 같은 가상을 통해 환영을 만들어낼 수 있으리라는 믿음 또한 이런 시대적 배경을 갖게 되었다. 국카스텐 앞에서 아이는 난생처음으로 세상의 중심에서 상상의 세계로 초대된다. 전쟁, 자연재해 등 수많은 장면을 실제처럼 보여주기 위한 노력은 이미 수백 년 전부터 있어왔다. 이 작은 상자속의 마법을 통해 가상이 현실이 되는 꿈은 인류의 오랜 관심거리였다.

'가상현실'에서 '가상'은 '현실'을 수식하는 데 그치고 있다. 단어가 스스로의 한계를 명확히 설명하고 있다. 여전히 누구도 이 가상을 믿지 않는다. 가짜라는 걸 전제하고 있기 때문이다. 가상현실 고글을 씌워주면서 이건 가상Virtual이라고 강

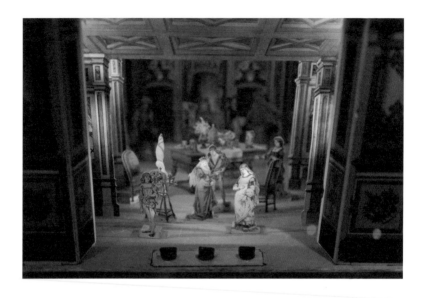

조했기 때문에 사장님은 고글을 벗자마자 가상 대신 진짜를 찾았다. 이렇게 가상은 스스로의 한계를 표의적으로도 이미 드러낸다.

한편 가상현실의 부작용도 나타난다. 우리는 체험할 수 없는 것을 체험해본다는 긍정적 체험을 넘어서 잊힌 것의 재현을 통해 상실을 달래는 경우도 상상해볼 수 있다. 어느 영화에서 사고로 배우자를 잃은 이는 가상현실을 통해 죽은 자를 재현시켜주는 서비스를 제공하는 회사를 찾는다. 마침내 실제보다 더 실제 같은 가짜를 보여주는 기술 덕분에 사랑했던 그가 재현된다. 그와 눈물 흘리며 조우하는 주인공의 모습은 영화를 보는 모든 이의 가슴을 따뜻하게 한다. 하지만 살면서 가슴에 묻어야 하는 것들이 있다. 이승의 배우자는 한참이 걸린다 할지라도 서서히 슬픔을 흘려보낼 수 있다. 그건 먼저 떠난 이에겐 '잊힐 권리'가 있기 때문이다. 첨단의 가상으로 구현된 사랑했던 이의 모습은 결국엔 상실의 무게만 더욱 가중시킬 뿐이다. 죽은 자가 가상의 옷을 입은 것이기에 그의 숨과 체온은 어디에도 없으며 안길 수 있는 품도 없다. 상실을 토닥여주기 위해 가상이 등장했는데, 조금이나마 나아지려던 상실의 아픔은 오히려 원점부터 다시 시작되게 되었다. 가상과 현실의 경계는 더욱더 명확해져버린다. 아프고 또 아프게 말이다.

다시 게임 속 가상의 호날두가 진짜 같은 게 뭐 그리 신기하냐고 내게 당당하게 따졌던 내 아이의 이야기를 해야겠다. 아이가 지금보다 더 어렸던 수년 전 어느 주말 아침, 여느 때처럼 아이에게 질문을 던졌다. 마침 한국에 휴가를 다녀온 지 얼마 지나지 않았을 때라, 할머니를 두고 다시 독일로 돌아온 아이는 아직 작별의 슬픔에서 벗어나지 못하고 있었다.

"좋은 꿈 꿨어?"

"아빠, 세상에는 좋은 꿈이라는 게 없어."

조금은 어두운 듯한 아이의 표정과 답변에 당황했다.

"왜? 어째서 좋은 꿈이 없어?"

"왜냐하면, 꿈에서 할머니를 만나서 정말 좋았어. 그런데 꿈에서 깨어나는 순간 이건 그냥 꿈이란 걸 알게 됐어. 아무리 꿈속에서 할머니를 만나고 하고 싶은 걸 하고 원하는 레고를 가지면 뭐해? 어차피 잠에서 깨어나면 그게 아무리 행복했어도 꿈이었다는 걸 알게 되어버리는데. 그게 그냥 꿈속에 펼쳐진 '가짜'였다는 걸 알게 되는 순간 더 슬퍼지거든."

이미 아이는 꿈이 현실이 될 수 없다고, 꿈속의 할머니와 저멀리 떨어진 실제의 할머니를 현실에 불러오려 할 때 찾아오는 허무함이 무겁기만 하다고 말하는 것이었다. 가상은 현실이 될 수 없음을 아이 스스로 확인해버린 것이다.

진짜 호날두를 알기에 가상의 호날두를 만들어내는 일이 가능했다. 혹독한 가뭄 뒤 비에 촉촉히 젖는 땅과 풀을 보았고, 모두가 풍년에 행복해하는 모습을 기억하기 때문에 상상 속의 비 오는 그림을 그릴 수 있었다. 그래서 가뭄 뒤에 비가 오고 풍년을 만날 것이라는 야무진 기도를 하는 일도 가능했다. 먼저 떠난 배우자에 대한 사랑이 너무나 선명하기에 아픔을 달래기 위해 배우자를 생생하게 구현하는 일이 가능했다. 또, 세상에서 가장 멋진 자동차는 언제나 바람과 먼지를 일으키며 내 눈앞에서 또렷하게 지나갔다. 그 기억 덕분에 가상현실에서는 진짜보다 더 화려한 모습의 자동차를 구현할 수 있었다. 실체가 있기 때문에 가상은 실체를 밑그림으로 삼아 더 선명해지는 것이다.

이제 가상이 현실을 완벽히 대체할 수 없다는 것이 명확해졌다. 하지만 나날이 놀랍게 발전하는 가상현실 기술이 우리의 메마른 현실을 단비처럼 적셔줄 수 있는 그런 날은 과연 올까? 여전히 야무진 꿈일 테지만 현실은 더욱 따뜻한 가상현실이 될 수 있는 밑바탕이 되었으면 좋겠고, 가상은 현실의 아픔을 보듬을 수 있다면 좋겠다. 금방 잠에서 깬 내 아이가 진짜 할머니의 품에 있는 체온을 느낄 수 있다면 얼마나 행복하겠는가? 모든 이의 행복한 순간이 가상과 현실의 구분 없이 영원할 수 있다면 얼마나 좋겠는가?

장난감

장난이
아니다

여전히 내 주변에는 가정을 꾸리고도 장난감에 열광하는 어른들이 많다. 특히나 동료 디자이너들은 자동차를 디자인하니 어릴 적부터 자동차에 미쳐 있었을 확률이 높다. 우리끼리 우스갯소리로, 책상 위에 아무것도 없이 달랑 마우스와 키보드만 있으면 엔지니어고, 마우스와 키보드 말고도 각종 물건들로 너저분하면 디자이너일 거라고 하는데, 거기다 혹여 자동차 모형까지 있다면 디자이너의 자리임이 확실해진다. 내 동료들만 봐도 책상 위에 장난감 하나 올려져 있지 않은 사람

딴생각

이 없다.

한번은 이전 직장 동료의 자리 뒤에 기다란 초콜릿 상자가 제법 높게 쌓여 있었다. 초콜릿을 먹으려고 쌓아둔 건지, 다 먹은 뒤 모아놓은 상자인지 알 수 없었다. 나중에 알고 보니 그 상자 속에는 어릴 적부터 모았던 1/48 비율의 작은 모형 자동차가 채워져 있었다. 초콜릿 상자의 크기가 모형 자동차에 딱 맞아서 상자 때문에 초콜릿을 사 먹을 정도로 미니카를 모으는 덕후들에게 인기가 많은 상자라고 했다. 오십이 넘은 그 동료 뒤에 수북이 쌓인 상자로 짐작하건대 수천 대는 가지고 있는 듯했다. 그 상자는 수많은 브랜드의 모형들로 가득차 있었는데, 하나같이 족히 20년은 더 된 모형들인데다, 겹치는 모델이 단 하나도 없었다. 심지어 같은 모델이더라도 휠이 다르거나 디테일이 달랐다. 동료는 그 모델이 '리미티드 에디션', 즉 한정판이라고 덧붙였다.

그러고도 틈만 나는 대로 단종된 모형 자동차를 찾았고, 이미 갖고 있는 자동차를 동료와 교환하기도 했다. 물론 그 신성한 맞교환의 장을 열자면 시간과 장소를 정해야 했고, 만나서는 테이블 가운데에 모형을 경건하게 놓고 커피를 홀짝여야 했다. 처음 손에 넣은 순간에 대한 일화부터, 이 모형이 언제 단종이 되었다든지, 제조사가 바뀌면서 원산지가 바뀌었다든지, 어느 부품이 싸구려가 되었다든지 하는 푸념까지, 이야기보따리가 웬만한 예술품 이야기 못지않았다. 이는 자동차를 좋아하는 덕후들만의 이야기가 아니다. 온라인 경매사이트 이베이Ebay에 넘쳐나는 오래된 장난감들의 가격은 어마어마하고, 거기에 몰려드는 사람들의 경쟁은 치열하다. 장난감 앞에서는 애 어른 할 것 없이 모두가 피터팬이 된다. 왜 그럴까? 그저 어린 시절에 대한 향수일까?

먼저 결핍 때문일 것이다.

나 또한 사람은 나이를 먹으면 어른다워야 하고 나잇값을 해야 한다는 은근한 강박에 장난감과 거리를 두고 지내왔다. 하지만 아빠가 된 후로 아이 덕분에 가끔씩 동심의 세계로 돌아가곤 한다. 레고 블록을 끼워맞추기 어려워하는 아이를 도와주거나, 가구 밑으로 들어간 부품을 찾아주어야 하기 때문이다. 그럴 때면 어릴 적 쌕쌕거리며 놀이에 푹 빠져 있던 기억으로 쉽게 돌아가곤 한다. 아빠로서 아이에게 정성을 다한다는 뻔한 의무감은 아주 잠시, 어느새 나의 열정으로 내가 장난감의 주인이 되어 레고를 맞추고 있다.

순수한 영혼으로 돌아가 장난감을 만지작거리는 지금의 나에게 장난감은 그저 장난감일 수만은 없다. '인간의 욕망, 즉 꿈은 의식 차원에서 해소되지 않기 때문에 욕망을 해소하기 위해 대신할 방법을 의식에서 찾는다'라는 철학자 들뢰즈의 말처럼, 이미 이번 생에 내 것이 될 확률이 무척 희박해 보이는 페라리 꿈꾸는 대신 작은 페라리 모형을 만들고 있는 것은 아닐까? 갖지 못하는 것에 대한 환상과 그에 따른 결핍이 장난감을 통해 해소되었는지 모른다.

아무리 어른이라 할지라도 본인이 느끼는 결핍의 정체를 완전히 알 수는 없다. 더군다나 이렇게 매일같이 변화하는 시대를 살아가는 우리는 무엇이 결핍되었는지, 어디가 어떻게 메말라 갈라져가는지조차 알 수 없다. 그래서 어린 시절처럼 다른 대상에 환상을 투영해 공허함을 해소하는 것이다. 새로 나온 007시리즈 속의 제임스 본드가 나를 달래고, 뻔한 툼레이더의 강력함에 나를 투영한다. 배트맨의 망토는 건물 사이를 건너는 데 방해가 될 뿐이지 도움이 될 거라고 믿는 성인은 아무도 없을 것이다. 하지만 그 망토를 보는 순간 내게 언제나 히어로였던 그를 만나게 되고, 내가 느끼는 흥분은 예전이나 지금이나 조금도 다르지 않다.

어른들이 장난감에서 쉽게 벗어나지 못하는 또다른 이유는 역사에서 장난감이 차지하는 특별한 가치 때문일 것이다. 독일산 플레이모빌Playmobile, 덴마크산 레고Lego, 영국산 매치박스Matchbox에 이르기까지 우리에게 잘 알려진 수많은 장난감 브랜드들은 이들 나라의 오랜 제조업의 역사만큼이나 그 역사가 길다. 일찍이 유럽에서 장난감은 장인만 만들 수 있는 공예품이었다. 산업혁명 이전 공장에서 일일이 수공을 통해 만들어졌기에 부유한 가정의 아이들만 누릴 수 있는 놀이 도구였다. 아이들의 성장에 관여하는 만큼 더 안전하고 튼튼하게 장난감을 만드는 것은 장인들의 사명이었다.

Liegender Heißluftmotor

Gebr. Bing, Nürnberg
um 1910

장난감은 아이들을 위한 놀이 도구 그 이상이었다. 17세기 모든 종교 관련 건축을 위해서는 반드시 조감도가 필요했지만 담당자들은 그림만으로는 설계를 온전히 이해하지 못했다. 그래서 이해를 돕기 위해 작은 블록과 나뭇가지로 일일이 시뮬레이션을 구현했다. 축소된 모습이기는 했지만 3차원 모형은 조형성을 검증받고 인정받는 데에 가장 적합한 방법이었다. 결국 이런 시뮬레이션의 역사가 지금의 레고와 같은 블록 쌓기 장난감의 시초가 되었다.

또한 장난감은 당시 최고의 장인들이 모여 만들어낸 예술의 정점이었던 만큼 한 국가의 제조업을 평가하는 중대한 척도였다. 첨단 공업이 발생했던 독일 뉘른베르크 지역을 중심으로 나무를 가장 잘 다루는 목공 장인, 금속을 가장 잘 다루는 장인들이 하나둘씩 모여 길드를 형성하기 시작했고, 르네상스 시대부터 종교적인 영향으로 발전한 기술이 질 좋은 장난감을 제조하는 데에도 많은 영향을 미쳤다.

장난감 제작은 다른 어느 제조업보다 기술이 발전된 터라 이미 유럽, 특히나 독일의 장난감들은 무척 사실적이었다. 단순히 모습을 축소한 것에 그치지 않고 숨은 기능까지 그대로 옮겨놓았다. 사실을 바탕으로 작게 재현된 모습 덕분에 기차, 자동차 등의 기계적 원리를 이해하는 데도 큰 역할을 하게 되었다. 신화 속 캐릭터 혹은 아이들이 좋아할 만한 동화 속의 귀여운 이미지 대신에, 소방서를 옮겨놓고 경찰서의 모습을 구현하는 방식으로 나아갔다. 그래도 '이건 너무 사실적이다' 싶어 조금씩 다듬고 유아스럽게 만든 것 중 대표적인 것이 플레이모빌이다. 독일의 플레이모빌은 하늘을 나는 슈퍼맨 같은 특수한 캐릭터 대신, 병원과 소방서의 모습을 이해하기 쉽게 사실적으로 만든 축소판 장난감이었다.

뉘른베르크의 첨단 제조 방식을 경쟁력으로 삼아 심지어 기계 장치를 부착하여 특유의 메커니즘을 구현하는 경지에 이르기 시작했다. 각종 기계 장치를 구현한 장난감을 넘어서 생명을 지닌 동물과 사람의 모습을 한 인형의 구조에 정교한 메커니즘을 구현하기 시작했다. '스스로 작동한다'는 뜻의 라틴어 오토마타(간단한 기계 구조로 움직이는 조형물 또는 인형)가 등장하기 시작했고, 말하고 걷는 인형이 등장하면서 논리적이고 정교하게 움직이는 교육적인 도구가 되어갔다. 하지만 당시의 종교적 사고의 지배로 인해 영혼 없이 움직이는 인형은 쉽게 용인되지 못했지만 훗날 애니메이션과 같이 움직이는 만화가 등장하는 토대가 되기도 했다. 한편 섬뜩함을 일으키는 영화 〈사탄의 인형〉의 처키처럼 장난감은 점점 더 사람과 같아지기도 했다. 결코 반갑지 않지만 미래 로봇의 모습을 대신 드러내기도 하고 우리보다 우위를 점할 미래의 경고를 보여주기도 한다. 이처럼 장난감의 가치는 이미 놀이 이상의 영역까지 뻗어나갔다.

역사를 기록하고 이념을 지배하기 위해 쓰인 다소 어두운 시기도 있었다. 이때의 장난감은 이념을 선동하기 위한 도구이기도 했다. 히틀러 정권도 이미 유년시절의 선동이 얼마나 중요한지를, 선과 악을 그어놓고 놀이를 통해 배우는 일의 중대함을 잘 알고 있었다. 나치 시절 아이들의 모든 게임은 나치와 적군을 선과 악으로 극명히 나눈 선동 교재로 활용되었다. 히틀러는 아이들 사이에서 인기 있는 카드게임, 체스게임의 주인공을 나치 정권으로 바꾸어놓아 나치 승리의 당위성과 나치의 우월함을 세뇌시키는 수단으로까지 사용했다.

패전 이후 독일은 잉여 생산된 군수물자를 일차적으로 장난감 산업에 재활용 재료로 쓰기 시작했다. 수류탄 손잡이는 팽이의 축으로, 방독 마스크는 인형의 옷감으로 쓰였다. 장난감은 남자아이들에게는 과학적 호기심을 불러일으키는 촉매제로, 여자아이들에게는 부엌에서의 일을 가르치는 교구로 활용되었다. 뭐든 손에 잡히는 대로 장난감이 될 수 있었던 그 시절의 모습은 우울함마저 간직하고 있다. 이렇게 역사는 장난감에도 고스란히 드러나고는 한다.

●

놀이에는 분명한 목적과 동기가 요구되지 않는다. 의무도 없으며 결과에 대한 근거를 제시할 필요도 없다. 그리고 장난감은 나의 감정을 아낌없이 받아주고 내 상상을 너그럽게 인정해주는 친구가 된다. 그저 직관적이고 본능적인 쾌감을 선사하기 때문에 아이들은 놀면서 자유롭게 상상하고 놀면서 이념을 익힌다. 어떻게 상상했든 어떤 체험을 했든 옳고 그름을 선택하는 건 그 이후 또다른 배움의 몫일 것이다. 그러나 지금의 세상은 그렇게 놀지 못하게 하려고 야단이다. 놀이가 있어야 할 자리를 달달 외워야 할 영단어와 딱 떨어지는 방정식이 채운다.

놀이는 형식에서부터 자유롭고 엄격한 규칙으로부터 한참을 벗어나 있다. 특히 유럽 사회에서 장난감을 통한 놀이는 아이들의 창의력을 발현시키는 가장 중요한 촉매로 여겨져왔다. 그래서 독일어로 놀이기구는 spielzeug, 즉 spiel(놀이)과 zeug(기구)의 합성어인데. 참고로 노동 기계는 werkzeug인데, werk(노동)와 zeug(기구, 연장)의 합성어다. 신성한 노동이 시작되기 위해서는 반드시 필요한 것이 연장이다. 이처럼 놀이를 위해서도 연장, 장난감 또한 인간의 삶에 있어 필수적인 수단이 된다. 장난감은 어른들의 메마른 꿈을 소환하는 정서적 도구이며 아이들의 건강한 정서를 일궈내는 특별한 경험이라는 믿음이 이곳의 수많은 유명 장난감 브랜드들을 만들어냈다.

그런데 우리말의 장난감은 그저 놀잇감이다. 곰 인형이든, 복잡한 레고 블록이든, 모두 그저 장난이나 칠 수단에 불과한 것처럼 들린다. 그래서 어린아이가 아닌 훌쩍 그 나이를 지난 누군가가 장난감을 만지작거리면 장난이나 치는 철들지 못한 성인이 되어버린다. 사실 장난감은 아이의 이야기를 가장 잘 들어준다. 스스로 블록을 끼울 때까지 장난감은 말없이 기다려준다. 그 아이는 오십의 중년이 되어도 끝없이 자동차를 모으고 새로운 장난감의 등장에 예나 지금이나 눈빛이 초롱인다. 장난감은 철없는 나의 상상을 변함없이 받아주는 유일한 친구이기 때문이다. 그뿐인가, 장난감이 없었다면 우리가 찾는 유럽의 성당도 지금의 모습을 갖추지 못했을 것이며, 내가 응원하는 만화 주인공이 화면 속에서 자동차보다 힘차게 달리는 영상을 상상조차 할 수 없었을 것이다. 우리의 영원한 친구 장난감은 시공을 초월해 역사를 만들어냈다.

색

**내일의 하늘은
파랗다**

　　나의 퇴근길은 서쪽으로 길게 향한다. 그래서 해가 다시 조금씩 길어지는 4월부터는 지는 해를 마주하며 몇 킬로미터를 운전한다. 희한하게 낮에는 해가 없는 궂은 날씨인데, 해가 떨어질 때쯤이면 그동안 숨어 있어서 미안했는지 해가 자주 얼굴을 보인다. 게다가 내가 사는 동네는 어찌나 평평한지, 지는 해의 강렬한 붉은빛을 가려줄 만한 산등성이나 빌딩조차 하나 없으니 쏟아지는 빛은 서쪽으로 운전하는 내 몫이다. 이 지독한 퇴근길 때문에 나와 비슷한 방향으로 가는 사람들은 퇴근용 선글라스를 따로 차에 비치하기까지 한다.

　　일주일에 몇 번은 퇴근길에 시간이 맞아 농구 훈련을 마

　　　　　　　　　　　　　　　　　　　딴생각

친 아이를 태우고 온다. 그 시간대는 눈부시게 지는 해를 바라보며 집으로 향하는 경우가 많은데, 노을빛이 유난히 붉던 어느 날 조수석에 앉은 아이가 인상을 한껏 쓰며 말했다.

"아빠가 일이 끝나고 나를 태우러 올 즈음이면 구름이 '빨갛게' 되는 것 같아. 근데 이렇게 구름이 빨갛게 되는 걸 보면 이미 하루가 끝나가는 것 같아서, 뭐랄까, 좀 서운한 느낌이 들어."

직장인에게 퇴근길의 붉은 노을은 주말에 좀더 가까워졌다는 해방감이나 지긋지긋했던 하루의 일과가 끝났다는 희열을 안겨주는데, 어린아이에게 붉은 노을은 사라지는 하루에 대한 서운함이었다. 퇴근길 아이가 던진 말처럼 각자의 시선에 따라 노을의 붉은빛은 누군가에게 기쁨이 되기도 하고 누군가에게는 울적함이 되기도 한다. 같은 색을 바라보면서도 저마다 다르게 해석한다. 그것이 바로 다채로운 '색'의 운명이다.

점을 찍고 점의 자취를 이으면 기다란 선이 된다. 선을 이으면 면이 되고 면이 된 공간 속에서 우리는 색을 채운다. 그 색을 어떻게 채우느냐에 따라 아이의 색칠 공부가 되기도 하고, 절묘하게 채우면 루브르박물관에 걸린 〈모나리자〉가 되어 인류의 역사에 길이 남을 영원한 생명을 얻기도 한다.

또한 점은 위치 정보다. 물론 파란 볼펜으로 점을 찍을 수도 있고 붉은 볼펜으로 찍을 수도 있지만 여전히 점은 최소의 단위일 뿐이다. 점은 공간에 찍히는 순간 X, Y, Z의 값을 가진 위치가 되기 때문에 보다 객관적이다.

점 두 개가 찍히고 그 점을 이으면 선이 된다. 그래서 선은 점보다는 객관적인 측면에서 자유롭더라도 또한 논리적이다. 물론 굽은 선도 있고, 라면처럼 꼬불꼬불한 선도 있을 것이다. 하지만 선의 출발이자 근원은 두 점이다.

마침내 수많은 선과 수천수만 개의 점이 모여 수려하게 이어지기 시작하면 밑그림이 된다. 즉 좌표(평면)에 점을 배치해서 이것저것 원하는 것으로 선을 구성하여 하나의 모습으로 엮으면 특정한 형상을 갖기 시작한다. 굳이 색으로 칠하지 않고서도 선들의 조합만으로 미루어 무엇을 그리려고 하는지 짐작이 가능해진다. 밑그림을 통해 그은 선들을 보면 좋은 구도인지 아닌지, 실물보다 뚱뚱하게 그리는 건 아닌지, 생각보다 못난 자동차를 그리는 것인지 멋진 스포츠카를 그리는 것인지를 어렴풋이 객관적으로 판단할 수 있게 된다. 결국 선과 점은 여전히 위치 정보를 가지고 있기 때문에 이를 보는 모든 사람은 객관적인 인식이 가능해진다.

회화의 역사에서도 회화의 사조를 나눌 만큼 선과 색의 역할은 명확하게 구분되었다. 선은 이성이고 색은 감성이다. 무엇을 그리는지, 즉 그림 속의 객관적 인식은 선을 통해서 얼마든지 가능하다. 하지만 이성적 매체인 선으로 감성에 호소하기엔 다소 어려움이 있다. 짙은 외곽선으로 형태를 구분하는 대표적인 장르로는 만화가 있다. 가령 종이 위에 외곽선의

딴생각

윤곽을 명확하게 그려 얼굴이 동그란 짱구를 그렸다 치자. 짙은 선을 통해 짱구의 모습을 구분해내는 것은 어렵지 않다. 하지만 짱구의 윤곽선은 객관적인 화면 속에서 짱구를 드러내는 경계가 될 뿐 예술로서 인정받기에는 어려움이 따른다. 아무리 윤곽을 색으로 채운다 하여도 우리에게 익숙한 만화의 채색 방식으로는 윤곽선이 검고 짙게 남아 있는 이상, 예술로 인식되긴 어렵다. 밝고 어두운 색의 조합 없이는 선생님의 마음을 흔들었던 펄럭이는 태극기를 그리지 못하고, 그 바람 속 펄럭임을 호소할 수도 없다. 푸른 바다의 수평선과 뭉게구름을 그려낸 선을 통해 그때의 군인이 지키던 동해를 기억할 수 있지만 푸른 하늘과 검푸른 바다를 나누는 색에 따른 깊이와 경계가 없이는 그날 그때의 동해의 감동을 떠올리는 일은 쉽지 않다.

과거 한 시기에는, '와, 사진 같다!'라는 감탄이 회화의 질을 판단하는 기준이던 시절이 있었다. 사실주의 회화다. 하지만 사진이라는 매체가 발명되자마자 사실을 그대로 옮겨놓은 그림의 의미는 빠르게 퇴색하기 시작했다. 아무리 그림이 사실적이더라도 사진기가 담는 사실성과 사진기의 효율적인 생산성을 뛰어넘는 건 쉽지 않았기 때문이다. 회화의 위기가 등장한 것이다. 따라서 이 시점에 회화의 각성을 위한 새로운 방식이 필요했다. 사실적인 묘사 대신 작가 각자가 대상을 해석하는 일을 통해 사실적인 묘사에 의지한 회화를 극복하려 했다. 각자의 눈으로 각자의 인상을 표현하는 인상주의가 등장한 배경이다. 바로 '색'의 해석이다.

모네의 그림처럼 객관적인 형태를 다르게 해석하는 대신, 자신만의 해석으로 그날 호수의 정경을, 수련의 모습을 저마다의 색으로 채워 구분한다. 붉은빛도 작가의 해석에 따라 의외의 푸른빛을 담기도 하고, 엉뚱한 보색으로 역광의 영역을 채워내기도 한다. 각자 새롭게 발견한 색으로 대중의 감성에 호소하려 했던 것이다. 그래서 점, 선, 면과 함께 한 묶음일 것 같은 '색'은 저마다의 자유로운 해석을 통해 특별한 가치를 얻게 되었다.

우리는 파란색을 하늘의 색이라고 한다. 일 년 중 흐린 날을 훨씬 많이 보는 독일 사람들조차 파란색 하면 먼저 하늘 혹은 바다를 떠올린다. 독일에서 나고 자랐으면 분명 파란 하늘을 보는 일은 쉽지 않은데도 불구하고 하늘이 파랗다는 데에 어느 누구도 이견이 없다. 연중 대부분이 우중충한 하늘로 유명한 독일의 하늘은 대체로 흰 구름이 반반 섞여 있기도 하고 퍼진 회색 구름이 하늘의 일부인 듯 끼어 있기도 하다. 더군다나 겨울에는 오후 3시가 지나면 이미 어둠이 깔리기 시작하는 유럽에서 파란 하늘의 연중 지속성은 무척 낮다. 그럼에도 여전히 '하늘'과 '파랗다'는 서로 등식이 성립된다. 어떤 날씨권에 살든 너도나도 하늘을 '파랗다'고 생각한다는 것이다.

왜냐하면 우리의 머릿속 색상환은 기본 사인펜 세트처럼

딴생각

'빨주노초파남보'가 먼저 자리잡고 있기 때문이다. 이 일곱 가지의 색상은 수억의 색상 중 명확하게 이름이 붙은 대표색이다. 어떤 사물이 무슨 색인지를 떠올리려면 가장 먼저 머릿속에서 일곱 개의 색깔 중 하나를 선택하게 된다. 그래서 하늘의 색이 무엇인지를 떠올려보면 하늘에서 본 다양한 색 중 파란색이 일곱 색깔 중 가장 먼저 떠오른다. 그래서 파란 하늘을 몇 번 볼 수 없는 우울한 날씨권에 사는 사람일지라도 하늘을 파랗다고 쉽게 말하는 것이다. 이처럼 우리가 직관적으로 색을 선택할 수 있는 폭은 지극히 좁다. 누군가에게 눈에 보이는 색을 설명하려면 끽해야 빨, 주, 노, 초, 파, 남, 보, 이게 전부다. 그래서 하늘은 파랗다 말하고, 녹색과 흰색과 갖가지 색이 섞인 사과도 빨갛다고 말하는 게 편하고 보편적이다.

좀더 이론적으로 보자면, 색이 머릿속에 인식되는 과정도 마찬가지다. 사실 하늘이 파랗고 사과가 빨간 게 아니다. 하늘은 원래 파란색을 입고 태어난 게 아니고 사과도 빨간색의 원초적 옷을 입고 세상에 나타난 게 아니란 것이다. 한편 대기를 빛의 파장이 통과할 때 대기가 품고 있는 수분에 굴절되어 남아 있을 수 있는 유일한 파장은 파란색이다.

이렇게 파란색은 대기 중 수분을 통과하지 못하는 태생적 한계로 인해 하늘에 파란빛을 남긴다. 그래서 구름 없이 맑은 날이면 우리 눈에 하늘이 파랗게 보이는 것이다. 사과 또한 빨갛게 태어난 게 아니라 사과라는 물질이 오로지 빛 중에서 빨

간 파장만 반사하는 것이다. 검은색은 모든 빛을 그냥 반사시키지 않고 전부 뭉쳐버려서 검게 보이는 것이고 흰색은 전부 반사시켜 튕겨버리니 하얗게 보이는 것이다. 조명을 바꾸면 더이상 빨간 사과가 아닐 수도 있고, 조명을 다 꺼버리면 모든 것이 검게 변한다. 이렇게 색은 고집스럽지 않고 상대적이다.

이처럼 색은 선이나 점과 달리 객관성이 없는 운명을 가진다. 이렇게 상대적으로 입력된 색의 정보에서 끝이던가? 각자의 뇌에 입력된 색의 정보는 지난 경험과 생각들로 인해 또다시 재해석된다. 객관적으로 입력된 빨강은 모두에게 빨강으로 보일 것이다.

이처럼 '빨갛다'는 보편성을 가질 테지만 누구에게는 맘에 드는 아름다운 페라리의 붉은색이 되고, 누구에게는 잘 익은 과일이 떠올라 군침이 돈다. 게다가 물리적으로 동일한 색임에도 어떤 색의 옆에 놓이느냐에 따라 운명을 달리하기도 한다. 촌스럽던 색도 무엇과 어떻게 대비시키느냐에 따라 운명이 확연히 달라지기도 한다. 별로 눈에 띄지 않던 색도 유명한 배우가 걸치면 그 배우가 지닌 이미지로 인해 뜻하지 않은 채도를 얻기도 한다.

색의 운명은 상대적이라서 색의 세계는 더욱 신비롭다. 스푸마토(안개처럼 은은하게)기법을 만들어낸 레오나르도 다빈치조차 가장 어려워한 것이 바로 색이었다. 그는 인물의 곡면은 선과 점의 차이가 아닌 색의 차이를 반드시 지녀야 더욱 자연스러운 표현이 가능하다고 말하기도 했다.

그런데 사실 색에 대한 것은 더욱 어려워지고 더욱 상대적이 되어버렸다. 기술의 발전으로 색이 지닌 일말의 객관성조차 더욱 희미해지고 말았다. 우리가 과거에 말하던 색에 대한 것들은 우리가 바라보는 실재하는 것들에 대한 얘기였다. 가령 베니스풍 회화의 색이 돋보인다고 말하는 건 그 벽에 투사되어 실제 남아 있는 색을 말한다. 그러니까 우리가 함께 이탈리아 북동부 베네치아의 산 자카리아 성당에서 벨리니의 그림을 함께 본다는 전제하에 그곳에서 실제의 그림을 감상하며 색이 돋보이고 기존의 화풍과 다르다고 말할 수 있는 것이다.

그런데 지금은 그러한 그림, 사진, 색을 말할 수 있는 것들이 모두 각자의 손안에 든 디스플레이를 통해 재해석된다. 그래서 색을 평가하는 일은 더욱 난해해졌다. 스마트폰의 제조사에 따라, 채택된 기술에 따라 색의 출력은 확연히 다르다. 심지어 같은 제조사의 핸드폰이나 모니터임에도 생산된 시기에 따라 다른 색 정보를 통해 화면에 출력되곤 한다. 게다가 인쇄를 하게 되면 잉크에 따라 출력기의 종류와 인쇄 매체에 따라 색은 또다시 해석되거나 왜곡된다.

이렇게 색은 여전히 굴절된다. 각자의 뇌가 저장한 저마다의 이야기에 따라 틀어지고, 굴곡진 인생에 따라 같은 붉은색이 처참한 핏빛이 되기도 되듯이, 망막에 맺힌 같은 색은 삶에서 휘어지고 순간의 감정에 의해 다시 굴절되기도 한다. 그리고 누군가의 머릿속에서 완전히 난해한 색으로 뒤섞이기도 한다. 기술의 경쟁으로 인해 서로 다른 색의 해석을 만들기도 한다.

감수성 풍부한 나의 아이에게는 붉은 노을은 멀리 있는 할머니 얼굴을 떠올려 눈물을 자극할 색일 수도 있고, 야근을 시작할 노동자에게는 고된 하루의 시작을 알리는 어둡고 우울한 색이 될 수 있을 것이다. 붉은 노을을 보며 고된 하루가 끝났다며 콧노래를 부르는 나와는 정반대다. 하지만 색의 이 무수한 상대성은 희망을 놓치지 않고 살아가는 긍정적인 힘이 되기도 한다. 날씨가 본격적으로 우중충해지기 시작하는 10월의 끝자락 즈음이라면, 족히 앞으로의 다섯 달은 파란 하늘을 만나는 건 불가능하다. 하지만 하늘을 생각하면 파란색부터 냉큼 떠올리는 우리의 관념 덕분에, 당장 내일이라도 겨울의 흐린 하늘도 곧 눈부신 '파랑'이 될지 모른다는 기대를 내려놓지 못한다. 이 야무진 기대는 암울한 겨울의 잿빛 하늘을 버텨내는 유일한 희망이다.

오늘도 지난 몇 달처럼 비가 오고 눈이 왔다. 변함없이 흐린 날이 앞으로 계속될 거라는 냉담한 일기예보에도 내일의 하늘은 파랄지도 모른다는 기대는 변함이 없다. 이런 푸른 희망으로 더 행복할 내일을 기대한다. 또 긴 겨울의 잿빛 터널을 지나면 싹트는 봄과 뜨거운 초록의 여름을 만날 것이다. 노을은 운치 있는 가을을 붉게 물들이며, 하얗게 눈 덮인 겨울의 정

딴생각

경을 기약하리라.

색은 우리의 마음가짐에 달려 있다. 색은 희망이고 또 희망이다.

볼트

잊고 있던 존재의
별빛

영국 유학 당시 어느 날 학교가 술렁였다. 커리큘럼과 상
관없이 몹시 흥분될 만한 새 프로젝트가 들어왔다는 것이었
다. 독일 뮌헨 BMW 본사의 마케팅 부서에서 갑작스럽게 우
리 과의 고학년을 대상으로 공모전을 한다는 내용이었다. 당
시 런던은 '디자인 런던'이라는 키워드를 통해 창의적인 도시
의 허브로 거듭나려고 했다. 런던을 통해 브랜딩 정책을 펼치
는 기업들이 늘어나기 시작했고 많은 자동차 브랜드도 런던에
위치한 교육기관과 문화공간을 후원하기 시작했다.

딴생각

공모전의 취지는 예술적이고 창의적인 방법으로 BMW의 기술력을 알리는 데에 자동차 디자인과 학생들의 생각을 빌리는 것으로, BMW의 자동차에 사용되는 상징적인 실제 부품들을 응용하여 새로운 조형물을 만들어야 했다. 당장 실용 가능한 것이 되었든, 전시될 만한 전위적인 예술품이 되었든 상관없었다. 단지 브랜드를 잘 상징하면 되었다.

BMW는 원하는 부품은 가격에 상관없이 얼마든지 보내주겠다고 약속했다. 심지어 가공이 힘든 경우 아예 본사에서 기계 가공을 해서 보내주겠다고 했다. 학교는 술렁였다. 재료와 기술을 풍부하게 지원받은 프로젝트이니 모두의 관심이 집중되었다. 그날부터 학교 내 스튜디오는 물론 학교 로비에 이르기까지 정체를 알 수 없는 해괴한 소포들이 쌓여가기 시작했다. 다름 아닌 BMW 본사가 위치한 독일 뮌헨에서 날아온 소포들이었다. 소포라고 하기 어려울 만큼 그 부피와 무게는 상상을 초월했다.

자동차를 몇 대나 만들고도 남을 듯한 부품들이 쌓여갔다. 어떤 날은 6기통 직렬 엔진이 통째로 도착하기도 했고, 어떤 친구는 12기통 엔진을 받아 절반으로 잘라서 작업해야 한다고 우리에게 설명하기도 했다. 그야말로 자동차 정비소가 따로 없었다. 영국제 장비가 놓인 학교 워크숍은 세계 최고의 내구성을 자랑하는 독일 자동차 회사의 부품을 이리 자르고 저리 자르느라 무척 버거워 보였다. 길을 잃어버린 늙은 영국산 자동차가 독일산 자동차에 이리 치이고 저리 치이는 모습과 닮아 있었다. 마치 자금난에 허덕이다가 독일 자동차 기업에 인수당해버린 작금의 많은 영국 자동차 회사의 모습 같다고나 할까? 한 학년 아래인 우리도 선배들의 작업을 돕느라 긴급히 투입되었다. 부품들의 무게와 견고함이 너무나 버거운 나머지 무얼 어떻게 만드는지에 관심을 둘 여력조차 없었다. 재료를 녹이고 붙이고 하느라 용접 불꽃과 금속 냄새가 학교를 가득히 채웠다. 제작이 막바지에 이르렀을 땐 학교가 온통 아수라장이었다.

마침내 디데이가 되었다. 전시품들은 자동차 부품으로 만든 것이 맞는지 알아보기 어려울 만큼 그야말로 혁신적인 모습으로 다시 태어나 있었다. 대부분의 작품은 당시 BMW가 내세웠던 그들의 직렬 휘발유 엔진, 12기통 괴물 엔진, 레이싱카 수준의 내구성을 자랑하는 서스펜션, 프로펠러 형상을 기호화한 BMW의 로고 등이 눈을 사로잡았다. BMW의 임원들과 관계자들이 심사위원이었는데, 1등으로 뽑히는 디자이너에게 상을 주고 우승작은 뮌헨의 BMW 박물관에 한동안 전시, 소장되기로 했다.

드디어 우승자의 이름이 호명됐는데, 워크숍에서 한 번도 볼 수 없었던 친구의 이름이 크게 불렸다. 요란했던 작업장에서 단 한 번도 볼 수 없었던 친구였다. 더군다나 그의 우승은 심사위원의 만장일치였다. 대체 어떤 작품이길래 학교 워크숍에 한 번도 나타나지 않았는데도 우승을 할 수 있었는지, 얼마나 특별하고 거대하게 만들었기에 학교가 아닌 다른 장소에서 작업을 했는지 궁금증이 들었다. 그의 작품 옆에서 시상식이 이뤄졌지만 인파에 밀려 뒤에 있던 나는 그의 작품이 무엇인지 도통 알 길이 없었다. 마침내 인파를 헤집고 앞으로 나아가서 언뜻 봤는데, 작품 크기를 보고는 그가 왜 워크숍에서 불꽃 튀는 작업을 할 필요가 없었는지 납득했다. 커다란 작품 사이, 조그마한 유리 상자 안에 그의 작품이 들어 있었다.

　뒤통수를 한 대 강하게 맞은 기분이었다. 잠시 허탈하기도 했지만 그의 우승에 어떤 이의도 제기할 수 없었다. 불꽃 튀던 작업실의 지난 모습들과 주물덩어리 부속들을 자르기 위해 다 같이 안간힘을 쓰던 모습들이 허무하게 스쳐갔다. 심지어 그 야단법석을 피웠던 워크숍의 동료들이 짠하게 느껴지기까지 했다.

　누가 뭐래도 이건, 그의 우승이었다.

　그의 작품은 아주 작고 뻔한 볼트 하나였다.

　유리 상자 속에서 손가락 한 마디만한 볼트 하나가 금반지처럼 반짝이고 있었다. 지난 100년간 BMW가 사용해온 독일 A사의 엄지손가락 반절만한 볼트였다. 제아무리 잘난 엔진도 볼트 없이는 어느 무엇과도 맞물릴 수 없으며 모든 운송기기의 혁신은 통합된 기술로부터 시작된다는 것이 그의 콘셉트였다.

12기통이든, 8기통이든, 자전거 페달이든, 어떤 힘이 발생하기 위해서는 결국 물리적 장치와 기술적 개념이 통섭해야 한다. 그 가운데에는 언제나 공통분모가 존재한다. 바로 연결 장치, 볼트와 너트이다. 12기통 엔진을 자르고, 거대한 부속을 가공했던 이들은 바닥에 떨어뜨려도 눈 하나 꿈쩍도 안 했을 몇만 개의 볼트 중 하나지만, 수많은 기술이 하나가 되어줄 때 어김없이 등장해야 하는 것이 바로 이 작은 볼트이다. 훗날 자동차 회사의 조립에서 사용되는 볼트는 가장 엄격히 심사되고 역량 있는 업체로부터만 공급된다는 사실을 알았다. 하지만 볼트는 누구에게나 그저 소모품과 같은 부속으로 치부되기 일쑤다.

우리는 익숙해진 것들의 존재를 망각한다. 익숙해져버리는 순간 그것은 일종의 패턴이 되어 무감각해진다. 내 이름을 부르는 친구의 음성도 잠시 후면 잊는다. 내 대답은 그의 부름에 반응하는 반사적인 신호가 된다. 출근할 때마다 지나치는 자동문이 있다고 치자. 지난 몇 년 동안 내가 나타나면 언제나 자동으로 개폐되는 그것은 문이 아니라 내가 나타나면 자동으로 사라져서 지나갈 수 있게 하는 일종의 통로에 불과했다. 그런데 어느 날 갑자기 문이 열리지 않는다. 잘 열리던 그 문이 열리지 않아 당황스럽기까지 하다. 자동으로 열리는 슬라이딩 도어인데도 닫힌 문을 앞으로 밀어보거나, 혹시나 당기는 손잡이가 어디 없나 찾아보기까지 한다. 직장으로 향하는 첫 경계나 다름없는 이 문이 '자동'문이었다는 것조차 잊고 있었다는 사실을 그제서야 인지한다. 습관적이고 충성어린 그들의 도구적 기능 때문에 그들의 존재조차 망각했던 우리다.

문이 고장나, 감히 내 앞을 가로막고서야 그들의 존재를 상기하게 되는 것이다.

"아, 자동문이었구나."

존재를 상기했지만, 고장난 문은 내 바쁜 발길을 막아버렸다.

이미 늦었다.

비단 작은 볼트 하나, 자동문 하나의 이야기만이 아니다.

2015년 독일 항공 루프트한자의 하위 브랜드 저먼윙스의 여객기가 승객 150명을 태우고 스페인으로 향하던 중 바다로 추락했다. 기체 결함이나 기상 악화의 변수로 인한 사고가 아니어서 더욱 안타깝고 충격적이었다. 사인은 평소 극심한 우울증을 앓았던 조종사의 자살 비행이었다. 독일 항공 루프트한자는 무사고 비행을 내세웠던 세계 제일의 항공사였다. 더군다나 세계 최고의 메카닉으로 구성된 체계적 기체 점검 인프라를 언제나 자사의 슬로건으로 내세웠다.

비록 기내 서비스가 그리 좋지 않더라도 사람들이 루프트한자를 선택하는 가장 큰 이유는 언제나 가장 안전한 기체에 몸을 맡길 수 있기 때문이었다. 그런데 사고 직후 수거된 블랙박스의 녹취 음성에서, 기장이 잠시 자리를 비운 틈을 타 부기

장이 조종실 문을 잠그고 공중에서 급강하를 시도했다는 것이 밝혀졌다. 안타깝게도 동체는 바다를 향해 전속력으로 하강했다. 사고 후 밝혀졌듯이 조종사는 오랫동안 심각한 우울증을 앓아왔던 환자였다.

이 비극적 사고는 항공 기술의 진보를 통해 인류에 이바지한다는 항공사의 목표와는 정반대되는 사고였다. 저먼윙스는 세상에서 가장 튼튼한 비행기를 갖고 있었지만, 하드웨어의 가치에 가려진 조종사의 존재를 간과하고 말았다. 그의 우울증과 무관하게, 여전히 격납고 속 정비공들은 엔진을 살피고, 랜딩 기어와 비행기 바퀴를 세계 최고의 안목으로 점검했을 것이다. 우리는 더 안전한 비행을 위해 오로지 커다란 비행기라는 동체와 제트엔진만을 인식하고 있었다. 조종사는 습관적으로 지나치는 자동문과 다르지 않았고, 무수한 작은 볼트 중 하나에 불과했다. BMW의 엔진과 낱개의 작은 볼트 하나에 같은 가치를 두고 다루었듯이 비행기를 조종하는 조종사의 기술뿐 아니라 그의 피로와 마음의 병까지 중요하게 인식했어야 했다. 이 사고 이후 조종사를 조종실에 홀로 남겨두어서는 안 된다는 법이 만들어졌음은 물론, 정신적 건강을 비롯한 인적 자원의 상태를 좀더 면밀히 점검할 것이 요구되었다.

독일 항공사의 비극과 BMW 공모전에서 보였듯이 늘 습관처럼 대해온 것들에 대한 망각은 흔한 일이다. 더군다나 더 중대해 보이는 것들이 갑작스럽게 등장하면 사소한 것들의 존재 가치는 쉽게 잊힌다. 너나없이 새로운 것의 화려함을 좇느라 사소한 것의 존재를, 사소한 부속 하나를 조이고 닦는 일의 가치를 쉽게 간과해버린다. 그러다가 기술에 치여 인간의 가치에 대한 근본까지 망각하는 지경에 이르면 저먼윙스의 추락과 같은 인류의 비극이 되기도 한다. 놀라운 창의성과 끊임없는 과학의 진보, 위대한 지도자 혹은 헌신적인 발명가만이 세상을 이끄는 빛이 될 수 있는 것처럼 보이지만, 작고 미미한 것들을 통해 거대한 역사가 이루어진다는 사실을 잊지 않고 돌아봐야 한다.

그 충격적인 시상식의 밤은 아직도 눈앞에 선하다. 한 번도 불꽃 튀는 작업장에 나타나지 않은 친구의 이름이 호명되는 순간은 충격적이었고, 가까이에서 그의 작은 볼트를 보고 내 머리가 쭈뼛했던 그 전율은 오싹하기까지 했다. 참가자들의 박수갈채와 함께 그날 런던에서의 뜨거웠던 밤은 반짝이는 볼트 하나로 기억되었다. 뮌헨에서 고작 2파운드도 안 되었을 비용으로 일반 우편 봉투에 담겨 배달된 자동차용 볼트 하나가 그날 밤의 별빛이 되는 순간이었다. 존재하는 모든 것은 저마다의 빛이 있으며, 어떤 존재도 결코 하찮게 여겨질 수 없다. 그래서 그날의 볼트는 내 생애 어느 별빛보다 강렬했다. 반짝반짝.

자동차

형태는 기능을
따른다

"와!!!"

남녀노소 할 것 없이 모두의 시선을 빼앗아가는 생김새를 가진 물체는 흔치 않다.

아무리 화려한 옷이 쇼윈도에 걸려 있어도 모두가 그걸 쳐다보진 않는다. 목소리가 좋은 가수의 버스킹이 있어도 모두가 멈춰 그의 공연을 보는 것은 아니다. 그런데 일렬로 길거리에 서 있는 매혹적인 스포츠카 한 대는 웬만하면 모두가 한 번씩은 쳐다본다.

한번은 차를 몰고 고속도로를 지나던 중에 뒷자리에 있는 아이가 감탄했다. 바닥에 쫙 깔린 채 굉음과 함께 우리를 느닷

딴생각

없이 추월하는 자동차를 보고선 말이다. 그래서 내가 물었다.

"저 차가 뭐가 그리 멋있어?"

아이는 "페라리잖아. 마치 낮게 나는 새 같아"라고 대답했다.

내가 다시 물었다. "그리고 또 왜 멋있어?"

아이는 잠시 주저하다가 "저렇게 빠른 속도로 국경을 건너가잖아"라고 말했다.

고속도로에서 잘생기고 요란한 소리가 나고 차체가 낮은 페라리 같은 자동차가 빠르게 지나갈 때면 아이는 하던 걸 멈추고 시선을 던진다. 그리고 맹수 같은 자동차의 모습에 감탄사를 던진다. 아이만 그런 것이 아니다. 나도 그렇고 차에 조금도 관심이 없는 사람이라 할지라도 저 요란하고 멋진 물건이 도로를 지나갈 때면 하던 일을 멈추고 잠시라도 쳐다본다. 멋진 자동차가 지나가는 일은 모두의 시선을 사로잡는다.

"와······!"

자동차는 독립적인 문화의 총체다. 누군가는 바퀴 달린 외교관이라고 할 만큼 자동차는 한 국가의 문화를 그대로 보여준다. 작은 볼트 하나에서 시작하여 커다란 형체를 이루고 도로 위를 질주하기까지, 수만 개의 부품으로 구성된 고뇌의 산물인 자동차는 산업의 총체다. 말을 타고 달리기 시작한 이후 인간은 몸을 싣고 보다 빠르게 이동하기 위한 수단을 진화시켜왔다. 자동차라는 발명을 통해 인류의 편리를 도모했음에도 불구하고 지금 우리가 직면한 배기가스에 따른 환경문제, 주차 문제와 같은 공간의 문제에 이르기까지 예상치 못한 문제를 낳기도 했다. 이처럼 자동차는 진화하는 모습을 통해 긍정적인 면과 부정인 단면을 지니고 있는 총체가 되었다.

또 수많은 브랜드는 그들의 역사와 제조철학에 이르는 각자의 모습을 자동차에 그대로 반영하는 데 여념이 없다. 좋은 자동차를 만드는 나라 치고 경제적으로 어려운 국가는 없다. 독일에 가보지 않았어도 독일산 자동차를 보면 독일이란 곳이 어떠할지, 독일인들이 어떤 성향을 지닌 사람들일지 대략 짐작이 될 만큼 자동차는 하나의 문화권을 대변한다. 이 특별한 물체는 인간이 엔진이라는 동력을 탄생시킨 후 '운송수단'이라는 불변의 용도를 바탕으로 끊임없이 진화하고 있다. 즉 헨리 포드에 의해서 탄생한 이후 자동차는 여전히 '스스로 움직이는 물체moving object'로 남아 있는 것이다.

즉 자동차는 '꿋꿋'하다. 바로 '이동수단'이라는 영원불멸의 독립성 때문이다.

세상은 하루가 다르게 서로가 서로를 통합시킨다. 마치 내 손의 전화기 속으로 모든 기술이 깡그리 들어간 것처럼 말이다. 카세트 플레이어를 대체한 CD 플레이어를 보며 흘린 침이 채 마르기도 전에 MP3가 등장했다. 질리게 듣고도 한참 남을 정도인 수천 곡이 그냥 들어갔다. 그러더니 음악을 재생하는 기능조차 전화기 속으로 스며들었다. 이것저것 모든 게

딴생각

전화기 속으로 쫙쫙 빨려들어갔다. 세상의 편리가 모두 하나의 물체로 편입되어버렸다. 모든 기능이 통합되니 한때 각자의 분야에서 독립된 비중을 차지했던 것들이 하나둘씩 설 자리를 잃어버렸다. 더이상 독립된 개체로 남아 있을 이유가 없어졌다.

이제 시장에선 하나의 기능만 가진 것들은 버틸 수 없다. 그래서 오로지 음악만 들을 수 있는 단말기는 거의 없어졌고, 계산만 되는 계산기도 예전만큼 많지 않다. 계속 하나씩 다른 기기에 통합되며 없어지고 있다. 사람보다 나은 지능이 등장하기까지 했다. 기술 '덕분에' 편할 줄로만 알았는데, 이젠 사람의 일자리를 걱정하게 되었고, 인류의 존망을 우려할 정도가 되고 말았다.

이러한 세상의 위협적인 급진적 변화에도 자동차의 본질, 즉 이동수단이라는 역할만큼은 다른 것과 통합되지 않았다. 버스를 타고 동네를 이동하는 일이나 비행기를 타고 국경을 넘나드는 일은 다른 어떤 것에 통합될 수 없다. 즉 장소 간 이동은 '순간 이동' 같은 마법이 세상에 등장하지 않는 한 운송수단 없이는 불가능하다. 공간 이동을 자동차, 비행기와 같은 수단에 의지하지 않고 이동하는 것은 머나먼 미래에도 불가능할 것이다. 물론 영화 〈매트릭스〉에서 케이블을 통해 사람이 시공간을 이동하는 모습을 그리기는 했지만, 영화 속 가상 현실의 이야기일 뿐이다. 물리학에서조차 순간 이동이 가능해지는 순간 우주의 존재에 대한 논의부터 다시 시작되어야 한다고 하니 분명 이동수단이라는 역할은 영원히 독립적일 것이다. 결국 사람들은 어디로 가기 위해선 문을 열어 이동수단에 올라야 하고, 바퀴를 달았건 날개를 달았건 운송수단에 몸을 싣고 예정된 길을 가로질러야만 목적지에 도달할 수 있다. 단지 동력기관의 종류에 따라 목적지에 도착하는 시간만 좀 다를 뿐이다. 특히나 자동차는 우리의 일상에 보다 가깝게 있기 때문에 바퀴로 땅 위를 달리는 자동차의 독립성은 더욱 특별해진다.

그렇다면 자동차는 독립적인 '운송'의 기능만 수행할 것인가? 기술의 발전 덕분에 자동차도 많이 바뀌었다. 다양한 기능을 갖추었을 뿐 아니라, 많은 부분에서 자율화가 가능해졌다. 사람이 운전을 하지 않아도 되는 미래는 반드시 온다. 하지만 여전히 문제는 남아 있다. 바로 인공지능과 인간의 불균형이다. 즉 자율주행화된 자동차는 알아서 잘 다니겠지만, 운전하는 사람이 오히려 골칫거리가 된다. 인공지능을 기반으로 한 똑똑하고 정직한 자동차는 신호와 교통 규칙을 성실히 지킬 터이지만 그 사이에서 규정을 지키지 않을 인간의 존재가 머리 아픈 변수가 된다. 그래서 뜻밖의 사고는 계속 발생할 것이다. 여전히 사람이 문제다. 이러한 미래의 변수가 반드시 해결되어야 할 새로운 과제로 나타났다. 하지만 사람이 운전대를 잡고 운전을 하건 말건, 이동을 위해서 차에 몸을 실어야 한다는 사실은 결코 변하지 않는다. 그래서 '이동수단'은 여전히 자동차의 가장 중요한 속성일 테다.

아무리 세상이 똑똑해지고 달라져도, 돌발 사고의 위험으로부터 승객을 보호해야 한다는 또다른 큰 과제가 따른다. 가장 똑똑한 인공지능이 스스로 운전을 할지라도 뜻밖의 상황은 얼마든지 발생한다. 누군가 뒤에서 충돌을 해도 승객은 살아야 하고, 차가 물에 빠져 전기장치가 전부 망가져도 문은 쉽게 열려 승객이 탈출할 수 있어야 한다. 불이 붙은 자동차는 발로 한번 걷어차면 승객이 빠져나올 수 있는 출구가 반드시 마련되어야 한다. 즉 자동차란 독립적인 수단인 만큼 '운송'의 기능을 근본으로 삼고 있는 이상, 화려한 미래의 기술을 받아들임에 있어 인간의 살고 죽는 문제로부터 결코 자유로울 수 없다. 그래서 자동차의 과거와 미래 할 것 없이 시공을 초월한 우리를 지켜주는 고귀하고 숭고한 존재이기도 하다.

'형태는 기능을 따른다.'
한편 아이의 감탄처럼 자동차를 바라보는 일반적인 대중의 시선은 크게 '멋지다' 혹은 '멋지지 않다'로 나뉜다. 자동차는 아무리 복잡한 기능과 좋은 성능이 있다고 할지라도 '첫인상', 즉 생김새에 대한 것을 쉽게 간과할 수 없다는 얘기다. 자동차를 얘기하면 대표적으로 독일이 빠질 수 없다. 철학자 니체가 언급했듯이 독일인들은 자신이 체험한 것을 질질 끌고

가는 데 탁월하다. 자동차 한 대를 만드는 데에는 지독할 만큼의 인내가 필요한 것과 같다. 그래서 자동차는 독일인들이 평생에 걸쳐 만들기에 매우 적합한 물건이다. 독일인을 대표하는 '솔직함offenheit'과 '우직함biderkeit', 이 두 단어만으로도 자동차 제조업을 쉽게 묘사할 수 있다.

'형태는 기능을 따른다Form follows function'를 통해 잘 알려진 독일의 디자인 학교 바우하우스. 이들의 슬로건은 과연 '단순한 게 최고'라는 걸까? 물론 일반적으로 단순함이 중요하다는 뜻으로 해석할 수 있다. 하지만 이 문구를 기술적으로 정확하게 이해하는 경우는 많지 않다. 그냥 단순하게 생겨먹은 게 좋다, 절제미가 좋다 정도로 끝나는 '생김새'에 대한 이야기만이 아니다. 먼저 '형태는 기능을 따른다는 것'은 형태와 기능 중 뭐가 중요한지를 나누는 것에 결코 큰 의미를 두지 않는다. 물론 형태가 기능을 간과하고 섣부른 형상을 갖춰서는 안 된다. 형태가 기능을 완벽하게 존중하지 않으면 모양새는 조잡해지고 기능은 조악해진다. 한마디로 기능을 숨기지 않고 솔직하게 만들자는 이야기다. 기능 때문에 어쩔 수 없이 심미적으로 못생길 수 있는 부분조차 솔직하게 인정하고 더 드러내자는 것이다.

어느 TV 광고 속에도 등장했던 유명 발레단 수석 무용수의 울퉁불퉁한 발을 기억할 것이다. 반복적인 충격으로 독특한 형상으로 변형된 유도선수의 귀, 자주 부러지고 아물기를 반복하여 굵어진 어느 복서의 콧등은 분명 보편적인 모습과는 거리가 있다. 하지만 그들의 절대적인 쓰임새를 이해하는 순간 울퉁불퉁해진 발레리나의 발은 감추기보다 반드시 드러내야 할 더욱 아름다운 모습이 된다. 또한 그들이 세계적인 명성을 얻기까지 그들의 능력을 발휘시켜준 독보적인 기능의 상징이 된다. 기능을 따른 형태의 모습에 대해서 솔직해질 때 그 모습은 더욱 아름다운 모습이 된다. 그건 극복해야 할 콤플렉스가 아닌 당당히 보여주고 이야기할 만한 빛나는 흔적이다.

비행기가 아름답다고 모두가 공감하는 것은 하늘을 나는 커다란 동체가 단순한 형태를 가졌기 때문이다. 어마어마한 스케일을 가진 물체인데, 긴 몸통에 커다란 날개만 보일 만큼 단순하다. 아무리 멀리서 봐도 비행기란 것이 쉽게 인식될 만큼 비행기가 가진 형상은 명료하다. 커다란 형태가 단순해지면 우아해진다. 그 단순함 속 우직함이 보이기 때문이다. 알랭 드 보통은 그의 책 『행복의 건축』에서 단순함에 대한 복음을 설파했다. '단순함은 단순하게 하기 위한 인간의 고뇌를 읽을 수 있는 대중의 직관'이라고 말이다. 비행기가 단순할 수밖에 없는 것은 쉽게 말해 '꾸밀 수 없는 한계' 때문이다. 음속에 가까운 속도로 공기에 맞서 하늘을 가로지르려면 안전한 비행을 위해 반드시 공기 저항을 줄여야 한다. 수백의 생명을 안전하게 운반하는 사명을 지니다보니 비행기에 장식을 붙일 수가 없다. 툭 튀어나온 뭔가에 허공을 날던 새가 걸려 사고를 일으킬 수도 있고, 기능과 상관없는 요소로 인해 동체가 공기와 마찰하며 큰 소음을 일으킬 수도 있다. 그래서 공기저항에 맞춰 바람을 가로지르기 위해선 조금이라도 더 단순해져야 하며 어떤 날카로운 모서리나 도드라진 각도 세울 수 없다. 멋을 위한 선택이 아닌 안전한 설계를 위한 필수다. 우직함이 아름다운 동체의 비행기를 만드는 가장 중요한 비결이다.

또 비행기의 작게 뚫린 유리창은 어떠한가? 안전을 위해, 철판보다 약한 유리는 최소화하는 것이 좋다. 또한 유리가 커지면 유리를 둘러싼 프레임이 커지고, 커진 프레임과 동체에서 발생하는 단차는 문제를 일으킬 수 있다. 땅에서 다니는 자동차야 만약 문제가 생긴다면 잠깐 휴게소에 들러 살펴봐도 되지만, 지상에서 멀리 떨어진 하늘에선 자칫하는 순간 기회가 없다. 결국 이런 이유로 유리창은 작아질 수밖에 없다. 그래서 비행기의 형태는 더욱 단순해진다.

그래서 비행기는 더욱 우직하고 정직한 형태의 상징이다. 수많은 승객의 안전을 최우선으로 한다면 우직하고 정직하게 디자인하는 수밖에 없다. 새처럼 생겼기 때문에 하늘을 날 수 있는 것이 아니라 모든 군더더기를 거둬냈더니 날개가 큰 새와 같은 모습이 된 것이다. 이는 군더더기를 거둬내는 방향으로 진화해 온 자연의 지혜와 다르지 않다. 마침내 수백 명의 사람을 한 번에 싣고 날 수 있는 거대한 비행기가 되었다.

자동차도 마찬가지다. 비싼 스포츠카는 바짝 엎드린 채로 있으니 유난히 멋있어 보인다. 사람의 시선보다 언제나 아래에 있기 때문에 형태는 단 한 번에 읽힌다. 즉 낮게 웅크리고 있는 형태인데다가 동체니까 더욱 그럴싸해 보인다. 마치 숲속의 왕 사자가 얼룩말을 잡기 위해 자세를 바짝 낮추고 눈을 치켜뜨면, 보는 이들에게마저 긴장감을 불러일으키듯 말이다.

원래 스포츠카는 말 그대로 육상선수처럼 경주에 나가기 위한 차였다. 지금이야 백만장자나 사우디아라비아 왕자 같은 거부들이 취미처럼 모으는 자동차가 스포츠카지만, 과거 자동차 회사들의 집념은 오로지 레이싱에 대한 것이었다. 다른 누구의 것보다 내 차가 더 빠르게 달릴 수 있는 것. 그게 목표였다. 자동차로 인한 공해 문제, 소음 문제, 공간 문제와 같은 지금의 문제들을 생각할 만큼 자동차가 많은 시절도 아니었으니 어떠한 규제도 없었다. 오로지 다른 차보다 더 빠르게 잘 달리는 것이 모든 메이커들의 경쟁력이었다.

반백 년 이상의 역사를 지닌 브랜드라면 모두 '속도'에 집착했던 시절이 있었다. '사람을 실어나르는 수단'과 같이 천진난만한 생각으로 모든 이가 동경하는 브랜드로 성장한 메이커는 없다. 빠른 차를 시합에 내놓는 건 물론, 시합에서 우승하지 않고는 대중으로부터 인정받는 메이커가 되는 건 거의 불가능했다는 이야기다. 즉 미디어를 통한 광고나 마케팅조차 쉽지 않던 시절이었기 때문에 대중의 시선은 레이싱에서의 기록을 향해 있었다. 그래서 자동차는 보다 빨리 달리기 위한 열정의 산물이었다. 그러기 위해선 더 가벼워야 했고, 강한 엔진은 물론, 생김새의 측면에선 더욱 낮은 자세를 취하고 있어야 했다. 그래야지만 자동차는 사자처럼 자세를 낮추어 공기의 저항을 최소화할 수 있다. 빠른 속도로 코너를 돌 때 뒤집히거나 밀리지 않으려면 차폭은 더 넓어야 했다. 코너에서 밀리지 않기 위한 육상선수들의 모습, 쇼트트랙의 집넘어린 선수들의 모습을 연상하면 될 것이다. 이처럼 생김새의 아름다움을 말하기 이전에 빠르게 결승선을 통과하는 일이 가장 중요했다. 더 빨라지기 위한 물리적 여건을 갖추기 시작하니 자연스럽게 그 형태는 더 낮고 더 넓은 이상적인 아름다움에 가까워지기 시작한 것이다. 그런 시행착오를 통해 다듬어진 형상에 이르다보니 길을 걷는 많은 이들이 시선을 보내며 '멋있다'고 감탄한다.

무리하게 몸을 불려 몸통보다 더 큰 팔뚝을 가진 만화 속 영웅의 몸은 그의 기능과는 상관없이 시각적으로 부풀린 몸을 가지고 있다. 나쁜 놈들을 제압할 수 있는 팔뚝이라 우길지언정 비현실적인 몸의 크기로 미루어 짐작하면 그 허풍이 사실일 확률은 무척 희박하다. 즉 지나치게 과장되고 강조된 모습은 오히려 기능에 솔직할 수 없다. 그저 보여주기 위한 위협적인 모습에 불과한, 그저 노출을 위한 '똥폼'이다. 만화 속의 뽀빠이는 정의를 위한 영웅이었지만 화면 밖으로 나오는 순간 매력적이기는커녕 우스꽝스러워질 수밖에 없는 것과 다르지 않다.

시공을 초월하여 앞으로도 영원히 사람을 이동시켜야 할 자동차의 고집스러운 숙명은 그 존재의 가치를 더욱 숭고하게 한다. 언제나 볼트 하나에서 시작해 완성된 모습을 갖출 때까지, '멋'보다는 더 '빠르고' '안락'하기 위해 노력할 때, 즉 집착에 가까울 만큼 기능에 충실하다보면 한층 더 우아해질 것이다. 물론 무조건 기능을 따른다고 수억 원짜리 페라리나 람보르기니와 같은 모습이 된다는 말은 아니다. 동일한 조건일 때, 더 나은 것이 되기 위해서 멋보다 본질에 충실할 때, 즉 형태는 기능을 따르며, 멋보다는 편리를 따르고 꾸밈보다는 안전을 추구해야 한다. 번지르르한 겉모습보다 내면으로부터 좀더 사색해야 한다는 철학적 조언도 다르지 않다. 자꾸 한번 더 치장하고 싶은 마음이 들더라도 두 눈 질끈 감고 욕심을 내려본다면 일을, 그리고 속는 셈 치고, 한번 더 기능을 따른다면, 나 스스로도 '멋지다!'고 만족할 수 있는, 오래 기억될 내실 있는 아름다움을 얻게 될 것이다.

비행기

발명의
아픔

1981년, 동독, 드레스덴 바그너 가족의 지하실.

"여보, 애들아…… 이제 곧 우리는 자유를 향해 날 수 있단다. 우리가 이날을 얼마나 기다렸는지."

손에서 스패너를 놓지 않고 아버지가 말했다. 밤마다 이마에 땀이 맺힐 만큼 쉬지 않고 작업하던 아버지의 입에서 드디어 이 프로젝트가 곧 끝날 것임을 의미하는 말이 나온 것이다. 늘 침묵하며 뭔가를 만드는 아버지의 비장함 때문에, 혹은 애당초 그 시작에 대한 설명을 언급조차 하지 않았기 때문에, 처음 아버지가 그 작업에 착수했을 때 감히 아무도 계획이 뭐냐고 쉽게 물을 수 없었다. 밤마다 지하실에서 들려오는 뭔가를 자르고 두드리는 소음도 역시나 투정 부릴 수 없었다. 그건 모두가 말없이 느꼈던 아버지의 비장함 때문이었다.

사실 난 '자유'를 겪어보지 못한 채 그곳에서 나고 자랐으니 '자유'가 뭔지 알 리는 없었다. 어릴 적부터 레닌을 배웠고 '나의 공산당 선언'을 반강제로 읽어 달달 외웠으며, 서독과 자유진영이 결코 행복할 수 없다는 이야기에 반문할 수 없었다. 그런데 언제부터인가 '자유'에 대한 갈망이 아버지의 입에서 나오기 시작했다. 당시로서는 몹시 위험한 단어가 들리기 시작한 것이다. 아버지의 프로젝트가 나중에 어떤 무엇을 가져다줄지 상상조차 할 수 없었다. 그저 '자유'와 관련된 무엇이 준비되고 있던 것만큼은 확실했다.

그저 아버지는 '자유'라는 말을 연발했으니까, 그리고 그 자유를 위해 아버지는 몇 년 동안 저녁 이후의 삶을 내려놓고 이 커다란 괴물과의 씨름을 멈추지 않았으니까. 어린 우리 형제 모두는 '자유가 좋긴 좋은가보다' 하고 믿을 수밖에 없었다.

지금이야 자유가 뭔지 잘 알고 있지만, 그때는 자유가 얼마나 좋은 것인지, 인간으로서 얼마나 마땅히 누려야 할 것인지 전혀 몰랐다. 달콤한 음식을 먹어본 적 없는 아이에게 '이제 우리는 곧 달콤함을 맛본다'고 말한다면 상상이나 할 수 있겠는가? 동독에서 보낸 나의 유년시절에 '자유'란 친구들끼리 놀 때조차 입에 올릴 수 없는 단어였다. 밤마다 저 괴물과 씨름하는 아버지의 고된 노동은 분명 '자유'를 위한 몸부림이란 것,

딱 거기까지가 내가 아는 자유의 전부였다. 그 침묵의 노동이 펼쳐진 이후, 누구에게도 발설해서는 안 된다는 아버지의 절박한 회유와 협박이 있은 지 이미 5년하고도 2개월의 시간이 지났다. 그 긴 시간이 흐른 뒤에야 무언가 끝이 났음을 알리는 아버지의 떨리는 말을 종종 엿들을 수 있었다.

"기다려줘서 고마워, 여보. 이 엉뚱한 계획을 실행할 수 있을지 나조차 믿지 못했는데 당신이 믿어줘서 이제서야 이 거대한 프로젝트를 끝내게 되었어. 정말 고마워. 이제 곧 자유의 땅으로 탈출하면 먹고 싶은 것도 맘껏 먹고, 아이들이 몰래 듣던 그 노래도 라디오로 맘껏 들을 수 있어. 하고 싶은 것 맘껏 할 수 있는 날. 그런 날을 생각만 해도 정말 꿈만 같아."

아버지의 감정에 북받친 이야기를 엿듣고 나서 며칠 뒤, 아버지는 우리 형제를 앉혀놓고 아버지의 그 원대한 꿈을 차근히 설명해주었다. 그리고 이제부터 남은 몇 주간은 마지막 작업에 있어서 우리 어린 형제의 도움이 필요하다는 것을 설명했다. 여전히 누구에게도 이 일에 대해서는 절대 발설하지 말 것을 간곡히 당부했다.

아버지의 원대한 프로젝트가 곧 실행에 옮겨지는 때가 임박했다는 것만은 분명했다. 다행히 아버지의 모습에선 조금씩 여유가 묻어나기 시작했다. 오토바이에서 떼어다가 그 괴물에 단 바퀴를 점검하면서 콧노래를 흥얼거리기까지 했다. 이제 저 괴물에 우리 다섯 가족을 맡긴 채 자유 독일로 가는 일만이 남았다. 몇 년이 걸렸던가. 뭔가를 밤새도록 만들던 아버지였지만, 저 일이 실현될 날이 오리라고는 가족 그 누구도 믿지 못했다. 그저 '자유'라는 것에 대한 열망과 집념뿐. 무지했던 당시의 우리가 해줄 수 있었던 것은 오로지 묵묵히 기다려주는 일뿐이었다. 몇 년이 걸렸지만, 매번 이웃에게 들킬까봐, 혹시나 비밀경찰이 급습할까봐, 아버지는 남들이 잠든 후에야 퉁탕거리며 일을 시작했다. 5년 동안 아버지의 열망은 단 하룻밤도 멈추지 않았다.

괴물이 드디어 그 모습을 드러냈다. 다 흩어져 있던 덩어리들을 우리 형제들이 힘을 보태어 하나씩 합쳐 그 형체를 완성하기 시작했고 드디어 처음으로 형상이 모두 결합된 채 모습을 드러냈다.

이 괴물의 정체는 바로 비행기였다.

우리 가족들 태우고 서쪽으로 날아갈, 초콜릿처럼 달다는 서쪽 자유의 땅에 우리를 데려다줄 비행기.

그 괴물이 처음으로 '비행기'다운 모습으로 우리 앞에 나타났다.

비행기는 떡 벌어진 어깨와 1,000킬로미터를 건너기 위한 강력한 독일산 심장을 지녔다. 무게를 줄이기 위해 아버지는 200킬로미터 떨어진 비행기 군수공장에서 일하는 친구 울리히에게 가장 가벼운 볼트와 너트를 받아 모으기 시작했다. 한꺼번에 손에 넣었다가 들통이라도 날까봐 친구 울리히를 만난다는 명분으로 수년에 걸쳐 매주 조금씩 조금씩 필요한 부속들을 챙겼고, 그렇게 모은 부품들은 지하실에 차곡차곡 쌓였다. 사실 문제는 볼트와 너트가 아니라 비행기를 날려줄 엔진이 필요하다는 것이었다. 그것도 우측과 좌측에 하나씩 놓여야 하니 두 개의 엔진이 필요했다. 어떻게 해서든 구해올 수는 있었지만, 비싸고 특수한 '엔진'이란 것을 두 개씩이나 마련하는 일은 두둑한 보상금을 노리는 이들에게 쉽게 의심을 살 수 있는 일이었다. 그래서 아버지는 그때부터 동독산 오토바이 엔진으로 눈길을 돌렸다. 당연히 새것보다는 중고를 구입해야 추적을 피할 수 있었다. 또한 가장 중요한 것은 엔진 두 개가 하늘을 날 만큼의 강력한 힘과 내구성을 갖췄는지였다. 가족의 목숨을 담보로 하는 비행이니만큼 준비는 완벽해야 했다.

천신만고 끝에 아버지는 3년 정도밖에 타지 않은 오토바이 두 대를 구할 수 있었고, 2개월이 지난 이듬해에도 유사한 연식의 같은 모델을 운좋게 찾을 수 있었다.

우리 가족을 모두 태우고 안정적으로 비행하기 위해 커다란 날개가 있어야 했지만, 아버지의 차에 연결하여 공항까지 나르기 위해서는 길이가 4미터를 넘어서는 안 되었다. 길이가 4미터를 넘는 날개는 까딱했다간 길에서 사고를 내기 쉽고, 사고는 누군가의 눈에 띌 것이며, 만약 그렇게 된다면 우리 가족의 꿈은 물거품이 될 터였다. 비행기의 표면은 빛에 반사되지 않도록 우리 삼 형제가 탱크용 무광 페인트로 몇 날 며칠을 칠했다. 얇게 여러 겹으로 칠하는 게 무엇보다 중요하다고 아버지가 강조했다. 달콤하다는 그 '자유'를 누리기 위해 다 같이 최선을 다해야 했다. 평소 같으면 아버지가 뭘 시켜도 쉽게 꿈쩍하지 않았을 우리 형제도 이번만큼은 달랐다. 얇게 더 얇게 그리고 더 꼼꼼히 괴물의 몸체를 칠해갔다. 하루하루 자유를 향한 설렘이 커져갔다. 아버지의 계획을 듣고 나니 자유가 뭔지 알 것만 같았고 비행이 시작될 그날까지 시간은 마치 멈춘 듯 더디게 흘렀다. 시험비행을 할 수 없으니 아버지는 연신 지도를 살필 뿐이었다.

"최대한 낮게 날아야 해. 시험비행을 할 수가 없으니 이륙 후 문제가 생기면 바로 착륙할 수 있도록 최대한 낮게. 그리고 처음 20분 정도는 높은 나무나 송전탑이 없는 쪽으로 비행하는 걸 목표로 해야 해. 그러니 우도는 우선순위 항로 1번을 잡고, 요르그는 만약의 사태에 대비해 항로 2번을 계획해야 해. 알았지? 이제 정말 얼마 남지 않았어."

이 순간이 비행을 앞두고 마지막 대화가 될 줄은 상상도 하지 못했다.

쾅쾅쾅!!!

누군가 대문을 부술 것처럼 문을 두들겼다.

옆집 안드레였다.

"우도, 요르그, 도망가야 해. 무슨 일인지 모르겠는데, 경찰들이 오고 있어. 잘못이라도 저질렀어? 무슨 일이지……"

한바탕 소란 속에 우도가 몸을 숨긴 지 1분도 채 안 되어, 수십 명의 경찰이 들이닥쳤다.

"바그너 씨, 당신을 불법 운송기기 제조와 군수물자 횡령으로 체포합니다. 그리고 당신 지하실의 모든 작업기구와 관련 물품을 압수합니다."

그렇게 우리 가족은 독일 비밀경찰에 발각되었고, 아버지의 원대한 꿈은 산산조각났다.

오랫동안 기다려온 우리 '괴물'은 자유 독일을 향해 한번 날아보지도 못한 채 압수되었다.

'괴물'은 우리보다 먼저 트레일러에 끌려갔다. 그것이 우리가 처음이자 마지막으로 본 '괴물'의 움직이는 모습이었다.

●

이 일화는 1981년 동독의 바그너 가족의 공산주의 탈출기이다. 독일 기술 박물관 비행기관에서 처음 만난 바그너 가족의 괴물 'Dowa 21'의 제작 에피소드를 바탕으로 그 아들의 시점으로 이 이야기를 각색해보았다.

바그너 가족의 '괴물'은 한 번도 날아보지 못한 채 동독 경찰들에게 체포되고 말았다. 이 실화는 자유를 염원하던 한 가족이 비행기를 완성해냈다는 것만으로도 드라마틱한 이야기

가 아닐 수 없다. 경계가 삼엄했던 냉전 동독의 감시체제하에서 비행기를 만들어냈다는 건 비행기가 실제로 하늘을 가로질러 날았건 아니건, 완성된 비행기 그 자체로도 대단한 일이다. 자유 서독으로 건너가기 위해 수 년 동안 바그너 씨의 지휘하에 온 가족이 5인승 비행기를 직접 제작하는 데 참여하였다. 이 한 편의 드라마 같은 꿈이 수포로 돌아가버렸으니 안타깝기 짝이 없다.

하늘을 날고 싶다는 욕망의 역사는 아주 오래전, 이미 그리스신화에서부터 시작되었다. 땅을 딛고 직립보행을 하는 인류는 슈퍼맨 혹은 피터팬처럼 하늘을 나는 것을 꿈꾸었다. 로마신화의 이카로스 이야기에도 인간의 날고자 했던 욕망이 드러난다. 이카로스는 탈옥하기 위해 새들의 깃털을 모아 날개를 만들었다. 탈옥에는 성공했으나 뜨거운 태양열에 깃털을 이어붙인 밀랍이 녹아 그만 추락하여 이카로스의 꿈은 산산조각나고 만다. 비록 신화 속 이야기지만, '이카로스의 날개'는 날고자 하는 인간의 의지를 보여줬다. 바그너 씨와 이카로스의 이야기는 시대와 장소만 다를 뿐 그들의 용기와 자유를 위해 날고자 한 꿈은 다르지 않다.

비행할 수 있는 기구를 처음으로 고안해낸 사람은 레오나르도 다빈치이다. 다빈치는 비행기는 물론 인류가 꿈꾸던 상상을 현실로 옮긴 예술가이자 과학자이다. 사실 다빈치는 전쟁 무기를 개발하는 데 많은 아이디어를 제공했다. 르네상스 시대, 만물의 이치를 연구한 다빈치는 사람의 팔과 다리를 이용해 날아오르는 연구를 멈추지 않았으며 심지어 나사산의 원리로 수직상승 비행이 가능한 지금의 헬리콥터의 설계에 이르기까지 다양한 기술적 단서를 제공했다. 비행기는 그의 집념이 묻어난 중대한 발명품이다. 한낱 신화에 머물던 이야기를 현실에 가깝게 만들 수 있었지만, 그의 원대한 꿈은 그가 살아 있는 동안에는 이루어지진 못했다. 하지만 그의 이론 덕에 20세기 초 라이트 형제의 동력 비행기가 탄생할 수 있었고, 인간은 처음으로 비행기를 타고 하늘을 날게 되었다.

안타깝게도 비행기의 기술 혁신은 전쟁에서 적군을 섬멸하기 위해 태어난 전투기의 역사를 통해 이뤄졌다. 비행기의 역사는 1909년 영국해협 횡단을 성공한 루이 블레리오 이후 빠르게 발전했다. 1915년엔 기관총이 장착된 비행기가 등장했으며, 독일 관측 비행기 4대를 격추하는 최초의 역사를 남겼다. 총기를 장착하기 전, 1911년에 비행기는 이미 수류탄을 공중에서 낙하하는 폭격에 쓰이기 시작했으며, 적기보다 더 빠르고 높게 날기 위해서 엔진의 성능 개량이 중요시되어 로터리 엔진 대신 지금의 자동차에도 사용하고 있는 직렬식 엔진을 장착하기에 이른다. 더 빠른 엔진에 열을 올리는 또다른 기술의 등장이 비행 전술에 새로운 변화를 가져오게 되었다.

당시 모든 비행기는 전방에 프로펠러가 장착되어 있어 상대를 격추하기 위해선 무조건 상대를 앞지르는 일이 중요했다. 전면에 커다란 프로펠러가 돌아가니 총을 정면으로 쏘는 일은 불가능했다. 그래서 추월해서 선두를 차지하는 게 중요했다. 그래야지만 보조 조종사가 후미에 따라오는 적기를 조준해 기관총 사격이 가능했기 때문이다. 한마디로 추월당하면 죽는 꼴이었다.

이후 전쟁사를 뒤바꿀 '싱크로나이즈'란 기술이 등장했다. 돌아가는 프로펠러의 속도를 계산하여 그 사이로 총알을 쏘는 거짓말 같은 기술로, 세차게 돌아가는 선풍기 사이로 손가락을 넣어도 날개에 닿지 않는 순간을 계산하는 것과 같은 원리다. 즉, 격발된 총알이 초고속으로 회전하는 프로펠러 사이로 문제없이 지나갈 수 있도록 하는 기술이다. 그래서 더이상 적기를 추월할 필요가 없어졌다. 뒤에서 앞을 향해 방아쇠를 당기면 되는 일이니 전에 비해 훨씬 쉬워졌다. 이 기술도 이미 100년도 더 된 이야기다. 죽어라고 앞서가는 것만이 중요했던 시절이어서 더 빠르게 추월하기 위해 직렬 엔진을 기껏 만들었더니, 이제는 뒤에서 총을 쏠 수 있는 날이 와버렸다. 더 빠르게 나는 것보다 적의 뒤에 나타나 공격하는 것이 더 중요한 공중전의 전술이 되었다. 결국 모든 게 누군가를 죽이기 위한 전쟁의 비극에서 비롯된 혁신이었다.

비행기처럼 비극적인 역사를 거쳐 눈부시게 발전된 것들이 있다. 특히나 전쟁을 통해서 놀랍게 변신하는 것들이 있다. '개틀링'이란 최초의 기관총을 일컫는 말로 지금의 의도와 전

딴생각

혀 다른 목적으로 탄생했다. 전쟁을 통해 수많은 군인이 사망하거나 부상을 입는 모습에 발명가 개틀링은 군인 여럿을 대신할 기관총이 있다면 훨씬 적은 군인이 전쟁이 투입되어 부상을 당하는 군인도 적을 것이라고 생각했다. 그래서 100명의 총기를 대신할 기관총을 고안했다. 그렇게 발명된 기관총은 결국 전투의 표준이 되었고 개발을 통해 더 나은 신형 기관총으로 발전했다. 19세기 후반 20세기 초, 수많은 현대전으로 인해 살상력이 극대화된 무기들은 인간에게 더 큰 부상을 입히는 치명적인 방식으로 발달했고, 이로 인해 이전까지 이르지 못했던 경지로 의술을 끌어올리게 되었다.

많은 발명품은 패권을 장악하기 위한 인간의 집념, 즉 전쟁을 통해 빠르게 진화했다. 마치 전쟁이 모든 발명품의 시험장이라도 되는 것처럼 말이다. 게다가 전쟁이 치러지는 동안엔 인명 피해가 발생해도 그 누구도 책임을 묻지 않는다. 한편 바그너 가족처럼 자유를 향한 인간의 의지는 불가능을 가능하게 만들었다. 순진했던 이카로스의 탈옥을 위한 날개는 실패로 돌아갔지만 바그너 씨가 집에서 만들어낸 비행기는 달랐다. 당시 비행기가 동독 경찰에 발각된 이후 바그너 가족은 불법 비행과 체제에 대항한 죄로 중형을 선고받았다. 수감생활중 바그너 가족의 이야기를 접한 오스트리아 인권변호사의 노력으로 수감생활 1년 만에 바그너 가족은 그들이 꿈꾸었던 서독으로 송환되었다. 한편 그들의 비행기를 압수한 독일 항공국은 바그너 가족이 집에서 손수 직접 제작한 비행기, Dowa 21을 시험해보기로 결정했고, 비행 후 성적표를 발급했다.

'라이프치이에서부터 함부르크까지 1981년 독일 항공국에 의해 시험비행되었으며 본 비행기는 문제없이 항해를 마쳤다.'

바그너 씨가 자유를 향한 열정으로 지하실에서 뚱땅거리며 만든 비행기가 진짜 하늘을 날 수 있다는 것이 증명되었다.

다빈치가 고안해낸 비행기는 본인은 상상도 못했을 만큼 응용되고 발전되어 더 많은 형제들을 지상으로 나를 수 있게 되었다. 물론 많은 이들을 빠르게 나르는 중대한 역할도 하지만, 그렇게 효율적인 수단이 되기까지 수많은 이들이 전쟁을 통해 살상되어야 했다. 흥미로운 것은 여러 종류의 비행기와 무기의 발명을 고안했던 다빈치 본인은 동물의 살상에 연민을 느껴 철저한 채식주의자로 살았다는 사실이다. 만일 자신의 기술이 폭력에 쓰였다는 것을 안다면 참으로 마음 아파할 것이다.

패권을 향한 인간의 악한 집념, 그리고 자유를 향한 염원은 수많은 발명을 이끌었다. 인류 역사의 많은 전쟁은 인간의 이기심을 채우기 위한 것들이 대부분이었으며 자유를 향한 누군가의 의지는 오토바이 엔진을 날개에 달아 가족을 하늘로 띄울 수 있는 집념을 가지게 했다.

딴생각

발명은 인간의 집념어린 의지의 결정체이면서 동시에 아
픔이다.

기차

고독한
공간

대~한민국!!

2002년 대한민국은 빨갛게 물들었다. 텔레비전에서는 '대한민국'을 외치는 광화문광장의 모습을 연일 보도했다. 정말 그해 그날들은 대한민국 국민이라는 자긍심으로 모두가 하나가 된, 광복 이후 가장 가슴 벅찬 민족의 날과 다를 바 없는 순간들이었다. 히딩크 감독이 이끈 대한민국 축구대표팀은 대한민국 월드컵 사상 처음으로 16강에 오르는가 싶더니 4강까지 진출했다. 홈그라운드에서 경기를 한다는 이점이 있었던 것은 사실이지만 우리 대표선수들은 약물 의혹을 받고도 남을 만큼 지치지 않고 그라운드를 누비며 불굴의 투지를 보여주었다. 심판의 판정이나 골 운과는 무관하게, 당시의 그들이 상대팀보다 더 달리고 더 땀 흘리며 경기장을 누볐던 선수들의 활약과 모두가 하나된 국민의 응원만큼은 4강이 아닌 우승도 당연해 보이게 했다. 2002년 월드컵 이후 어떤 축구 리그와 어떤 팀의 경기에서도 그런 투지 넘치는 11명의 모습을 두 번 다시 볼 수 없었다. 그래서 그들의 움직임과 함성은 지금까지도 입에 오르내릴 정도의 신화가 되어버렸다. 우리가 기억하는 것은 4강 진출이라는 결과보다 그들의 눈물겨운 투지였음은 누구도 의심하지 못할 것이다.

2002년 우리가 4강의 신화를 쓰던 그해, 난 월드컵이 어디에서 개최되건 간에 대한민국의 16강 진출은 무척 어려울 거라고 예상했다. 그래서 당시 유럽행 배낭여행을 일찌감치 예약해두었다. 광속 탈락이 뻔하니, 타지에서 여행객이 되기로 결심했던 것이다. 그 잘못된 판단으로 지금까지도 친구들 입에 오르내리는 당시의 붉은 물결의 현장에 단 한 번도 있을 수가 없었다. 그저 유럽의 어느 카페 모서리에 걸린 티브이를 멀리서 바라보거나 뮌헨 중앙역에 설치된 티브이에서 경기의 결과를 어깨너머로 간신히 주워듣는 것이 전부였다. 혹시나 우리가 골을 넣는 순간이더라도 타지에서 혼자 기뻐하며 방방 뛸 수 없는 노릇이었다. 친구들과 함께 목이 터져라 승리의 함성을 지를 수 없었던 그날들이 두고두고 안타깝다.

숨막혔던 대 이탈리아전, 동점 상황에서 경기는 연장전으로 돌입했다. 반지의 제왕 안정환이 결승골을 기막히게 넣으며 반지에 키스를 하는 세리모니를 펼쳤다. 월드컵에서 대한민국이 강호 이탈리아를 16강에서 보기 좋게 이겨버린 것이다. 연장전에 교체 투입된 안정환의 골과 그의 세리모니는 말 그대로 각본 없는 드라마였다. 그날의 승리는 분명 기쁜 일이었다. 최강 이탈리아를 상대로 역사적인 승리를 이끌어내었으니 말이다. 하지만 당시에 나는 불행하게도 한국에게 덜미를 잡힌 축구의 고장 이탈리아에 있었다.

나는 다음날 이탈리아에서 스위스 국경을 지나는 여정을 계획하고 있었다. 예상은 했지만 대한민국이 이탈리아를 이긴 이후 나를 보는 그들의 시선은 무척이나 불편하게 느껴졌다. 내가 괜시리 걱정을 한 탓도 있을 테지만 분명 그들의 시선은 평소보다 눈에 띄게 차가웠다. 스위스로 건너가기 위해 슬금슬금 눈치를 보며 역무원에게 가서 기차표를 사야 했다. 배낭여행 시즌인 만큼 중앙역에서 기차표를 사려고 줄을 서는 일은 보통 일이 아니었다. 늘 시끄럽고 탈도 많은 이탈리아 밀라노의 중앙역. 결국 한 시간을 기다려 그제서야 내 차례가 되었다. 아나나 다를까 쌀쌀맞기 짝이 없는 역무원은 나를 위아래로 훑어보며 멈칫하더니 난데없이 여권을 보여달라고 했다. 여권을 내밀자, 그는 딱 한 단어를 내게 던졌다.

"꼬레아노? 꼬레아노!"

그러더니 고개를 절레절레 흔들고 더이상 나와 눈을 마주치지 않았다.

"노!!!"

내게 표를 팔지 않겠다는 것이었다. 축구를 불공평하게 이겨서 한국인에게는 표를 팔지 않겠다고 했다. 경기도 무척 불공평했고, 너희가 넣은 골은 이러했고, 우리의 골이 오프사이드가 된 것은 어쩌고저쩌고. 그렇게 한 시간이나 줄을 서서 간신히 내 차례가 되었는데 축구로 잔뜩 심사가 틀린 역무원의 심술로 표는 사지도 못하고 골탕을 먹어야 했다. 역무원은 억울하면 옆 창구에 가서 사라고, 그러려면 다시 줄을 서라고 했다. 당시의 나는 그런 상황에서도 제대로 논쟁도 반박도 못할 만큼 지친 여행객이었다.

결국 다시 한 시간을 기다려 다른 역무원으로부터 어렵게 기차표를 구입했다. 지금에서야 다 한때의 추억이라 말할 수 있지만, 난생처음 홀로 해외여행을 해보는 이방인에게 그 역무원의 행동은 큰 상처가 되었다. 당시에는 괜스레 승리를 결정짓는 골을 넣은 안정환이 원망스럽기까지 했으니, 뭐. 기분이 상할 대로 상해 축구팀의 승전보는 이미 뒷전이었다. 그저 서러웠다. 이상한 배낭여행자의 피해의식이었던지, 그때의 상황은 '차별'이라는 느낌이 들 만큼 무척 분하고 서러웠다. 쿰쿰한 냄새와 함께 출발하는 트랜이탈리아Trenitalia 기차에 가만히 앉아 있으니 고단함도 몰려왔고, 집 생각도 났고, 못된 역무원의 심술도 머릿속에 맴돌았다. 그날 기차에서의 시간은 그렇게 서럽다 못해 깊고 깊은 고독함마저 밀려왔다. 차창 밖 풍경만 응시했다. 역무원의 '노'라는 반응이 야속하고 또 야속해 머릿속을 떠나지 않았다. 그렇게 서글픈 마음으로 30분쯤 흘렀을까? 달큰한 외로움이 느껴졌다. 차창 밖으로 만년설이 뒤덮인 알프스산맥의 산세가 보이기 시작했다. 아름답지만 막막한 한여름에 눈이 쌓인 산을 보니 더욱 고독해졌다. 그러더니 거울처럼 세상을 비춰내는 맑은 호수가 펼쳐지기 시작했다. 암울했던 기분이 점점 풀리면서 대학 신입생 시절 친구들과 함께 춘천행 기차에 올랐던 설렘처럼 마음이 파룻파룻해졌다.

지금도 여름이 되면 어김없이 2002년의 여름이 떠오른다. 모두가 하나된 4강 신화, 축구 국가 대표팀을 떠올려서 그런 걸까? 아니면 역무원이 준 상처 때문일까? 물론 소심하기로는 둘째가라면 서러울 정도지만 그 역무원을 20년 세월 동안 원망할 만큼 꽁한 사람은 분명 아니다. 아마 그해가 유난히 또렷하게 기억에 남는 것은 서럽게 구한 기차표 한 장이 선물한 고독과 그 고독 덕에 마음의 짐을 내려놓을 수 있었던 시간 때문일 테다. 그리고 창밖에 펼쳐진 스위스와 이탈리아 사이를 잇는 알프스의 산줄기와 그림 같은 꼬모 호수의 풍경이 감탄을 자아냈기 때문이 아닐까. 낯선 땅에서 받은 그 상처는 고

독한 순간 덕분에 위로받을 수 있었다. 난생처음으로 겪어본 이 낯선 감정의 소중함과 함께 떠오르는 그 해가 바로 2002년 여름이었다. 내게 2002년은 대한민국이 월드컵 4강 진출에 성공한 해가 아니라, 짧고 깊은 고독을 배운 해다.

1825년 세계 최초의 기차가 영국에서 운행을 시작했다. 당시 승객과 화물을 한 번에 많이 나를 수 있는 기차의 등장은 그야말로 혁신이었다. 이후 빠르게 바뀐 철도 네트워크를 통해 타지역 간 거래가 활성화되며 편리함이 증대되었다. 물류 이동을 통한 물질적인 통합은 물론 사람과의 교류도 증진시켰다. 이후 독일을 비롯한 세계의 많은 국가들이 철도라는 새로운 교통수단의 편리를 인식하고 철도 네트워크를 확장하기 시작했다. 기차는 더욱 많은 물류와 산업자제들을 여기저기에 보다 빠르게 실어날랐으며 덕분에 지역 간 교류와 균형적인 발전이 가속화될 수 있었다. 더군다나 기차를 움직이기 위한 동력장치는 증기기관 전기, 디젤을 거치며 거듭 발전되었다. 결국 기차를 통한 동력장치의 개발은 모든 산업의 동력과 함께했다. 공장을 돌리고 산업을 이끌어가는 데 있어 결국 기차는 시작에서부터 끝에 이르기까지 거대한 모체와도 같은 존재였다. 많은 짐을 실어나르고, 많은 사람을 대도시와 고향으로 나르던 이 실용적 동체가 때론 역사적 순간의 기념비가 되기까지 했다. 즉, 물건을 싣고 달리는 대신 역사적 의미를 가진 장소가 된 것이다.

　1차대전 이후 항복 문서에 서명한 '굴욕의 장소' 역시 흥미롭게도 기차였다. 패전한 독일이 숲속 열차 객실에서 항복 문서에 서명한 것은 연합군의 배려였다. 당시 연합군은 프랑스 콩피에뉴숲과 파리 사이에 위치한 상리스에 주둔해 있었기에 독일군을 상리스로 불러들여 항복문서에 서명하게 할 수도 있었다. 하지만 연합군 총사령관 페르디낭 포슈 장군은 '상리스 주민들의 마음을 헤아려야 한다'면서 보다 은밀한 장소인 콩피에뉴숲을 택했다. 독일군이 가장 잔혹한 상처를 남긴 상리스의 사람들에게 독일군의 모습을 보이는 것은 결코 좋은 생각이 아니었던 것이다. 이는 독일군이 모욕감을 덜 느끼도록 하기 위한 배려이기도 했다. 대중에게 굴욕적인 모습을 보이는 대신 문서에 서명할 핵심 인사 몇몇만 자리에 참석하여 항복이 이루어질 수 있도록 하였다. 물론 프랑스 정부는 얼마 뒤 이 역사적인 순간의 장소가 되어준 열차를 수도 파리로 옮겨 전시하기로 했다.

　철도는 아무리 굽어 있어도 기차의 길이만큼 길게 돌아야 하기에 갑작스레 몸체를 트느라 멀미를 일으키지도 않는다. 유난히 굽이가 긴 철도를 만나면 저멀리 같은 소실점을 향하는 맨 앞칸이 보이기도 한다. 여전히 나를 놓치지 않고 목적지로 가고 있음에 감사하기도 하고, 내 목적지로 향하는 거대한 길에 선 내가 기다란 기차의 주인인 것처럼 우쭐해지기도 한다.

규칙적 덜컹거림과 커다란 차창의 풍경은 반복되지 않는 슬라이드쇼와 같다. 낯선 풍경이라 해도 불안하지 않고, 명상을 하는 기분이 들기도 한다. 차창 밖 풍경은 숲이 되기도 했다가 사람들이 사는 모습이 되기도 한다. 저만치 떨어져 앉아 있는 다른 승객이 나와 같은 목적지를 향해 가는 사람은 아닐까 생각해보지만 간이역에서 뒷모습을 보이고 사라진다. 그 순간 또다른 종류의 고독이 스쳐간다. 또 가끔은 사람이 사는지 의심스러울만치 을씨년스러운 동네를 지나기도 한다. 이 다양한 창밖의 그림들은 사연도 모른 채 그렇게 자연스럽게 그 페이지를 연거푸 넘긴다.

2002년, 기차표에 찍힌 목적지까지 갈 때 난 그렇게 고독했다. 그건 내가 그 퉁명스러운 이탈리안 역무원의 옆 매표창구에서 지불한 약속이다. 안정환의 골에 힘입어, 약 두 시간을 기차역에서 서럽게 기다려 결정한 기차표이므로 다른 변수가 없는 한 예정된 목적지까지 가야 한다. 내 손에 들린 한 권의 책. 읽다가 잠깐 졸아버린 바람에 페이지를 놓친다. 다시 몇 페이지 뒤로 돌아가 다시 읽기를 반복한다. 나와 함께 기차에 남은 이상 목적지까지도 함께 향한다. 그래서 기차에서 펼쳐든 단 한 권의 책은 각별하다. 재미있든 아니든 기차에서 읽는 책은 더욱 애착이 가고 그 내용도 오래 남는다. 아무리 재미가 없는 책이어도 정을 붙이기 위해 몇 번이고 기회를 더 줘본다.

혹은 친구와 함께 기차에 올랐다면 더욱 의미 있는 둘만의 고독이 된다. 그 기차에서 나눈 대화는 인생에서 가장 의미 있는 둘만의 대화가 될 수도 있을 것이며 혹은 마지막 목적지 10분 전 즈음에는 서로 등을 돌리고 싶을 만큼 실망스러운 관계에 이를 수도 있다. 왜냐면 고독한 곳에 놓인 둘만의 시간은 서로에게 가장 진실한 마음을 헤아릴 수 있기 때문이다.

석탄을 나르고 삶과 산업을 위해 성실히 일해야 하는 운명을 지닌 기차의 탄생. 먼길을 홀로 성실하고 거침없이 달렸고, 역사를 뒤바꾼 운명의 장소가 되어주기도 했듯이 기차는 인간의 삶을 더 멀리 나아가게 했다. 그래서 오늘도 홀로 꿋꿋이 달리는 기차는 고독과 닮아 있다. 이 각박한 현실을 벗어나고 싶을 때면 기차를 떠올리거나 추억하는 일도 자연스럽다. 답답한 마음을 잊기 위해, 결별의 상처를 지우기 위해 동해의 겨울바다가 필요한 이에게 기차가 어울리는 것도 이 때문이다. 기차는 가장 고독하고 진실한 공간이니까. 칙칙폭폭.

전기차

상실의

내일

　자동차 안에 이렇게 생긴 아이콘이 붙은 스위치가 있다. 최근에 더 쉬운 꼴로 바뀌긴 했지만 한동안은 이 모습이 어느 스위치의 기능을 알리는 아이콘이었다. 뭘까? 아는 사람들은 알겠지만 비디오카메라의 모습을 본뜬 자동차 후방 카메라 작동 버튼 아이콘이다. 차가 후진을 하려고 기어를 바꾸면 후방에 뭐가 있는지를 보여준다. 나이가 좀 있는 사람이라면 지금까지 운전면허가 없다고 치더라도 이 모양이 비디오카메라를 뜻한다는 것 정도는 금방 알 수 있을 것이다.

　　　　　　　　　　　　　　　　딴생각

나도 이 비디오카메라 모양의 아이콘을 아무런 의심도 없이 쉽게 받아들일 수 있는 세대다. 그런데 아이가 이 버튼의 의미를 물었을 때 후방을 보여주는 '동영상용 카메라'라고밖에 설명하지 못했다. 비디오카메라는 카메라보다 일찍 종적을 감춰버린 물건이다보니 아이들이 충분히 의문을 자아낼 만하다. 그나마 아이는 내가 가진 예전의 전형적인 카메라처럼 생긴 몇 개의 디지털카메라 덕분에 카메라의 모습이 어떤 건지 잘 알았다. 그래도 후방을 보여주는 비디오가 왜 하필 네모와 삼각형이 붙은 이런 모양을 해야 하는지 쉽게 이해하지 못해 아이는 고개를 절레절레 저었다.

희귀해진 비디오카메라의 존재를 제대로 본 적이 없으니 이게 왜 후방 카메라로 불려야 하는지 의문을 가지는 것은 당연했다. 그에 대한 설명을 거듭하다가 아이에게 얼마 전에 함께 본 고전영화 〈고스트버스터즈〉(1984)에 등장한 비디오카메라를 떠올려보라고 했다. 영화 속에는 거대한 비디오카메라가 등장한다. 영화에서 유령의 모습을 카메라에 담아야 하는 극중 주인공들은 거대한 비디오카메라를 무기처럼 어깨에 짊어지고 다녔다. 그제서야 아이는 비디오카메라라는 존재를 간신히 이해했다.

모든 게 금세 나타났다가 사라지니, 얼마 전의 것도 유물 설명하듯 알려주어야 한다. 얼마 전엔 아이의 필요 없는 장난감들을 지하실로 옮겨 정리하던 중 어느 상자에서 한참 전에

사용했던 모토로라 폴더형 전화기가 나타났다. 바로 '이거 유물이다' 하는 생각이 들었다. 그런데 아이는 기막히게 멋지다며 감탄을 멈출 줄 몰랐다. 아이는 모든 버튼이 콕콕 배열된 모습도 너무 멋지고, 일일이 버튼을 누르는 기분도 무척 특별하다고 말했다. 가장 흥미로웠던 반응은 뭔가를 내가 진짜 '눌렀다'는 버튼의 물리적 반응이 좋다는 것이었다. 즉 기계가 나와 교감하는 것이 만족스럽다는 표현을 썼다. 나는 아이가 그걸 보면 깔깔거리며 구닥다리라고 할 줄 알았는데 아이는 오히려 멋있다면서 가져도 되느냐며 자기 책상 서랍 속에 넣어 보관

딴생각

하고 싶다고 했다. 내 청춘의 유물은 영광스럽게도 생명 연장의 꿈을 이루었다.

얼마 전에는 왜 그랬는지, 핸드폰을 사면 함께 딸려 오는 유선 이어폰을 오랜만에 귀에 꽂았다. 순간, 의외의 기분에 무척 놀랐다. 기본형 줄이 길게 늘어진 구닥다리 이어폰을 한참 쓰던 시절. 값나가는 새로운 무선 이어폰을 별도로 구입해 썼을 때의 편리함에 흡족했던 순간이 기억났다. 그러다 무선 이어폰이 고장나서 급한 대로 구식 유선 이어폰으로 돌아갔던 며칠도 생각났다. 그런데 아이러니하게도 구식으로 돌아갔던 며칠 동안의 시간은 유선에서 무선으로 넘어섰던 때보다 더 큰 만족감을 가져다주었다.

막상 무선 이어폰을 사용해보니 목으로 늘어지는 케이블만 없다 뿐이지 추가적으로 확인할 것들이 적지 않았다. 어느 쪽이 오른쪽이고 왼쪽인지 귀에 꽂기 전 번거롭게 확인해야 했고, 때로는 사라진 한쪽을 찾느라 바닥을 몇 번을 살피기도 했다. 어떨 때는 블루투스 연결을 반드시 다시 확인해야 했다. 이 과정들을 거치며 귀에 꽂았다. 근데 방전이란다. 그럴 때는 무용지물이다. 한순간에 유물보다 못한 고물이 된다.

그런데 오랜만에 어쩔 수 없이 귀에 꽂은 이

구식 유선 이어폰은 먼저 오른쪽, 왼쪽이 제대로 충전되었는지를 확인할 필요도 없고, 한쪽이 어디로 숨었는지 찾을 필요도, 핸드폰과의 연결상태가 제대로 되었는지 확인할 필요도 없었다. 단 한 번도 일부러 엉클어놓지 않았음에도 늘 마술처럼 꼬여 있는 이어폰 케이블의 저주만 너그럽게 용서한다면 이 구식 이어폰은 나의 정신건강에 훨씬 더 이로웠다. 아니, 꼬인 줄을 차분히 푸는 것도 잠시의 퍼즐 맞추기라 치자.

그리고 긴 줄을 전화 아래에 꽂기만 하면 음악이 나온다. 거추장스러운 줄이 사라지기만 하면 편리할 줄 알았는데, 모두 시대가 요구한 '힙'함에 불과했다. 유선 이어폰과 짧게나마 재회한 나는 이렇게 정의했다. 뜻하지 않게 구식을 다시 만났을 때의 '행복'은 새로운 것을 만나 강요받던 지나친 편리함보다 더 감동적이라고. 뭔가 더 편한 것을 찾아내려 열망할수록 우리의 아늑한 오늘은 하찮고 초라해진다. 아이가 오래된 모토로라 폴더폰을 보고 자판을 꾹꾹 눌러보더니 입가에 미소를 드리우며 멋지다고 엄지를 치켜세운 일과도 닿아 있다.

기술이 하루가 다르게 바뀌니 오늘의 편리가 내일의 강요로 애써 불편함이 되어야 한다. 나는 여전히 편한데, 새로이 등장한 편리 때문에 애써 불편하다고 말해야 한다. 대체 무슨 편의를 개선한 건지도 모르겠는데 핸드폰 어플 업데이트를 수시로 해줘야 하고, 바뀐 어플의 모습에 다시 적응해야 한다. 매분 매초 만에 기술이 '유레카'를 외치는 모습에 오히려 질식할 것만 같다. 과학과 기술의 태동을 몸소 매일같이 체험한다. 오늘과 다를 내일은 더 편해질 거라고들 장담했다. 그리고 그것이 우리에게 더 큰 행복을 가져다줄 거라고 너나없이 믿고 있다.

가령, 기술이 더 나아질 테니 미래에는 핸드폰을 번거롭게 자주 충전할 필요도 없으리라고 장담했다. 하지만 핸드폰의 기능은 나날이 많아졌고 핸드폰이 먹어치우는 에너지는 기하급수적으로 늘어버렸다. 그래서 아무리 배터리 기술이 좋아졌다고 한들 충전기를 찾아 헤매는 횟수는 오히려 이전보다 더 늘어나버렸다. 하루에 몇 번을 생리현상으로 화장실을 들락거리듯, 제각각 핸드폰에 맞는 단자에 충전기를 연결하는 일은 삶의 생리현상이 되었다. 배터리 상태가 녹색이 되면 마음이 따뜻해지고 허기가 달래지기까지 한다.

짜증스러운 책상 밑의 케이블은 또 어떤가? 무선 기술들이 도래하던 초기에는 머지않은 미래에는 모두 무선으로 바뀌어 책상 밑에 자리잡은 케이블은 깨끗이 사라질 거라고 예상했는데 더 많은 종류의 케이블과 더 빠르다는 케이블이 등장하면서 책상 밑은 케이블끼리 더욱더 엉키고 꼬이는 정글이 되어버렸다. 거기다가 무선은커녕 어느 케이블이 어디에 맞는 것인지 제 짝을 찾아 일일이 올바르게 연결하는 것 자체가 일상의 '우주과학'이 되었다.

몇 해 전 무척 더웠던 여름, 스위스 취리히에서 전기차 프레젠테이션이 있었다.

나는 연사로 나서 스위스의 VIP들에게 차를 소개했다. 사람들에게서 다양한 반응들이 쏟아졌다. 이런저런 불만에서부터 발표를 축하한다는 응원의 메시지도 있었다. 지난 몇 년 동안 단 한 번도 디자이너로서 생각하지 못했던 참신한 아이디어를 즉흥적으로 제시해주는 사람들도 있었고, 자신의 차가 고장난 사례를 불만이랍시고 나를 붙잡고 호소하는 사람에 이르기까지 각양각색이었다. 왜 전기차 충전 소켓이 좌측이냐, 우측으로 설계하는 게 더 낫지 않느냐며 나도 대답할 수 없는 질문을 하는 이들도 있었다. 그러다가 어느 순간 오른쪽보다 왼쪽을 더 선호하는 다른 사람과 내 앞에서 논쟁을 벌이기도 했다.

몇 년간 공들여 만든 차를 세상에 공개하고 이렇게 다양한 반응을 직접 듣는 일은 늘 흥분되고 영광스러운 순간이다. 그날 유난히 인상적이었던 누군가의 대화가 기억난다. 어느 스위스인과의 짧은 대화였다. 지금까지도 불쑥불쑥 그가 생각날 만큼 그의 엉뚱한 질문은 매우 인상적이었다. 그의 이름은 윌리엄이었다. 먼저 그는 짧고 정중한 축하를 해주었다. 그리고선 내게 사과의 말부터 건네야 할 것 같다고 말했다. 무슨 불만을 토로하려는 것인지, 일단 심각해 보이는 그의 진지함이 무척 염려스러웠다. 얼마나 날카롭고 난해한 질문을 할지 모르니까 말이다.

하지만 윌리엄이 꺼낸 이야기는 전기차가 그에게 있어 커다란 '상실'이라는 것이었다. 전기차가 정말 미래의 차가 될 수 있는지 아닌지에 대한 질문이 아니었다. 차의 가격이나 디자인을 문제삼은 것도 아니었다. 단지 그의 정서적인 부분에서 봤을 때 전기차는 개인적으로 무척 큰 '상실'을 선고했다는 것이었다. 그의 첫 설명은 난해했다. 아주 오래전 윌리엄의 유년 시절 자동차는 부자父子를 묶어주는 하나의 매개체였다. 주말이면 그의 아버지는 언제나 많은 시간을 자신의 자동차 밑에 들어가 기름을 치고 조이고 닦기를 반복했다. 그러면 함께 차를 좋아하던 어린 윌리엄은 차 밑에 들어간 아버지를 보면서 성실한 조수 역할을 했다. 아버지는 공구가 필요하면 연신 아들을 불렀다.

"윌리엄, 십자드라이버!" "윌리엄." "윌리엄……"

그럴 때면 윌리엄은 차 밑에서 뻗어나온 아버지의 손에 호명된 공구를 올려놓았다. 그러면서 공구의 이름을 하나둘씩 익혔다. 주말이면 아버지의 작업복과 공구는 기름으로 범벅이 되기 일쑤였다. 윌리엄은 아버지와 보낸 시간을 통해 자동차를 사랑하는 성인이 되었다.

그렇게 윌리엄의 자동차에 대한 관심과 사랑은 아버지와

의 추억과 함께 커져갔고 훗날 모든 자동차 메이커의 VIP 행사에 초대될 만큼 자동차를 사랑하고 영향력이 있는 사람이 되었다. 훌쩍 커버린 윌리엄이 어느 날 차 아래에 자리하게 되었고 늙은 아버지는 이제 아들이 부르는 공구를 집어 아들의 손에 올려놓아주었다. 속절없는 시간과 함께 부자의 역할은 그렇게 뒤바뀌었다. 이제는 홀로 차 아래에서 뭔가를 고치다가 몇 해 전 돌아가신 아버지 생각에 눈물을 훔치기도 한다고 했다.

어느덧 윌리엄의 외동아들도 그의 아버지 윌리엄과 함께 차를 고칠 만한 아이로 컸는데, 갑자기 전기차라는 것이 등장해버렸다. 물론 세상의 모든 자동차가 당장 전기차로 바뀐 것은 아니지만 가파르게 증가하는 전기차의 세상에 윌리엄의 눈에는 세상의 모든 차가 곧 전기차로 바뀔 것처럼 보이기 시작했다. 그래서 윌리엄은 연신 불안을 느꼈다고 한다. 내연기관의 자동차와는 달리 다른 전기차는 차 아래에 들어가서 닦고 조일 수 있는 부분이 많지 않기 때문이다. 전기차의 하부는 전부 배터리로 깔려 있고, 그 밑은 매끈한 판으로 덮여 있다.

고장난 아날로그 라디오는 솜씨 좋은 아버지를 두었다면 직접 고칠 수도 있다. 하지만 스마트폰을 분해해 회로판과 OLED 디스플레이를 직접 손볼 수 있는 아버지는 많지 않을 것이다. 뭔가를 직접 손으로 조이고 닦을 수 있었던 내연기관의 자동차에 비해 신비한 것들로 집적된 전기차는 아버지의 솜씨를 볼품없는 재주로 만들지도 모른다. 윌리엄의 말처럼 전기 자동차의 등장은 아이와 아버지가 함께할 수 있는 하나의 일을 없애버렸다. 세상을 깨끗하게 지켜준다며 갑자기 등장한 전기차가 그의 추억을 이어갈 연결고리를 끊어버렸다. 엉뚱하지만 새로운 시각이 놀라웠다. 행사에 맞춰 준비된 예상 답변에도 없던 질문이었고, 논리적으로 답변할 수 있는 방도도 없었다. 그래서 분위기도 전환하고 그의 상실을 달래볼 겸, 그에게 농담을 던졌다.

"아드님과 같이 손세차를 하는 건 가능할 것 같습니다!"

●

여전히 전기차가 진정한 답인지에 대해 말이 많다. 함부로 얘기하기엔 무척 조심스러운 부분이다. 전기차에 쓰이는 재료가 가져올 다른 환경 문제들, 즉 수명을 다해 폐기될 거대한 차량용 배터리가 일으킬 또다른 문제에 대해서 모두가 의문을 제기할 뿐 어떻게 해야 할지에 대한 답은 회피하고 있다. 또 차량 충전을 위해 필요한 에너지를 안정적으로 공급하기 위해 환경에 다른 해가 될 수 있는 불가피한 솔루션이 등장할 수도 있다. 누구도 그 답을 찾아 염려하기보다는 새로운 전기차 시장을 자신들의 것으로 더 가득 채우려는 내일을 향한 목표 달성에만 혈안이 되어 있다.

또한 자동차 제조사의 입장에서도 이미 너무 많은 일을 벌여놓았다. 전기차를 하겠다고 다시 주워담을 수 없을 만큼 굳게 약속했고, 그 약속을 위해 이미 근본적인 시스템을 뒤집어놓았다. 이건 다시 돌아갈 수 없는 일이다. 결국엔 궁극적 실패로 끝난다고 누군가 장담할지라도, 우리는 내일을 향해 나아가니까 또다른 내일을 위해 일단 전기차를 만들고 봐야 한다. 일단 두고 보자는 것이다. 이 옳고 그름에 대한 평가는 훗날 역사가 알려줄 것이니까 말이다. 뭐가 어찌되었건 전기차가 달리는 동안은 탄소배출이 직접적으로 이루어지지 않는다는 것 하나는 확실하다. 꿈꾼 대로만 된다면 다행이다. 아니 꼭 그럴 것이다(그렇게 믿고 싶다).

그래서 전기차는 이미 내일의 것도 아니고 오늘 당장의 일이다. 무조건 내일을 살기 위한 조급함 때문에 이미 전기차는 오늘의 것이 되어버렸다. 아니, 이 글이 생명을 얻어 누군가의 눈에 읽히게 될 즈음이면 모든 차가 전기 자동차일 수도 있다. 그렇게 혁신은 오늘을 밀어낸다. 이것이 바로 우리가 무언가를 날마다 당연하다고 받아들이는 대신 왜 당연한지 의심하고 질문해야 하는 이유다. 이런 질문이 발생할 때 우리는 뻔한 오늘 대신 또다른 내일을 희망하게 된다. 그리고 이러한 질문이 다양해진 덕분에 우리는 보다 진보적인 과학의 시대를 지나올 수 있었다.

하지만 과학과 기술이 가져온 '나은' 내일이 우리에게 더 큰 행복을 가져다주었는지는 별개의 문제이다. 즉 '번영'과 '발전'의 측면에서 과학과 기술 덕분에 더 빠르고 편리한 내일을 가져다준 것은 사실이지만 과연 보다 철학적인 우리의 '존재', 즉 우리의 행복에 어떠한 도움을 주었는지는 무척 회의적일 수밖에 없다. '번영'과 '발전'의 측면에서 내가 타고 있는 전기자동차에서 지금 당장 배기가스가 나오지 않아 뿌듯하겠지만, 앞서 말했듯이 엉뚱한 데서 야기된 환경에 대한 문제들로 이게 진짜 지구를 위한 일이 맞는지 누구도 장담하지 못한다. 매번 엉켜버리는 이어폰 줄을 없애는 놓았지만, 충전을 위해 언제나 마음을 써야 하는 내게는 진정한 편리는 아니었다. 그래서 더욱 해가 될 수도 있다.

인공지능이 등장하고, 충전이 필요 없는 시대가 나타난다고 한들 스위스에서 만난 윌리엄의 '상실'처럼 다양한 철학적 문제는 전혀 나아지지 않을 것은 확실하다. 불평등이나 부정을 비롯한 사회적 갈등 역시 우리의 빠르고 편한 내일과는 더욱더 무관해 보인다. 신기술의 팽창으로 인해 시시각각 변하는 세상. 이 새로운 세상이 제공하는 예상치 못한 상실 때문에 뒷걸음질치는 윌리엄 같은 사람들이 또 있을지도 모른다. 그래서 소크라테스처럼 삶의 문제에서 우리는 '아무것도 모른다'고 쿨하게 인정하면서 그 근본으로 돌아가야 하는 것인지 모른다. 모든 게 너무 빠르다. 대책 없이 빠르다. 어떻게 될지 관심도 없으면서 그저 '다른' 내일을 위해 너무 많이 몰입되어

딴생각

있다. 그래서 혹시나 차라리 너무 무거운 철학 대신 엉뚱하게도 내일보다 오늘을 살았으면 하고 뒷걸음치는 걸 자주 생각해보게 된다.

가령 내일을 바라보고 얘기하는 대신 오늘만 살아보면 어떨까? 한쪽 구석에 버려진 줄 달린 이어폰을 귀에 다시 가져다 꽂아 음악을 들어보듯이, 차라리 내일을 잊고 소소하게 지금을 살자는 이야기다. 구닥다리처럼 살자는 것은 아니고, 너무 유행과 첨단만 좇지 말자는 것이다. 다급할 필요 없다. 과학자건 디자이너건 혹은 소비자건 간에 말이다.

내일의 날씨를 어플을 사용해 시간대별로 검색해 비가 올 확률이 평균 60퍼센트라는 결론에 이른다. 그리고 우산을 현관문 앞에 가져다놓는다. 미리 챙기느라 피곤하다. 내일을 예측해주는 정보가 너무 많아 지친다. 그래도 내일을 준비해야 한다. 비가 온다는 보장이 100퍼센트도 아닌데 말이다. 그냥 준비 없이, 우산 없이 내일을 만나보면 어떨까 싶다. 그러나 누가 아는가? 갑작스러운 비를 만나 흠모하던 누군가의 곁에 붙어 우산을 얻어 쓸지도 모를 일이다. 혹은 그 또한 우산 없이 나온 터라 나와 함께 어느 처마 밑으로 달려들어가야 할 수도 있다. '비야 멈추지 말아다오'라고 마음속으로 기도할지도 모른다. 빗소리에 맞추어 우리의 이야기는 그렇게 흘러간다.

윌리엄의 상실의 이야기는 이미 비의 이야기가 되었다. 이처럼 각박한 세상에서 내일을 버리고 오늘을 산다면 소낙

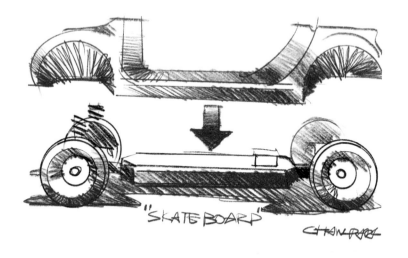

"SKATE BOARD"

비에 젖을지라도 영원한 인연을 찾을 수 있을지도 모른다. 무슨 영화에서처럼 버스 맨 뒷자리에 앉아 그녀와 함께 이어폰을 한 쪽씩 나눠 끼고 함께 음악을 듣는 일. 이건 구식 유선 이어폰일 때에만 의미 있는 일이 된다. 길지 않은 이어폰 줄의 길이 때문에 더 가깝게 그녀의 뺨에 다가갈 수밖에 없다는 누군가의 변명이 설득력을 얻기 때문이다. 물론, 이어폰 줄은 여느 때처럼 처참히 엉켜 있을 것이다. 그걸 빨리 풀어 얼른 귀에 꽂는 것은 우리의 몫이다. 인연을 풀어가는 일이 우리의 간절한 소망이듯 엉켜버린 이어폰의 매듭도 결국엔 당신의 손에 달려 있다.

조금만 느리게, 그리고 내일 대신 오늘을, 그리고 나는 오늘도 자동차를 그린다. 결국엔 뻔한 전기차일 테지만 나의 엉뚱한 생각은 여전히 포기를 모른다. 왜냐면 누군가의 엉뚱한 생각이 오히려 뻔한 질문에 지친 내게 한 줄기 빛이 되기도 하기 때문이다. 차 아래에 뭔가를 억지로 고칠 수 있는 부분을 일부러 쑤셔넣어볼까? 만약 전기차 아래에서 뭔가를 뚱땅거릴 수 있다면 취리히에서 만난 윌리엄은 그의 아들과 행복해할 수 있을까?

지도

세상의 중심이
되다

"저기, 이 근처에 ×××미술관이 있다고 들었는데 어떻게 가야 하는지 알 수 있을까요?"

"……"

몇 해 전 한국에 가족과 친구를 만나러 한국으로 휴가를 갔을 때 일어난 일이다.

한남동에 있는 새로 생겼다는 미술관의 전시를 보기 위해 지인과 약속을 했는데 처음 가보는 미술관이라 길을 헤맸다. 급한 대로 옆의 횡단보도에 서 있는 누군가에게 길을 물었다.

질문의 요지는 '당신은 당연히 네트워크에 연결이 되어 있을 테니 나를 위해 전화로 검색 한번 해달라'는 것이었다.

사실 길을 헤맨다는 것 자체가 요즘 같은 세상에선 드문 일이다. 구석구석까지 연결된 인터넷 덕분에 아마존 숲 한가운데가 아닌 이상 길을 잃을 일은 웬만해선 없다. 하지만 외국 생활을 하다가 서울에 잠시 머무는 나는 사용하던 네트워크가 끊겨 있는 상황이므로 다른 사람에게 물어야 한다.

일에 관련된 출장도 아닌 이상 내가 휴가중에 대한민국의 네트워크에 로그인할 이유는 없다. 일부러 빠른 정보망에 나를 연결시킬 일은 더더군다나 없다. 휴가중 일이 눈에 들어오면 건강에 해롭다는 거창한 핑계를 댄다.

가끔 불편할 수 있지만 몇 가지 좋은 점도 분명히 있다. 일단 세상에서 로그아웃된 듯한 기분. 누가 날 찾질 않아 여유롭다. 궁금한 걸 바로 검색하지 못한 채 일부러 덮어두고 무심해지는 느낌도 좋다. 집으로 가는 휴가가 그리운 이유 중의 하나가 이것이다. 한국에서만큼은 집 밖으로 나오는 순간 이렇게 네트워크로부터 단절되어버리니, 나를 위해 고독할 수 있다. 그렇게 오랜만에 걷는 서울의 길. 그 여유 속에서 그간 얼마나 스마트폰 화면에서 헤어나오지 못했는지 절실히 느낀다. 평소에는 걷는 와중에도 거리의 풍경을 보는 게 절반이고 스마트폰 화면을 보는 게 나머지 반이었다. 서울의 거리에 충실할 수 있는 건 특별하다. 사람들이 오가는 거리 풍경을 여유롭게 감상하는 것도 특별하고, 때론 길을 잃어 누군가에게 길을 물어야 하는 것처럼 '끊길 권리'를 통해 오히려 사람과 사람 사이의 당연한 연결점을 찾게 되는 것도 특별하다.

'출발할 때 전화할게'라는 흔한 약속의 말 대신 한국에 오면 제대로 된 전화기가 없다는 핑계로 '4시 30분, 신촌역 4번 출구에서 만나'라고 정확히 못을 박는다. 약속을 잡을 때 친구들에게 여러 번 경고를 한다.

"난 전화기가 없으니 늦는다는 변명은 안 통한다. 5분 이상 기다리지 않겠다."

한마디로 네트워크가 끊겨 있기 때문에 '거의 다 왔어' 혹은 '두 정거장만 가면 돼'라는 구차한 변명이나 핑계가 전달될 수 없다. 그래서 방법은 단 하나. 약속에 늦지 않기 위해 그저 미리미리 준비하는 수밖에 없다. 더 긴밀하고 정확하게 교류하기 위해 네트워크에 빛의 속도로 연결된 것인데, 오히려 '끊김'을 통해야만 신촌역 4번 출구에서 정확한 시간에 친구를 만날 수 있다.

불통 덕분에 알고 싶지 않은 것을 구렁이 담 넘듯 지나칠 수 있는 것도 만족스럽다. 딱히 알지 않아도 되는 누군가의 생일을 자꾸 챙겨주는 알람. '오늘은 김××의 생일입니다'라고 자동으로 삑삑거리며 알려주니 서로 생일 챙겨주는 사이가 아닌데도 모른 척하고 지나가는 일도 어색하다. 그렇다고 생일 축하한다고 메시지를 남기는 일을 하자니 어색하다 못해 스트레스가 되기까지 한다.

그런데 내 생일에는 어떤가? 김×× 또한 내 생일 알람 덕분에 분명히 오늘이 내 생일임을 알았을 텐데 메시지 하나 없다. '깜빡'했을 리 없다. 알람이 울렸음에도 불구하고 메시지가 없는 것으로 봐서는 내 생일을 무시한 거다. 일부러!! 이런 얄팍한 생각들은 우리를 알게 모르게 지치게 한다. 우리는 지나치게 연결되어 있기 때문이다. 그래서 우리는 끊길 필요가 있다. 절실하게도.

●

다시 길 잃은 한남동이다.

상대는 길을 알려주지 않고 일단 나를 위아래로 훑는다. '도를 아십니까'라고 생각을 한 건지, 달갑지 않은 낯선 이의 질문이 반갑지 않았을 것이다. 대답은 하지 않고 쭈뼛쭈뼛. 내 질문에 답해줄 생각은 전혀 없어 보인다. 횡단보도에서 길을 물어보는 가당치 않은 접근이 진부하기 짝이 없다. 어처구니없어하는 그녀의 표정은 백번 옳다. 결국 돌아온 대답은,

"저도 몰라요."

질문의 호흡이 채 끊기기도 전에 단호한 그녀.

낯선 곳에서 길을 잃어 목적지를 찾으려던 나의 질문을 그대로 받아들였다면 전화기로 슬쩍 한번 검색이라도 해줬을

텐데. 길을 찾는 일을 비롯한 모든 의문의 답을 찾는 일이 뻔하게 쉬운 시절이다보니, 나의 질문은 명분을 잃었다.

특수한 목적을 갖고 지구촌의 불모지에 가지 않는 이상 가득 충전된 스마트폰으로 4G나 5G로 통신만 빠르게 잡힌다면 두려울 것이 없다. 많은 영화에서 등장인물이 칠흑 같은 숲에서 죽는다. 살인마에 의해 죽지 않는 이상, 길을 잃어 죽는다. 그런데 요즘에는 길을 잃는 장면에서 대부분 스마트폰의 배터리가 거의 다 되어 깜빡이다가 주인공의 절규와 함께 전화가 꺼진다. 길을 잃어 굶어죽었다거나 마실 물을 찾지 못해 죽었다는 말보다 스마트폰의 배터리가 다 되어 죽었다고 말하는 편이 더 설득력이 있다. 배터리가 다 되었으니 길도 못 찾고, 도움을 청할 전화 한 통 못해 죽음을 맞는 것이다. 즉 낯선 곳에서 스마트폰이 없거나 방전이 된다면 죽음을 기다리는 수밖에 없다.

길을 잃어서가 아니다. 내가 어디 있는지를 잃었기 때문이다. 전원이 켜진 스마트폰의 내비게이션 속의 나. 지도 속의 주체, 파란색 역삼각형 혹은 지도 위의 작은 원이 바로 지도 속의 내가 된다. 내가 세상의 중심이다. 나를 기준으로 동서남북이 재설정되기까지 한다. 만약 핸드폰 배터리가 없거나 나처럼 아예 전화기의 네트워크가 끊겨버렸다 치자. 전화가 끊기는 순간 나의 표시가 사라지니, 이 공간 속의 내가 사라진다. 죽음을 기다리거나 혹은 운이 좋다면 누군가를 찾아 길을 묻는 '모험'을 하는 수밖에 없다.

전원이 꺼진 스마트폰, 네트워크상의 좌표를 잃고 단절된 상황은 르네상스에 원근법이 등장하기 이전의 모습과 같다. 원근법 이전의 시대, 즉 기하학적인 투시법이 존재하기 이전, 앞뒤가 없었던 시절의 회화는 그림 속 주인공이 중심이 되었다. 그 주변은 그저 주인공을 떠받쳐주기 위한 배경과 같은 장소, '플레이스place'였다. 먼 거리와 가까운 거리가 그림 속에 존재하지 않기 때문에 주인공이 어디에 있든지 그곳이 가장 중요한 곳이 되었다. 그 주변의 공간과 인물들은 그를 돋보이게 하기 위해 덧붙여졌고, 주인공은 한껏 미화되었다. 앞뒤 상관없이 주변에 마구잡이로 배치된 인물들로 인해 그림을 보는 각자의 해석도 무척 자유롭다. 때론 그가 신을 대신한 사제일 수도, 아니면 신 자체일 수도 있는 것처럼 말이다.

그렇게 앞과 뒤가 명확한 원근법이 존재하기 이전의 그림 속은 상대적인 공간이 된다. 즉 '플레이스'로서의 '공간'. 플레이스 속의 주인공은 얼마든 과장되고 '뻥'이어도 상관없었다. 그림 속 위치로 봤을 때 훨씬 더 뒤에 있는 사람일 텐데도 앞에 있는 그 누구보다 얼굴이 더 크게 그려져 있다. 상관없다. 원근법 이전의 공간은 어차피 주인공이 모든 이야기의 주체니까 말이다. 아이러니하게도 그림 속에 논리적 앞뒤 공간이 없다보니, 앞에 놓여 마땅히 주인공이어야 할 것 같은 이가 중심 인물인지 아닌지도 확실하지 않다. 그래서 누가 더 주인공이

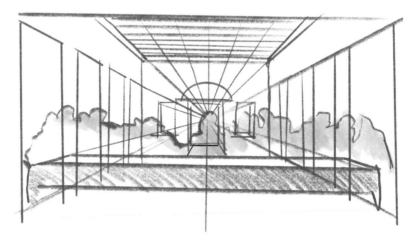

다빈치의 〈최후의 만찬〉. 원근이 고려된 공간에서는 누가 주인공인지,
관람자의 시선이 어디로 향해야 하는지가 분명히 드러난다.

고 덜 주인공인지 줄줄이 저마다의 해석도 다양하다. 이처럼 공간이 논리적이지 못한 시절, 스마트폰이 꺼진 듯 GPS 정보가 정확하지 않은 시절에는 인물들의 배치가 뒤죽박죽이어서 주인공도 모르는 온갖 이야기가 난무한다. 원근법 이전 시절 대부분의 그림이 신화가 되어 구구절절한 사연이 따르는 것도 바로 이 때문이다.

르네상스 시대에 와서 인간이 원근법이라는 기술을 발명하고 회화에 도입하자 공간은 논리적으로 쪼개졌다. 사람들은 멀리 있는 것은 작게, 눈앞에 있는 것은 크게 그리기 시작했다. 전원이 들어온 핸드폰처럼 GPS를 통해 등장인물들의 위치가 사실에 입각해 배치되었다. 좌표 속의 소실점을 통해 저 멀리 내 시선과 함께 점이 되어 사라지는 공간이 구성되기 시작했다. 우리에게 익숙한 상식적이고 객관적인 좌표를 보이는 공간이 그림 속에 존재하기 시작한다. 그래서 그림을 바라보는 시선은 오로지 작가의 눈이 중심이 되거나 혹은 그림을 정면으로 감상하는 사람이 주체가 된다. 주체는 오직 하나다. 함께 나란히 서서 작품을 볼 수 있더라도, 작가의 시선과 같이 정면에서 바라보는 사람들의 시선만이 원근법을 따라 그림을 옳게 바라볼 수 있는 유일한 눈이 된다.

더 객관적인 원근법이 적용된 공간은 상대적인 장소 '플레이스'와 달리 모두가 수긍할 수 있는 논리적 공간, 즉 '스페이스'라고 할 수 있다. 어디가 앞이고 어디가 뒤인지 시간과 공간이 명확하게 드러난 공간이 생겨났다. 그렇게 객관적인 공간에 놓인 그림은 요소마다 누군가의 질문에 답할 수 있을 만큼 객관적인 이야기를 담고 있어야 했다. 저기 멀리 있는 이는 누구이며, 왜 거기에 있었는가? 그림 속 원경에 존재하는 인물은 근경에 있는 주인공에게 오기 위해 더 긴 시간을 소비해야 한다.

그래서 원근법의 등장 이후 그림에는 공간뿐 아니라 시간의 흔적도 담기기 시작했다. 예술가는 더욱 객관화된 정보를 가져야 했고, 논리적 공간을 통해 보다 옳은 이야기를 하는 것이 회화의 소임이 되었다. 원근이 더 올바르기 위해선 수학자와의 대화가 필요했고, 보다 객관적인 이야기를 담기 위해선 사학자의 조언도 절실했다. 더군다나 대중을 감동시킬 드라마로 이야기를 꾸미기 위해선 시인들의 감정을 얻어와야 했다. 논리적인 원근이 존재하는 공간처럼 내가 객관적인 눈을 갖게 되는 순간, 즉 내가 구글맵처럼 GPS 좌표 위의 역삼각형 꼴이 되는 순간 주변의 것들은 더욱 객관성을 얻고 논리적인 이야기들을 갖춘다. 내가 어디 있는지를 명확하게 알게 되니 길을 잃고 배회하거나 냉랭한 타인에게 길을 물을 필요도 없다. 화면 속 세상은 나를 중심으로 재배열된다. 나의 우측은 동쪽, 좌측은 서쪽. 동서남북은 르네상스 원근법의 등장과 더불어 '우리', '너'와 '나'는 객관적 공간에 놓인 '주체'가 되기 시작했다. 그림 속의 채색된 '그'가 내가 아니더라도 그림 앞에서 바라보

딴생각

는 '내'가 그림 속의 앞과 뒤를 친절하게 설명받는 주체가 된다. 원근법이 등장한 이후 그림이 기록의 역할을 하게 된 이유도 바로 이 때문이다.

그리고 다시 오늘.

이제 우리는 네트워크를 통해 한 발, 아니 두세 발을 앞서 더욱더 첨예해지고 객관화된 공간 속에 이동하는 주체가 되어 길을 안내받고 내가 언제 어디에 놓여 있는지를 파악할 수 있게 되었다. 심지어 누군가 마음만 먹으면 내가 어디 있는지를 알고 쫓아올 수 있다. 그렇게 내 손안에 놓인 장치를 통하여 내가 세상의 중심이 되는 것이 당연한 세상. 그렇기에 이 세상에서는 내가 가야 할 길을 누군가에게 묻는다는 것 자체가 어리

석은 이의 술수에 지나지 않는다. 이처럼 원래 인간은 내가 놓여 있는 공간이 통제가 불가능해질 때 공포를 느낀다.

기절했다가 눈을 떠보니 키 큰 나무가 빼곡히 에워싼 이름 모를 어느 해변에 있다고 해보자. 어디가 부러졌는지 꼼짝할 수도 없다. 이렇게 인적조차 없는 미지의 섬에 누워 있는 영화 속 주인공을 상상해보라. 주인공이 어디인지도 모르고 빙글빙글 헛도는 바다 혹은 숲, 좌표를 알 수 없는 공간에 놓이는 순간, 모두는 긴장한다. 당장 덤벼들어 주인공의 목덜미에서 피를 뽑아낼 좀비에 대한 두려움도 아니고 당장 하늘이 무너질 것 같은 공포도 아닌데 말이다. 단지 미지의 공간에 놓인 자신이 두려울 뿐이다. 지금이 언제이고 여기가 어디인지를 알 수 없는 시공간을 마주하는 순간 모두는 진정한 두려움에 휩싸인다. 왜냐하면 그건 공간공포, 즉 좌표의 문제이기 때문이다. '공간'과 '시간'에 대한 느낌은 경험 이전의 감각이기 때문에 낯선 공간은 너도나도 무서워한다.

그래서 지도나 나침반을 손에 쥐어야 죽지 않을 거라는 믿음이 생겼다. 심지어 왕과 같은 역사적 권력자들도 자신의 시선이 미치는 넓은 좌표를 통해 자신의 권력을 확인했다. 궁궐과 성을 도시의 중간에 놓고 호사스러움으로 인해 타락한, 백성의 안위에는 무관심한 이들일수록 알량한 권위에 더 집착했고, 이에 의지하기 위해 원근법의 소실점을 활용하여 스스로 심리적 만족을 찾아냈다. 그래서 마리 앙투아네트의 세상

딴생각

에서 가장 화려한 베르사유Versailles의 정원도 테라스에서 바라
볼 때 저멀리 소실점이 내 시야에 전부 들어차도록 설계했다.
그 초월적인 규모 위에 얹어진 호사스러움, 그리고 사람의 소
실점에 맞닿을 때까지 정확히 연장시킨 그 공간이 보여주는
드라마는 실로 대단하다. 매일 아침 테라스로 나온 권력자는
자신의 소실점을 통해 자신의 절대적인 권력이 저 광활한 지
평선과 맞닿아 있음을 확인하며 안도한 것이다.

한편, 선글라스를 끼고 시험 감독관으로 등장한 고등학교 시절의 권위자 체육 선생님이 떠오른다. 마리 앙투아네트 같던 선생님은 늘 시험지를 나눠주고선 교실에서는 가장 높은 곳인 교탁 위에 올라앉았다. 날도 흐린데 시커먼 라이방을 쓰고 우리를 내려다보며 선생님이 말했다.

"오늘은 특별히 커닝은 얼마든지 해도 된다. 친구의 답안지를 베껴도 좋고, 친구에게 큰 소리로 대놓고 답을 물어봐도 좋다. 단, 나와 눈을 마주치는 녀석은 최소 사망이다. 다시 한 번 말하지만, 커닝은 해도 좋다. 맘껏 말해도 좋다. 나랑 눈만 마주치지 마라."

선생님의 전략은 우리를 꽁꽁 얼게 했다. 커닝을 하려면 선생의 눈치를 봐야 하는 것은 당연한 일이다. 다 같이 손발을 맞춰서 성적을 올리려면 감독관의 눈치를 살펴 수신호를 5G 정도의 순발력으로 쏴야 한다. 그러려면 선생의 좌표를 눈으로 확인해야 하는데, 그 눈치를 살피는 순간 내 눈은 선생님의 것과 마주칠 수밖에 없다. 교탁 위에 높게 걸터앉은 선생님의 으름장에 우리는 좌표를 잃었고, 그의 시커먼 선글라스에 우리의 수신호는 제로가 되었다. 숲속에서 길을 잃었을 뿐만 아니라 길을 물어볼 사람조차 없는 것과 다를 바 없다.

'망했다.'

나의 좌표를 잃고 낯선 공간에 갇히는 순간 우리는 목숨이 위태로운 상태에 이른다. 교탁 위에 걸터앉은 라이방 즉 마

딴생각

리 앙투아네트의 소실점이 미치는 권위에 눌려버렸다. 덕분에 나의 중간고사에 걸린 목숨은 위태로워졌다. 답안지는 그냥 모조리 찍어내려가는 수밖에 없었다. 2번 혹은 3번을 번갈아가며…… 어느 무인도 혹은 숲속에서 '길을 잃는 것'과 마리 앙투아네트 시험 감독관 선생님의 '선글라스'처럼 내가 어디에 놓여있는지를 찾지 못할 때 우리는 공포를 느끼게 된다. 무엇보다 공포스러운 것, 아니 삶을 그냥 포기해야 할 것 같은 상황은 다름 아닌 스마트폰의 배터리 상태가 붉은색으로 바뀌거나 배터리 아이콘이 깜빡일 때다. 모든 것을 잃는 것과 같은 불안을 느끼기 시작한다. 마침내 전화의 화면이 꺼지는 순간, 세상의 중심인 나라는 존재가 사라지는 것과 같은 두려움을 느끼게 된다. 좌표를 잃기 때문이다. 하지만 이 매정한 방전 때문에 화면이 꺼져버리거나 세상의 네트워크와 단절되는 순간이 올지라도, 칠흑같이 깊은 숲속만 아니라면 배터리의 재충전 없이도 네트워크의 신호 없이도 세상과 이어진다.

한남동 어느 횡단보도에서 네트워크 신호가 없어 길을 잃은 나는 내 옆의 누군가에게 길을 물어야 했다. 안타깝게도 단번에 도움을 거절당했지만 나의 부탁과 그녀의 거절을 통해 우리는 사람의 교감을 이어냈다. 그녀는 내 덕분에 그 미술관의 이름을 한동안 잊지 않을 것이다. 학창시절의 우리는 마리 앙투아네트 선생님의 방해 공작으로 커닝 네트워크를 완전히 잃어버렸으니 미리미리 공부해 정직한 답안을 작성하는 일이 최선의 방법임을 알게 되었다. 신촌역 4번 출구에서 5분 이상은 기다리지 않겠다고 엄포를 놓았기 때문에 내 친구는 네트워크와 단절된 나를 놓치지 않기 위해 심장이 터져라 달려가야 했다.

이제 다시 명확해졌다. 나의 질문은 충분히 타당했고, 순수하고 의미 있는 질문이었다는 것이 말이다.

다시 한번 묻겠다.

"저기, 이 근처에 ×××미술관이 있다고 들었는데 어떻게 가야 하는지 알 수 있을까요?"

시계

어느 날 아이가 내 시계를 보더니 그런다.

"아빠 이거 ××× 시계 아니야? 스위스에서 만든 거."

그때 난 쭈그리고 앉아 시계에 밥을 주고 있었다. 아이의
의문은 비싼 시계인데 왜 매번 찰 때마다 흔들어서 밥을 주는
건지 이해가 안 된다는 거다. 게다가 옆에 있는 카시오 시계와
비교하면 스톱워치도 안 되지, 알람도 안 되는데 왜 그런 묵직
한 시계가 비싼 건지 아이는 도저히 이해하지 못한다. 그래도
할아버지에게 물려받은 시계라 덧붙이니, 오래된 것이지만 여

전히 멋있다며 오히려 화려한 요즘 시계보다 오래된 시계가 주는 느낌이 묵직하고 단순해 보여서 좋은 것 같단다. 오래되었는데도 멋진 것들이 요즘 눈에 제법 띈다나. 그러면서 한마디 덧붙인다.

"근데 아빠, 오래된 건데 왜 더 멋질까? 오래되면 못 쓰고 쓸모없는 것들이 많을 텐데 왜 어떤 건 오래되었는데도 더 멋질까?"

멈췄던 시곗바늘을 다시 제시간에 맞추기 위해 바늘을 반대로 돌리니 아이가 다시 한번 놀랐다. 난생처음으로 시계가 거꾸로 가는 모습을 보게 된 것이다. 아이는 시계의 바늘이 뒤로 돌아갈 수도 있다는 사실을 몰랐다. 바늘은 오로지 시계방향으로만 돌아가는 장치라 생각했다. 한동안 손목에 차지 않아 멈춰버린 시곗바늘을 거꾸로 돌리는 순간 시계는 타임머신이 되었다.

얼마 후 내친김에 스티븐 스필버그의 영화 〈백 투 더 퓨처〉를 아이에게 보여줬다. 세상에 나온 지 한참 된 고전영화지만 시간에 관한 번뜩이는 상상력은 아이에게 또다른 흥분을 안겨주었다. 내가 몇십 년 전 처음 〈백 투 더 퓨처〉를 봤을 때만 해도 2015년이란 시간은 결코 내 곁에 오지 않을 것만 같은 아득히 먼 미래였다. 당시 영화를 통해 바라본 미래의 2015년은 모두에게 비현실적인 공간이었다. 내 아이에게 이 영화를 보여준 2019년의 그날은 2015년으로부터도 벌써 몇

딴생각

년이나 지나버린 뒤였다. 이 영화가 몇십 년간 계속해서 회자되는 것은 당시 모두가 허무맹랑한 상상이라고만 여겼던 것들이 실제로 2015년에 상당 부분 현실이 되었기 때문이다. 터치스크린, 지문인식 시스템, 3D 영화 등, 영화 속 몇 개의 기술은 이미 낡은 기술이 되어버렸다. 멀게만 느껴졌던 미래가 깜짝할 사이 이미 내 곁을 지나 과거가 되어버렸다. 오늘의 기술이 주는 선물은 포장을 채 뜯기도 전에 이미 낡은 것이 되어버린다.

●

언제인가부터 모두가 열심히 또다른 내일을 쫓다가 점점 지쳐가기 시작했다. 디지털 피로 때문이다. 바꾸고 업데이트하고 업그레이드하다보니 뭔가 허무해졌다. 앞으로 가기보단 오히려 뒤를 돌아본다. 카메라는 나날이 해상도가 높아지다 못해 쓸모와 아무 상관이 없을 정도로 화소 수가 커져버렸다. MP3라는 편리한 디지털 음원이 등장하더니 더 나은 음질을 자랑하는 새로운 포맷들까지 등장하기 시작했다. 결국엔 인간의 가청 범위를 넘어서 수치상으로만 치열하게 경쟁한 지 오래다. 고해상도 카메라가 넘쳐나는 세상이지만, 내겐 결국 필름카메라 하나면 충분하단 걸 알게 되었다. 내 귀로 알아차리지도 못할, 쓸데없이 큰 사이즈의 음원 파일은 저장공간만 잡아먹는다는 걸 깨달았다. 뭐든 필요한 만큼만 있으면 된다는 각성이 일어난 것이다. 음악을 듣고 사진을 찍는 일의 과정에 사람들이 의미를 두기 시작했다. 번거로운 수동카메라를 들기 시작했고, 가수들은 다시 음질이 떨어지는 LP판에 녹음하기 시작했다. 필름카메라는 다시 가격이 오르기 시작했고 LP판을 재생할 턴테이블이 재생산되기 시작했다. 장치의 삐걱대는 번거로움에도 불구하고 요즘 들어 옛날의 제품들을 찾아 모으는 사람들이 늘고 있다.

마니아들은 오래된 것을 찾는다. '빈티지'라면서 최소 삼십 년 전의 물건을 모은다. '그땐 그랬지'라는 이야기를 찾으면서 특별함을 부여한다. 사람들은 왜 옛것을 좋아하는가? 자동차도 시간의 무게를 버티지 못하고 덜그럭덜그럭거리는 '클래식'카가 되지만 많은 이들의 사랑을 받는 특별한 물건이 된다. 턴테이블에서 자동차에 이르기까지 시간이 지난 것들, 성능으로 치자면 자랑할 게 하나 없는 것에 대한 사람들의 욕구 또한 만만찮다. 하루가 다르게 변하는 '신제품'의 시대와는 완전히 다른 방향으로 향하고 있다. 이유는 단순하다.

옛것이 사랑받는 이유는 바로 '진짜 물건답다'는 데에 있다.

과거의 제조업은 지금처럼 무한 경쟁 구조가 아니었다. 인터넷 시대인 지금과는 다르게 유통 구조가 단순했고 경쟁자도 지금처럼 많지 않았다. 그래서 몇 개 안 되는 메이커끼리의 경쟁에서 살아남을 수 있는 방법은 보다 나은 물건을 만드는 일뿐이었다. 혼신의 힘을 다해 좋은 물건을 만드는 것이 시장 경제에서 살아남는 방법이었다. 고집스럽게 장인정신을 발휘하는 것이 그 기본을 갖추는 길이었다. 유통 구조 같은 것이 단순하니 그런 시장 상황에 머리 굴릴 필요 없이 원가에 크게 상관없이 그저 튼튼하고 오래가는 물건을 만드는 데에만 집중했다. 만약 당시의 물건을 그대로 지금 다시 제조한다면 천문학적인 비용이 발생한다. 그래서 만듦새 하나만큼은 한 땀, 한 땀 장인의 손길을 거쳤던 그때를 쫓아갈 수가 없다.

오늘날에는 하루에도 몇백 개씩 탄생하는 새로운 메이커들과 경쟁하기 위해서 남들보다 싼 비용으로 생산하여 남들보다 좋은 가격으로 시장에서 경쟁해야 한다. 그러다보니 두고두고 오랫동안 쓸 수 있는 진짜 '물건다운' 물건을 위한 기획 자체가 축소되었다. 요즘에는 최신 화질과 최신 소프트웨어와 펌웨어를 갖추면 그게 좋은 물건이다. 거기다가 대부분 마르고 닳도록 오래 쓸 생각은 없으니까 말이다. 스마트폰이 못 쓸 정도로 오래돼서 바꾸는 게 아니라 새것이 나왔으니 바꾸는 것과 같다. 그래서 새것을 찾다보면 회의가 든다. 오랜 시간을 버틸 만큼 견고한, 조금은 무겁고 조금은 느리지만 여전히 작동되는 그때의 것이 더 좋다고 느낄 수밖에 없다. 여전히 많은 사람이 40년도 더 된 독일제 라디오를 찾고, 50년도 더 된 이태리산 자동차를 보며 엄지를 치켜세우는 이유다. 오래 남길

생각으로 물건에 특별한 의미를 두는 유럽인들을 위하여 타협 없이 고집스럽게 만든 덕분이다.

옛것을 찾는 또다른 이유는 우리가 살아온 시간에서 찾을 수도 있다. 인간은 더 나은 환경을 끊임없이 갈구한다. 더 넓은 집, 더 나은 조건의 직장. 우리는 나은 환경을 쟁취하기 위해 끊없이 노력한다. 그것이 행복을 추구하는 길이라고 굳건히 믿으면서 말이다. 하지만 안타깝게도 인간이 더 나은 환경을 통해서 행복을 개선할 수 있는 확률은 10퍼센트 미만이라고 한다. 나머지 90퍼센트의 인간은 끝없는 쟁취를 통해 마침내 원하는 환경을 갖췄다고 할지라도 금세 그 환경에 적응하고 다시 더 나은 행복이 어딘가에 있을 거라는 착각을 끊임없이 반복한다는 것이다. 결국 아무리 나아가고 바꾸려 했음에도, 심지어 예전에 자신이 원했던 환경에 놓여 있더라도 개선된 환경에 재빠르게 익숙해지고, 그 반복됨으로 인해 허무함에 빠지고 만다. 크고 좋은 새 텔레비전을 거실에 들이면 처음에는 '와, 영화관 같다!'며 감탄하다가도, 적응하기가 무섭게 더 큰 텔레비전을 들여놓아야 할 것 같은 기분이 드는 어떤 욕망처럼 말이다.

문득 지난 것들을 돌아보면 발전과 유행을 계속해서 좇아야 하는 소모적인 세태에 대한 피로감이 밀려온다. 전진하는 대신 뒤를 돌아 그때의 기억을 더듬고 그때 듣지 못한 이야기에 귀를 기울이게 된다. 어느 순간부터, 비록 느리지만 앞으로도 변함없이 느리게 작동할 것들의 진득함에 기특함을 느끼는 것이다. 또한 사람은 나이가 들수록 다양한 실패와 좌절을 통해 많은 것을 염세적으로 받아들이기 쉽다. 반면 오래전 내린 청춘의 결정은 용기 있고 신속했기 때문에 특별하고 완벽한 형태의 기억으로 소환된다. 한 살이라도 더 어렸던 시절, 무신경하게 수용했던 모든 것들에 특별한 의미를 부여하는 것. 이것이 일반적으로 과거를 달콤하게 추억하는 원리다.

우리 모두는 첫 경험이 주는 특별함에서 헤어나오지 못한다. 없던 시절 처음 원하던 것을 갖게 되었을 때의 만족감은 나만 느낄 수 있는 것이라는 생각이 들 만큼 신험하기까지 하다. 난생처음의 사랑은 이루어질 수 없는 자연의 법칙이기 때문에 '첫'이라는 수식어구가 붙는다. 첫사랑이 가장 좋았고, 그 시절의 추억이 좋았던 건 그때의 감정이 순수하고 무모했기 때문이다. 훗날 누구를 만나더라도 첫사랑과 비교하는 순간 감정은 쉽게 식어버리는 것도 같은 이유에서다. 그래서 지난 시간은 한번 더 특별해지고 더 빛이 난다. 당시 모든 판단의 기준은 책임져야 할 것들이 발생하기 이전인, 오롯이 '나'를 중심으로 한 결정뿐이었기 때문에 더욱더 힘이 실린다. 그 기억은 다시는 오지 않을 거라고 확신한다. 현재의 시간은 수많은 이해관계에 얽히거나 속세에 찌들어버려 진짜 나는 이미 사라졌다고 느끼기 때문이다. 그래서 우리는 지난 것들을 더 미화시켜 추억하고, 오래전의 나를 보면서 그게 진짜 나라고 착각한다. 두

들기면 내 진짜 이야기가 줄줄이 나올 것만 같다. 그래서 신비롭게도 우리는 오랜 이야기를 잊지 못한다. 그리고 그 공간에 놓여 있던 수많은 물건을 더욱 사랑하게 된다. 말없이 그 시간을 함께 버텨준 물건들. 비록 더 느리고 불편할지라도 말이다.

•

다시 시간이다.

빠르게 달라지는 시간 속에서 나를 잃어가기에 진짜 나를 찾기 위해 오랜 라디오를 찾고 오랜 이야기가 담긴 물건에 애정을 부여한다. 오래된 것을 사랑하는 건 오래된 물건 속엔 각자의 이야기 각자의 시간이 담겼을 것이라는 특별한 기대 때문이다. 옛것을 변함없이 사랑하고 지나치게 빠른 요즘의 것에 쉽게 휩쓸리지 않는 것이 바로 유럽 문화에 꿋꿋이 존재하는 고집 중 하나이다. 그래서 유럽인들은 오래된 것, 아버지로부터 물려받은 것, 할머니가 쓰던 것에 특별한 의미와 자기만의 이야기를 부여한다. 한마디로 이들은 언제나 물건에 의미를 부여하기 때문에 제조자는 더욱 혼신의 힘을 다해 물건다운 물건을 만들어야 한다. 그렇게 만들어진 하나하나에 내 가족만의 이야기가 담기므로 아버지에게 받은 시계는 내게 더 특별한 시간과 공간을 기억하게 해준다. 할머니가 앉아 있던 흔들의자는 더욱 고독해지고 할아버지가 쓰시던 안경은 마치 할아버지가 아직 살아 계신 것처럼 늘 그 자리에 가지런히 놓여 있기에 각자의 시간을 간직하게 된다.

이탈리아의 초등교육 과정중에는 각자의 시간을 가르치는 고집스러운 방법이 있다. 우리는 시곗바늘을 보며 시간을 읽는 법, 시간을 앞으로 뒤로 돌리며 시간을 계산하는 법을 산수 시간에 배운다. 시간은 복잡한 셈의 일부니까 수학 문제로 간주한 것이다. 그런데 이탈리아의 초등학생들은 독특하게도 시계 보는 법을 역사 시간에 배운다. 역사 선생님이 흑백의 사진을 들고 아이들에게 묻는다. '여기가 어디일까요?' 아이들은 제각각 상상력을 발휘하여 대답한다. 하지만 선생님이 들고 온 사진은 40년 전, 지금 역사 시간에 앉아 있는 아이들이 오늘 아침에 걸어온 학교 앞길의 모습이다. 가로수는 40년이 흐르는 동안 훌쩍 자라 시원한 그늘을 만들어주는 나무가 되었고 사진 속의 당당한 꼬마는 지금 사진을 모두에게 보여주고 있는 선생님이 되어 있다. 40년 전의 이곳과 지금의 이곳. 그러니깐 모든 역사는 역사 선생님 앞에 옹기종기 모여 있는 아이들로부터 시작된다. 태초의 인간이 존재했고, 곰이 마늘과 파를 먹고 사람이 되었다는 까마득한 역사 대신, 역사와 시간은 지금 이 순간을 살아가는 '나'를 기준으로 존재한다는 이야기다.

그렇게 시간은 각자의 역사를 위해 존재하기에 아이들을 시간의 세계로 초대한다. 그리고 시간을 헤아리는 계산의 문

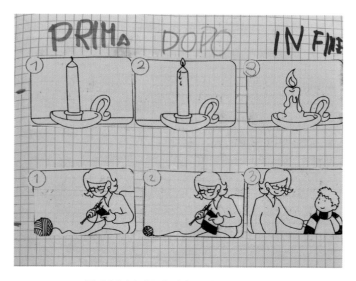

미켈레의 역사 수업 공책: 시간은 수학이 아니라 역사다.
바라보는 초가 녹고 촛불이 꺼지고 엄마의 오늘의 뜨개질이 내일의 목도리가 된다고 설명한다.
시간은 바라보는 대로 각자에게 흐른다.

제는 그 이후의 이야기가 된다. 그리고 지난 40년을 40번의
봄·여름·가을·겨울로 나누고, 그렇게 계절에 생겨난 과일
과 꽃을 이야기하고 다시 각자의 1년을 12개의 달로 나누고,
다시 하루하루로 나누고, 시간과 분으로 세월을 나눈다. 여전
히 나를 기준으로 말이다. 그러니 역사는 나로부터 시작되고
시간은 나를 기준으로 흐르며, 각자의 시간이 합쳐서 거대한
역사가 된다.

딴생각

40년 전에는 키가 작았던 가로수도 이야기를 가지고 있고 40년 전 사진 속의 꼬마가 훗날 어떤 사람이 되어 있을지 아무도 상상하지 못했듯이 모든 작은 것 하나하나에 시간과 이야기가 있다.

철학자 베르그송은 체험하는 시간, 각자의 시간이 진짜 시간이라고 말했다. 지긋지긋하게 멈춘 듯한 회의실의 시곗바늘보다 연인과 대화를 나눌 때의 시계가 더 빠르게 흐르듯, 시간은 각자의 체험을 거칠 때 진귀한 이야기가 된다는 말이다. 사과가 땅에 떨어지는 걸 과학의 시선으로 바라보게 되면서 인간의 과학에 혁명을 가져왔다. 즉 시간을 수학적으로 정확히 계산해내는 일과 마찬가지였다. 과학적 의심과 사고로 하루가 너무나 빠르게 바뀌는 게 오늘이라면, 이런 건 어떨까? 사과를 보며 뉴턴처럼 과학적으로 의심하는 대신, 그저 때가 되어 시간의 무게를 버티지 못한 내 정원 안 사과의 시간을 헤아려본다면? 객관적이고 과학적 시간 속에서는 나의 할머니는 이미 내가 사는 세상을 떠난 지 오래다. 하지만 그건 결코 내 시간의 이야기는 아니다. 왜냐하면 수십 년이 지나도 할머니의 삐걱거릴 줄 모르는 잘 만들어진 의자는 여전히 자리를 지키고 있고, 스위스에서 잘 만든 할아버지의 시계가 내 손목에서 부지런히 작동하는 이상, 할머니도 할아버지도 영원히 내 곁에 존재하기 때문이다. 시간이 각자의 이야기 속에 흐를 때면, 낡아버린 오래된 이야기라 할지라도 누구에겐 생생한 오늘의 이야기가 된다. 마치 백년 세월을 간직한 오래된 물건일지라도 누군가에겐 오늘도 어김없이 빛이 나듯이 말이다.

와인잔

단순빠따의

힘

와인잔은 간결해서 아름답다. 누구도 이의가 없다. 비싼 와인잔은 사람의 입으로 바람을 불어 한 번에 풍선이 만들어지듯이 성형된다. 녹은 유리를 틀에 부어 만드는 일반적인 와인잔과는 디테일이 다르다. 입김으로 한 번에 만들어졌기 때문에 형태가 무척 단순하지만 모든 부분이 유기적으로 연결되어 있다. 한붓그리기와 같은 원리다. 한붓그리기의 규칙은 연필을 종이에서 떼어서도 안 되고 연필이 이미 그어진 선을 다시 지나거나 연필 진행 방향의 반대로 후퇴해서도 안 된다는 것이 전부다. 이런 규칙을 지킨 그림은 복잡하게 그리려고 해도 그럴 수가 없다.

와인이 유럽에서는 격식 없이 편하게 마시는 술이라고 해도 다른 주류에 비해 비싼 건 사실이다. 그리고 고가의 와인으로 갈수록 그 사치스러움은 끝이 없다. 이처럼 호화스러울 수 있는 문화적 배경을 지닌 게 와인이다. 아름다운 와인잔도 와인 문화가 고급화되는 데에 일조했을 것이다. 더할 것도 뺄 것도 없다. 그저 아름답다. 흙덩이를 물레 위에서 돌려 빚는 도자기도 한 번에 빚어 형태를 완성하므로 명품이 된다. 두고두고 봐도 질릴 틈이 없다. 한 번에, 단순하게 빠져나온 형태의 것은 동서고금을 막론하고 예외 없이 아름답다.

우리말에서 '단순'이라는 단어는 우아함과는 조금 거리가 있다. '단순명료', '단순무식'과 같이 활용되는 것만 보아도 어감을 쉽게 알 수 있다. 그래서 '단순' 대신 외국어 '심플 simple'이 자주 사용된다. 심플은 사전적으로 단순과 별다른 차이가 없음에도 불구하고 우아함이나 신속함과 같은 긍정적인 인상을 준다. 단순이라는 단어 자체에도 이처럼 다면적인 특성이 있다. 단순은 결코 단순한 단어가 아니다. 단순해지는 것이 무척 어려운 일이라는 증거다.

와인잔처럼 단순한 아름다움을 구현하는 일은 왜 어려울까?

딴생각

●

독일에서 아이가 한창 축구를 배우던 때에, 봄부터 여름까지 매주 주말 다른 동네와 시합이 있었다. 동네 축구 시합 같아도 매우 진지한 리그다. 잘하는 동네 리그는 후원자를 만나게 되고 프로가 되어, 분데스리가에서 뛸 수도 있다. 만약 영국에 있는 마을이라면 시골 동네 축구팀이 꿈의 프리미어 리그에 가는 거다. 그래서 비록 옆 동네 아이들과의 축구 시합이라할지라도 그 목표가 건강 증진, 여가와 친목 혹은 오락이 전부는 아니다. 축구화를 신은 이상 무조건 이겨야 한다. 아이들의 축구 시합은 룰이 조금 다를 뿐 승부 앞에서는 양보가 없다.

어느 한 경기에서 아이 팀 수비수가 말도 안 되는 상황에서 상대 선수를 밀어버렸다. 아이들 축구라고 해도 이건 뭐 레드카드를 몇 장 받아도 시원찮은 반칙이었다. 심판의 휘슬이 울렸다. 페널티킥!

아이 팀 코치 패트릭이 팀 내에서 가장 키가 크고 믿음직스러운 골키퍼 하네스에게 다가가서 말했다.

"쟤는 페널티킥을 무조건 가운데로만 차니깐 왼쪽이나 오른쪽으로 몸 날리지 말고 가만히 있으면 돼!"

심판은 다시 휘슬을 불었고, 예상대로 상대 팀 공격수는 무척 강하게 공을 찼다. 역시 패트릭은 틀리지 않았다. 공이 골키퍼 정면으로 향했다.

엥?

이런, 골키퍼 하네스가 우측으로 몸을 다이빙해버린 것이다. 공은 가운데로 오는데 텔레비전 속의 멋진 프로 골키퍼 선수처럼 하네스는 우측으로 그림같이 몸을 날렸고, 가운데로 향한 공은 그물을 갈랐다. 그날 경기를 지켜본 사람들에겐 잘못된 방향으로 골키퍼가 점프하는 바람에 점수를 내어준 일반적인 상황이었겠지만, 자신의 말을 듣지 않은 선수에게 코치는 화가 나서 소리를 지르며 길길이 날뛰었다.

"하네스, 내가 가만히 가운데에 있으라고 했잖아!"

경기는 패배했고 하네스의 변명은 단순했다. 가운데로 공이 올 것을 알기는 했지만 뭔가 결정적인 순간인데 가만히 서 있으면 안 될 것 같았단다. 팀의 골키퍼로서 책임감 있게 페널티킥을 막아내는 모습을 보여야만 될 것 같았다는 것이 하네스의 안타까운 해명이었다. 충분히 이해가 갈 법한 상황이다. 실제 프로 축구에서도 그렇다고 한다. 페널티킥 볼이 오는 방향의 확률은 좌측·우측·가운데가 33·33·33 퍼센트로 무척 균등한데, 대부분의 프로 골키퍼들은 절반은 우측으로 아니면 좌측으로 몸을 던진다고 한다(참고로 프로 축구 선수들의 페널티킥은 매우 빠르고 강하다. 따라서 프로경기의 페널티킥 상황에서는 골키퍼들이 공이 오는 방향을 보고 점프할 경우 공의 속도를 따라갈 수 없다. 그래서 공이 발로 차이기 이전에 키커의 발 움직임과 시선으로 예측해 골키퍼는 특정 방향으로 미리 점프한다). 통계 결과에도

불구하고 가운데서 기다리지 않고 좌측과 우측으로 몸을 던지는 것이다.

●

'심플'에 관한 얘기를 하다가 뜬금없이 웬 축구 얘기냐고 할 수도 있지만 이 일화에서도 알 수 있듯 인간은 심플하게 행동하는 것을 불안해한다. 〈놀면 뭐하니〉라는 텔레비전 프로그램 제목처럼 인간은 좀더 생산적이어야 한다는 강박에 시달린다. 가만히 있지 말고 조금이라도 더 움직여야 하고 분주해야 한다. 가만히 있으면 될 일인데, '행동해야 한다'는 강박 때문에 몸을 더 멀리 던진다. 그리고 보기 좋게 환호하는 상대 팀의 승리를 망연자실해서 쳐다본다.

심플하게 행동해야 현명한 결과에 보다 가까워질 수 있다. 형태를 만들어내는 디자이너의 일이든, 결론을 도출해야 할 회의에서든, 우리에게 정말 필요한 것은 지독한 단순함이다. 행동해야 한다는 강박이 효율적이고 우아한 단순화를 어렵게 만든다. 그리고 가만있으면 주목받지 못한다는 사람들의 강박도 단순해질 수 있는 기회를 빼앗는다.

나를 비롯한 디자이너들이 언제나 가장 고민하는 것 또한 '단순화'의 작업이다. 개인적인 차이가 있긴 하겠지만 내겐 새로운 생각을 쥐어짜내는 일보다 생각을 단순하게 풀어내는 방법이 여전히 어렵다. 아무리 내 딴에 단순화를 위해 고민을 했다고 한들, 늘 지적받는 사항은 '너무 조잡하다', '너무 복잡하다', 혹은 '단순하지 않다'는 내용이 거의 99퍼센트에 달한다. 이렇게 심플의 대명사 독일 자동차 회사에서 일하는 디자이너가 접하는 지적사항은 늘 단순함이다. 제발 단순화하라는 명령이 있음에도, 즉 제발 좌우로 몸을 던지지 말고 가운데 가만히 있으면 된다는 간청이 있음에도 불구하고 대부분의 디자이너들은 지나친 열정 때문인지 연필을 든 채 몸을 우로 던지고 좌로 던진다. 열 살짜리 골키퍼 하네스보다 나은 점이 하나도 없다.

행동해야 한다는 강박은 자제하기 어렵다. 단순함이 아름답다는 것은 누구나 익히 알고 있는데 보여줘야 하고, 드러내야 한다는 강박을 억누르는 일이 참으로 어렵다. 자신도 모르게 조잡하고 복잡하게 하고 싶어 안달이다. 발악하지 말고, 안간힘 쓰지 말고, 코치의 주문처럼 가만히 가운데 서 있으면 될 일이다. 그래서 말하지 않는가? 제발 절제하자고. '절제의 미덕'이라는 말이 괜히 있는 게 아니다.

●

단순한 것은 왜 아름다울까?

먼저 인간의 직관을 이유로 들 수 있다. 엄청난 양의 노동이 투입되고 복잡하고 섬세한 기술을 내재하고 있지만 단순명료한 제품의 모습을 보며 그 뒤에 숨은 노동의 양과 노력을 인간은 직관적으로 헤아릴 수 있다. 이 복잡한 것을 모두가 사용하기 편하고, 보기에 편하게 만들어냈다는 것은 아름다움으로 평가받는다. 독일어에 '알레스 아우스 아이넴 구스Alles aus einem guss'라는 말이 있다. 좋은 것은 하나의 틀에서 나왔다는 의미다. 뭐든 좋은 것이라고 인정받는 것들은 명료하고 쉽다는 것이다. 한번에 이해가 가능하고, 부연 설명 없이 그 모습을 읽어내는 게 가능하면 좋은 것이라는 말로 풀이된다.

이탈리아어에는 '스프레차투라sprezzatura'라는 단어가 있다. 어려운 것을 우아하고 완벽에 가깝게 해내는 능력을 의미한다. 즉 문제는 복잡하지만 너무나 쉽고 단순하게 문제를 해결한다는 뜻이다. 예를 들면 복잡하고 어려운 사회적 문제를 관객이 마음 편하게 감상할 수 있도록 하는 예술가의 천재성을 말할 때 스프레차투라라는 단어가 등장한다. 스프레차투라에 이르면 모두가 어려워하는 것을 쉽고 단순하게 쓱쓱 해내는 능력을 보고 '천재적'이라 감탄할 것이다. 그 경지에 이르기 위해선 천재성보다 피나는 노력이 있어야 한다. 그것을 '데코로decoro'라고 한다. 무수히 시도하고 실패하고 또 반복하는 노력을 의미한다. 데코로를 빼놓고서 스프레차투라를 말할 수는 없다. 즉 단순하고 우아한 이해는 누군가의 집넘어린 노력의 산물이라고 예술사에도 드러나 있다.

아름다운 자동차의 표면 아래 수만 개의 부품이 으르렁거리며 자리하고 있는 것과도 닮아 있다. 우리가 읽어내는 아름다움은 그저 매끄러운 표면이다. 하지만 매끄러운 표면 아래 숨어 있는 부품들은 수만 명의 관련 종사자들이 수년에 걸쳐 부단히 노력한 결과물이다. 호수에 우아하게 떠 있는 백조와 다르지 않다. 물에 떠 있기 위해 백조는 물밑에서 쉴새없이 물장구를 쳐야 한다.

심미적인 부분에만 국한되는 것이 아니다. 소통의 문제에 있어서도 마찬가지다. 아인슈타인도 '만약 당신이 그 문제에 대해서 당신의 할머니를 이해시키지 못한다면 당신은 그걸 완벽하게 이해한 것이 아니다'라고 말한 바 있다. 즉 완벽하게 이해했을 때 그 문제는 타인에게 쉽게 설명할 수 있다. 뛰어난 강의로 유명한 이들의 설명은 단순하다. '이해하기 쉽다'는 강의는 가만히 들여다보면 무엇보다 여유롭다. 일단 여유로운 말을 섞기 위해선 강의 앞뒤로 시간적 여유가 필요하다. 그러려면 중요한 내용을 간결하게 설명해야 한다. 그렇게 간결한 설명 덕분에 앞뒤로 빈 시간엔 딱딱한 설명보다 수업과 관련 없지만 재밌는 이야기로 채운다. 강의를 듣는 대부분의 이들도 중요한 내용을 쉽게 소화한 뒤 곁들여지는 유머를 반긴다. 유명한 강의 중 '재미없는' 수업은 찾기 어렵다. 명강사의 수업에 '심각한' 강의는 존재하지 않는다.

훌륭한 운동선수는 언제나 놀라운 기록을 갖고 있다. 운동에는 승부에 대한 기록이 필연적으로 뒤따르니 성적은 어쩔 수 없는 기준이 된다. 기록이 좋은 선수, 골을 많이 넣고 늘 기록을 갈아치우는 슈퍼스타들의 공통점이 하나 있다. 바로 폼이다. 어느 운동 분야 할 것 없이 결정적인 순간에 나타나는 모습은 치명적으로 간결하다. 너무 간결해서 유난히 독특해 보이기까지 한다. 마이클 조던의 슛 폼은 어느 하나 정지 동작이 없다. 일단 튀어오르면 연속되는 동작에 상대의 수비는 한 박자씩 늦게 되어 도무지 막아낼 수 없다. 테니스선수 페더러의 스윙 폼은 마치 고무로 만든 팔처럼 매끄럽게 돈다. 축구선수 호날두의 슛은 과장됨 하나 없이 기본에 충실하기 때문에 달리는 동작부터 공을 차는 순간까지 제대로 골문을 조준하기만 하면 그 속도를 막아낼 수가 없다. 그렇게 해서 놀라운 기록을 세울 수 있을 뿐만 아니라, 막힘없는 동작 덕분에 몸의 모든 관절과 근육에 골고루 힘이 나눠진다고 한다. 그 덕에 오랜 시간 동안 치명적인 부상 한번 없이 경기장을 누빌 수 있었던 것이다. 다치지 않고 오랫동안 기록을 갈아치우니 영원한 슈퍼스타가 된다. 내가 초등학생 때 이미 슈퍼스타였던 선수가 내가 대학생이 되었을 때도 여전히 자신이 세운 기록을 갈아치우고 있었다. 그래서 나와 함께 더 성장한 것 같은 착각으로 더욱더 그의 팬이 된다. 이들은 자신만의 동작에 이르기 위해 누구보다 더 노력을 했다고 한다. 지금도 그들은 여유로운 승리로 경기를 마치고도 축배를 들 틈도 없이 그날 밤에도 어김없이 훈련을 한다고 한다. 끝없는 훈련 덕에 그들의 폼은 더욱 우아해진다. 모두가 느긋해진 밤의 하늘 아래에서 한번 더 '단순'해지기 때문이다.

　우리 사회에도 '단순빠따'라는 우스꽝스러운 단어가 있다. 단순하기 짝이 없는 사람, 즉 눈치 없고 직선적인 사람들을 일컫는 부정적 의미의 단어다. 하지만 비록 그들이 가진 눈치는 빵점이어도 단순한 만큼 그들의 정직함이 뚜렷하다. 그래서 그런 종류의 사람들과 함께 지내는 일은 지나친 감정의 소모가 필요하지 않다는 점에서 오히려 반갑다. 그래서 '단순'은 사람을 가장 쉽게 이해시키는 최선의 방법이다. 두 눈 질끈 감고 딱 한 번만 더욱더 단순해져본다면 사람의 마음을 돌이킬 수 있는 결정적인 말을 건넬 수 있고, 평생토록 기억에 남고 질리지 않는 나만의 꼴을 만들어낼 수 있다. 그래서 단순함은 세상을 구할 수 있는 지혜다. 한 가지 바람이라면 아이와 축구를 같이했던 친구들의 폼도 나날이 간결해지고 있는 것. 이미 훌쩍 커버렸을 꼬마 골키퍼 하네스도 이제는 몸을 좌우로 던질 복잡한 생각에서 벗어났을 것이란 기대를 해본다. 한번 더 단순해져보자고 다짐하고 또 다짐한다. 내일은 모두가 더 단순해진 세상을 그려갈 것이다. 나를 포함한 세상의 디자이너들도.

세탁기

부적합의

환호

독일 주재원으로 근무하는 동안에 쓸 세탁기를 구매한 친구가 있었다. 누군가의 강력한 권유로 중고 세탁기를 샀다. 중고가가 웬만한 브랜드 신제품 세탁기보다 비싼데도 불구하고 독일에서 살면 이 명품 세탁기는 써봐야 한다는 말에, 새것은 엄두가 나질 않아 중고로 구매한 것이다. 그래도 다른 브랜드 신제품보다 10년은 더 쓸 거라는 사람들의 말에 힘을 얻어 중고로 구매했다.

"뭔 중고 세탁기가 이렇게 비싸냐, 하도 밀레Miele, 밀레 해대니까 사긴 했는데, 두고 봐야지 얼마나 좋은지."

그렇게 말하더니 바로 반농담조로 불평을 한다.

"비싼 자동차는 사면 집 앞에 세워놓고 자랑이라도 하고, 명품 가방은 들고 다니면서 이건 내 가방입니다 하고 폼이라도 잡고. 새 텔레비전은 거실에 걸어놓고 누구 초대하면 티라도 낼 텐데, 이건 거실도 아니고 지하 세탁실에 처박아야 할 운명이니 좀 억울하다. 오는 사람마다 지하실을 보여줄 수도 없는 노릇이고."

그래서 내가 이렇게 대답했다.

"그럼 지갑 속에 세탁기 사진을 코팅해서 넣고 다녀, 딸 사진 보여주면서 세탁기 사진도 같이 보여주면 폼 나지 않겠냐."

독일에서 만든, 고장나지 않는 것으로 유명한 세계 최고의 세탁기 밀레에 관한 내 친구와의 이야기다. 독일 슈투트가르트 지역 사람들은 유난히 다른 지역의 사람들로부터 조금은 가혹한 평가를 받는다. 다름아니라 '구두쇠'라는 것이다. 심지어 독일인들끼리도 가격을 깎아달라는 말에 '나 슈바비쉬(슈투트가르트 사람을 일컫는 말)야'라고 말하면 가격 흥정은 종지부를 찍는다. 그 지역 사람들하고는 흥정 자체가 안 된다는 믿음이 사람들 머릿속에 인식돼 있다. 그만큼 그 지역 사람들의 '근검절약'은 대단하다. 그냥 지독한 구두쇠다.

다른 지역사회처럼 이 지역도 이런저런 내놓을 만한 자랑거리들이 많은데 무엇보다 우리가 잘 아는 메르세데스-벤츠, 포르쉐가 태어난 곳이다. 흥미롭게도 이 지역만큼은 명품

탄생의 배경이 자신들의 소비성향과 직결된다고 인정한다. 즉 물건을 한번 사면 천년은 쓰겠다는 결연한 각오가 있기 때문이다. 사실 이런 보편적인 구두쇠 성향 덕분에 독일은 명품 제조의 기반이 되었다. 이들이 제대로 물건을 만들게 된 이유, 메이드 인 저머니Made in Germany가 특별해진 이유는 내가 보기에 크게 두 가지로 나눌 수 있다.

먼저 전쟁에서의 참혹한 패배가 있다. 독일은 군수물자를 생산하는 동안 산업혁명에 가까운 제조업의 기반을 다질 수 있었지만, 패배로 모든 것을 잃었다. 전쟁 후 결핍을 통해 이들은 아껴 쓰는 습관을 배우게 되었다. 언제 어떻게 닥칠지 모르는 또다른 재앙에 대비하는 일의 중요함을 뼈저리게 느낀 것이다. 쓰는 대신 모으는 습관이 이들의 몸에 뱄다. 그렇게 이들은 물건을 구입하고 사용할 때 신중을 기하며 아껴 쓰는 남다른 구두쇠 정신을 습득했다.

다른 하나로, 세계대전 이후 독일은 영국이나 프랑스와 달리 식민지를 가지고 있지 않았다는 점이다. 영국과 프랑스는 일찍이 많은 식민지를 거느리고 있어서, 본국에서 생산된 재화를 식민지에 독점으로 수출하는 부당한 시스템이 형성되어 있었다. 자국 내 소비를 위한 것이 아니라 식민지에 강매하여 부를 축적할 수 있는 구조에 의지했던 것이다. 식민지 시장에 기반한 영국과 프랑스의 시스템은 자국 내 소비를 위한 제품을 제조했던 독일의 시스템과는 '품질'의 측면에서 완전히 다른 구조를 띠었다.

독일은 자국 내에서 사용될 제품을 만들다보니 완벽하게 '사용자'를 위한 물건을 만들었다. 이는 제품의 질에 상관없이 식민지에 물건을 강제로 팔아치울 수 있는 구조를 가진 영국과 프랑스보다 질 좋은 제품을 만들어낼 수 있는 기반이 되었다. 영국과 프랑스는 식민국가들이 독립을 시작하며 자국에 필요한 기술과 제품을 수입하는 데 있어 좀더 나은 품질과 가격을 가진 상품으로 눈을 돌렸다. 이때부터 자국민을 위해 더 좋은 물건을 만들어온 독일 제품은 더욱 힘을 얻어 외국에서 더 많은 인정받았다. 그렇게 독일 제품은 시장에서 잘 팔리기 시작했고, 뛰어난 만듦새 덕분에 한번 사면 백년을 쓸 수 있는 물건으로 인식되었다. '메이드 인 저머니'는 단순히 독일에서 생산되었다는 의미만 담긴 것이 아니다. 그것은 하나의 브랜드이다. 이들이 완벽하게 만들어낸 제품의 높은 가치는 이들의 공산품에만 국한되지 않는다. 독일 제품에 감동한 이들은 독일과 독일인에 대한 환상마저 갖게 된다. 그들이 만든 제품처럼 독일 사람들은 세상에서 가장 '정직하고' '변함없을' 것이라고 말이다.

●

살다보면 친구들이 자랑스러울 때가 있다. 그중 소름 끼칠 만큼 강렬한 인상을 남긴 것은 바로 초등학교 6학년 때 국산품 애용 표어 공모에서 1등을 한 친구의 표어였다.

그 친구의 표어는 강렬하고 비장했다. 심지어는 표어를 만든 친구가 독립투사처럼 보이기까지 했다. 그 표어가 친구의 입에서 낭독되는 순간 내 가슴에는 태극기가 펄럭였고, 무궁화꽃이 활짝 피다못해 내게로 쏟아져내리는 것 같았다. 표어가 얼마나 강렬했던지 애쓰지 않아도 지금도 쉽게 떠올릴 수 있다.

'일제치하 독립운동, 외제치하 국산운동'

지금 봐도 참 기가 막히게 강렬한 문장임은 틀림없다. 거기에 스웨그와 라임까지 기가 막히게 맞췄으니, 참 대단한 문구다. 이 표어가 결국 어디까지 진출했는지는 잘 모르겠으나, 내가 어릴 적 살던 작은 도시의 공식 표어로 채택된 것으로 기억한다.

과거에, 소비자로서 물건을 구분하는 기준은 크게 두 가지였다. '외제'와 국내에서 만들어진 '국산'이었다. 외제는 비쌌고 국산은 쌌다. 수입품은 그냥 비싼 게 아니라 몇 곱절이 더 비쌌으니 국산 대신에 쉽게 외제를 선택할 수는 없었다. 게다가 국산은 '가성비'라고 말하기도 민망할 만큼 수입품과는 격차가 컸다. 한마디로 저가의 '국산'은 몹쓸 물건이고 수입된 고가의 '외제'는 믿고 쓸 물건이었다.

눈부신 경제성장과 함께 국내의 제조업 비중은 늘어나기

딴생각

시작했다. 학생들이 학교에서 왼쪽 가슴에 단 명찰 아래에 '국산품 애용'이라는 글이 적힌 띠를 부착하고 다녀야 했을 만큼 국가적 차원에서 국내 제조업의 부흥을 지원했다. 거리에는 국산품을 쓰자는 현수막이 걸려 있었고 학교에서는 선생님에게 불시에 검문당한 필통 속에 일제 학용품이 들어 있으면 그 친구는 나라 팔아넘긴 을사오적 취급을 받았다. 물론 세상이 바뀌고 한국의 제조업은 놀랄 만한 혁신을 이뤘다. 동시에 중국이란 거대한 제조국가의 문이 열리면서 웬만한 제품은 중국을 통해 생산하기 시작했다.

하지만 지금도 '수입품'이라는 단어는 우리를 혹하게 한다. '수입'이라는 형용사는 보다 고급지고 보다 나은 품질을 약속하는 의미로 쓰인다. 동대문 원단 시장에 가도 청계천 공구 상가에 가도 화장품 가게에 가도 '수입품'이라고 말하는 순간 왠지 어렵게 좋은 걸 구해놓았으리라는 기대가 여전히 마음 한구석을 차지한다. 파는 이들도 '수입'임을 강조하는 모습을 보는 일도 흔한 일이다. 게다가 '독일산'이라고 하면 천년만년 고장 없으리라 지나친 편견을 갖기도 한다.

그런데 아무리 국산품이 좋아지고 한국산 텔레비전과 핸드폰이 세계를 호령한다고 하더라도 하루가 다르게 팽창하는 시장 상황에서 그 당시 '수입품' 같은 명품이 나오기는 힘들 것이다. 오늘 산 제품이 내일이면 구닥다리가 되어버리는 요즘이라, 내가 산 물건이 명품임을 느낄 수 있기 전에 이미 폐기되고 말기 때문이다. 내 품에 끼고 있을 수 있는 시간이 너무 짧다.

명품의 역사는 '곰'과 같다. 각고의 인내는 진화를 거듭한다. 백년대계를 위해선 천년을 버티는 공간이 필요하고 천년을 버텨내는 공간을 만들어주길 기대하는 우리가 되어야 한다.

지난번 서울 어느 거리의 오래된 건물에 '경축' 포스터가 크게 걸려 있는 모습을 보았다. 버스를 기다리며 건너편에 있는 그 포스터를 가만히 들여다보았다. 대체 뭘 축하하길래 저런 큰 현수막을 건물 전면에 걸쳐 걸어놨는지 궁금했다. 지은 지 몇 년 안 되어 보이는 건물이 무슨 심사에서 안전 어쩌고저쩌고하길래 대충 짐작하길 '아 무슨 평가를 받았는데 좋은 검사 결과가 나왔나보다' 했다.

그런데 이런, 다시 들여다보니 그게 아니었다. 반대였다. 그 건물이 '부적합' 판정을 받아 재건축을 할 수 있게 되었다는 것을 축하하는 포스터였다. 추측건대 끽해야 20년이나 된 건물일까 싶었는데 말이다. '우리는 돈방석에 앉을 수 있게 되었으니 다 같이 희망찬 미래를 축하하자'는, 건물주와 조합원들의 자축이었다.

주거용 아파트건 상업용 건물이건 재건축을 할 수 있는 자격이 갖춰졌다는 것이 축하할 만한 일이 되었다. 게다가 당장 무너질 것처럼 연출하느라 일부러 칠을 벗겨낸 흔적이 역

딴생각

력해 보이기까지 했다. 그렇게 이 건물은 '불량품'으로 인증받았다. 더 안타까운 것은 '부적합'이라는 이 불명예를 현수막까지 걸어 '경축'할 수 있는 이들의 당당함이다. 20년 후에는 철거되어야 하는 게 마땅한 건물의 운명이라면, '단명'하는 건물, 엉터리 건축으로 판정 받은 일을 축하까지 받을 수 있으니 건축가도 시공업체도 최선을 다해야 할 이유가 없다. 그 공간에 살아가는 사람들도 꿈을 이루기 위해 오랫동안 그 공간에 남아 있을 이유가 없다. 사람을 생각하고 더 나은 공간을 위해 건물을 짓는 것은 허황된 꿈에 불과하다. 수년 전 엉터리로 지어져 무너진 백화점 아래에 천 명의 목숨이 사라졌고, 등굣길이던 다리가 끊어져 고귀한 이들을 잃었다. 속속들이 또다른 변명이 있을지도 모르지만, 다 마찬가지다. 20년만 버티면 된다는 생각은 모든 재앙을 일으켰고, 앞으로도 마음을 놓을 수 없다.

●

톨러런스tolerance, 영어로는 허용치, 공학 전문용어로는 공차라고도 쓴다.

예를 들면 공장에서 자동차 문짝을 조립하는 과정은 일일이 수작업으로 진행한다. 무거운 문짝이 모든 안전장치와 맞물려 조립되는 일은 생각만큼 쉽지 않다. 그래서 독일제 대형

세단들 같은 경우엔 아예 맞지 않는 부품인 것처럼 구멍에 들어가도 '딸깍' 하고 쉽게 들어맞을 생각을 하지 않는다. 일단 구멍에 맞춰놓고 사람이 대롱대롱 체중으로 매달려서 온힘을 다해야 들어가게끔 만들어놨다. 최대한 어렵사리 문이 끼워맞춰져야 나중에 헐거워져서 틀어지는 일을 최소화하기 때문이다. 바로 이런 조립과정에서 '톨러런스'라는 중대한 기준이 발생한다.

만약 품질관리 규정에 톨러런스가 '5밀리미터'라고 정의한다면 3~4밀리미터 정도 차이가 나는 건, '불량'은 아니다. 허용치 5밀리미터 안에 들어오는 범위이기 때문에 그까짓 1~2밀리미터 하고 봐줄 수 있다. '통과'다. 통과되는 범위, 바로 '그까이꺼'가 톨러런스, 공차, 허용치이다.

톨러런스라는 단어가 담고 있는 재미난 이야기가 하나 있다. 이 톨러런스, '그까짓 것'은 제조업의 산술적 허용치를 뜻하는 데서 이야기가 끝나지 않고 더 많은 부분을 시사해준다. 이쯤에서 누구나 추측 가능하겠지만 지극히 낮고 좁은 톨러런스 또한 독일제 상품의 좋은 품질에 기여한다. 조금만 어긋나면 불합격이다. 얄짤 없다. 다시 말해 다른 국가의 제조업에서는 '그까짓 5밀리미터 차이'라며 두 눈 질끈 감고 그냥 넘어가주는 수치라고 할지라도, 독일에선 대부분 '불량' 판정이 난다. 즉 독일 밖에서 독일의 품질관리가 없이 만들어진 것들은 독일의 측정치를 들이대는 순간 대부분 폐기 대상이 되어버리고

딴생각

마는 것이다. 톨러런스는 유럽의 역사, 즉 투쟁과 박해의 소용돌이에서 구세주와 같이 탄생한 단어이다.

톨러런스의 어원인 프랑스어 '똘레랑스tolérance'는 종교전쟁과 종교혁명의 역사를 바탕으로 만들어진 유럽에서 '관용'이라는 캠페인적인 의미를 가지고 태어났다. 특히 유럽의 역사는 종교, 계급 등 개인 혹은 집단 간의 '차이'에서 시작되었다. 강자는 약자를 탄압하고 다수는 소수를 억누르며 내가 믿는 것과 다른 것은 철저한 이단이 되어 악이라는 누명을 뒤집어써야 했다. 이 모든 차이가 인정받지 못하고 갈등과 와해를 반복한 것이 유럽의 역사라고 봐도 무방할 것이다. 결국 그렇게 등장한 것이 우리가 서로 다른 존재임을 인정하고 받아들이는 해결책, 나와 다른 남의 생각을 존중하고 인정하는 '관용'의 정신을 품은 똘레랑스인 것이다. 남의 자유와 이념을 존중하고 나와 다름을 철저히 받아들이는 것이 톨러런스의 기원이다.

톨러런스는 이토록 민주주의적이고 세상 간의 다름을 인정하고 받아들이는, 윤활제 같은 단어이다. 근데 역설적이게도 타인을 인정해주는 이 '관용'은 때로 무척 다르게 해석될 수 있는 가능성이 있다. 한마디로 똘레랑스의 또다른 뜻은 '그까이꺼'이다.

"아, 좀 봐줘. 왜 이래 친구끼리."

"살살해."

너무 나아간 감이 있지만, 지나친 관용은 이렇게 오남용
될 수 있다. 그렇게 '관용'이란 이 민주적 단어는 제조업의 '허
용'을 측정하는 단어로 등장했다. 얼마까지 눈감고 '그까이꺼'
라며 봐줄 수 있는지에 대한 기준인 것이다. 독일은 이 허용치
가 거의 제로에 가까워서 치밀하게 만들 수밖에 없다. 이 허용
치를 관장하는 품질관리 부서의 문화는 물론이거니와, 이 국
가 안에 존재하는 0에 가까운 '그까이꺼' 문화는 어찌나 치밀
한지 그 강박증을 보고 있으면 좌절스럽기까지 하다.

　　그런데 또 한 가지 재밌는 것은 독일인들은 자신들의 에
누리 없음을 전혀 인식하지 못한다는 것이다. '독일스럽다'는
국제적인 농담 덕분에 자신들의 지나친 강박증을 어느 정도
인식하고는 있지만 정확히 어떻게 다른지는 잘 알지 못한다.
어쨌든 대다수의 독일인들은 '그까이꺼' 하면서 쉽게 대충 할
수 있음에도 애써 노력해서 더 치밀하고 꼼꼼하게 뭔가를 해
야 직성이 풀린다. 아니, 일부러 애쓰는 게 아니다. 이들은 그
렇게 보고 자라났기 때문에 그렇게밖에 못한다. 에누리를 모
르기에 그렇다.

　　가령 독일에서 기술자를 고용해서 집 안팎의 도움이 필요
할 때를 보자. 전문가의 도움이 매우 절실해 보인다. 타일을 까
는 사람을 고용해서 지하실 공사를 해야 하는데 5일 간의 작
업 견적이 너무 비싸서 작업을 4일 치에 끝내고 좀 싸게 해주
면 어떻겠냐고 묻는다면 백이면 백, 답은 똑같다. 4일 만에 일

딴생각

을 끝내야 한다면 못한다고 단번에 거절한다. 그렇다면 혹시나 눈에 잘 안 보이는 부분이니까 그냥 마감을 조금 싸게 하면 안 되겠느냐고 다른 흥정을 해본다. 그럼 당신도 쉽고, 견적도 싸지지 않겠냐고 말이다. 하지만 역시 백이면 백, 답은 똑같다.

'그렇게 일부러 엉성하게 마감해서 만드는 걸 해본 적이 없어 못한다'고 말이다.

여전히 '그까이꺼'는 없다.

'그까짓 것' 하는 마음을 가지면 안 된다거나, 양심의 가책을 느껴서 우아하게 거절하는 게 아니라 '그까이꺼'의 존재 자체를 모른다. 예약을 하지 않고 식당에 가본 적이 없기에 못하고, 손가락을 베여 피가 뚝뚝 떨어져도 누군가를 밀치고 들어가기보다는 응급실 앞에 줄을 서서 자기 차례를 기다린다. '그까이꺼'를 해본 적이 없으니 융통성을 발휘하지 못한다.

'내 물건처럼 사용합시다', '공중도덕을 지킵시다'처럼 공공장소에 숱하게 등장하는 한국식 표어는 독일이라는 세상엔 아예 존재하지 않는다. '그까이꺼'라면서 공중도덕을 지키지 않는 '일탈'을 해본 적이 도무지 없으니, 실수로 새치기를 하는 것 자체가 스스로에게 무척이나 어색하고 불편한 일일 수밖에 없다. 잘 교육받아 도덕적으로 행동하는 게 아니라 도덕에 어긋나는 일을 하는 것이 뭔지 모르는 것이다. 일상에서뿐이겠는가, 청렴함을 높이 인정받는 독일 정치인들의 모습도 이런 관습의 연장선상에 있는 것이다. 심지어 이들에 대한 칭찬 자체가 이미 어색하다. 왜냐하면 칭찬은 나쁜 일이 뭔지 아는 자들이나 좋은 일을 했을 때 받는 것이다. 죄를 짓던 사람이 개과천선했을 때 '개선되었다'며 인정을 받지, 문제를 일으키는 방법 자체를 모르는 사람은 타인으로부터의 칭찬에 대한 기대가 없다.

구두쇠들이 잘 만든 그깟 물건 하나에 대한 이야기는 이렇게까지 흘러간다.

얼마 전 한국에 있는 지인이 독일에 와서는 독일의 주택에 달린 방탄 문 같은 두께의 문을 보고선 맘에 들어했다. 그리고 어렵사리 문 제작 회사에 의뢰해서 그 문을 구매했다. 한국에 있는 자기 집에 가져다 달겠다고 말이다. '그까이꺼' 문짝 하나인데, 말도 안 되는 무거운 중량 때문에 시간이 꽤나 걸렸다. 마침내 한국에 독일제 문짝이 도착했다. 문을 다는 목수는 한국의 문설주 규격이나 웬만한 해외 규격으로는 이 정도의 방탄 문 같은 독일 문을 버티지 못한다고 했다. 그래서 문설주도 따로 구매할 것을 조언했다. 그래서 지인은 이번에도 좀 귀찮지만, '그까이꺼 좀 두꺼운 문설주'라며 독일의 문 제조사에 문설주를 추가로 구매했다. 거기에서 다 끝날 줄 알았는데, 그저 문만 달면 되는 문제가 아니라서 목수는 건축가를 불렀다. 이번에는 벽의 두께가 얇아서 문설주가 설치될 수가 없단다. 지인은 결국엔 포기했고 짜증난 김에 어느 건축가에게 이렇게 말했다. "아 이런, 내친김에 이 독일 문짝 달게 집을 확 새로 지

어버릴까?" 농담 반 진담 반으로 내뱉은 말이었는데 건축가로
부터 진지한 회신이 왔다고 한다.

"독일의 건축용 시멘트 강도가 국내의 것과 달라 벽의 두
께를 두껍게 맞추어도 벽이 오래 버티질 못한답니다."

손

열정의

온기

몇 학년 때였는지는 잘 기억나지 않는다.

초등학생 시절 가끔씩 선생님과 함께했던 일종의 게임이 있다. 게임을 시작하기 위해서는 먼저 팀을 나누어야 한다. 당시 교실은 크게 네 분단으로 나뉘어 있었다. 한 분단에 둘씩 짝지어 앉은 책상이 대여섯 개 줄지어 있는 전형적인 교실이었다. 한 책상에 두 명씩 네 분단이면 총 여덟 명이니 게임은 여덟 팀이 하게 되었다. 선생님은 각 팀에서 제일 앞에 앉은 녀석들에게 종이에 적힌 긴 문장 하나를 몇 초간 보여준다. 그러면 빠르게 문장을 외워 각자 뒤에 앉은 친구에게 귓속말로 그 문장을 전달한다. 빠르게 옮기되 그 내용은 토씨 하나 틀리지 않고 원본 그대로를 유지해야 한다. 마침내 맨 뒤에 앉은 녀석은 그 문장을 전달받자마자 재빠르게 앞으로 뛰어나온다. 그러고 선 들은 대로, 기억하는 대로 칠판에 옮겨 적는다.

선생님이 적어준 첫 문장은 '영철이가 숲을 지나가다가 넘어졌는데 100원짜리 동전을 발견하고 오른쪽 주머니에 동전을 넣었다'였다. 한 명 한 명 여섯 명을 거치자 이 문장은 기가 막히게 왜곡되어 있었다. 초딩들의 엉성하고 산만한 집중력과 기억력을 고려하면 놀랄 것 없는 결과지만, 사실 이 게임의 묘미는 여덟 팀이 최종적으로 적어내는 각양각색의 답안을 감상하는 데에 있다. '이럴 수도 있구나.' 칠판에 최종으로 적힌 문장은 원래의 의미에서 완전히 벗어나 전혀 다른 문장으로 처참하게 기록돼 있었다.

심지어는 영철이를 철용이로 바꾸어 '철용이는 용돈으로 받은 200원을 잃어버려 왼쪽으로 봤더니 숲이 보였다'라고 적은 팀도 있었다.

이 게임의 목적은 어느 팀이 가장 빠르고 정확하게 처음의 문장을 왜곡 없이 전달하는지를 다투는 것이다. 말로 풀어놓으니 대단할 것 없는 게임 같지만 당시 우리들은 엄청 긴장했다. 우리 팀이 제일 먼저 칠판으로 뛰어나갔으니 다 이긴 게임이라고 생각해 미리 기뻐했는데 맨 뒤에 앉은 친구(주로 나였다)가 칠판에 적어놓은 문장의 내용은 가관인 경우가 많았다. 결국 끝날 때까지 끝난 게 아니었던 것이다. 말은 이렇게 여러 생각의 필터를 관통하고 각자의 입을 거치면 주인공 이름까지 바뀌어버린다. 어린아이들의 어설픈 전달력을 다시 한번 핑계삼아보지만 단 몇 명을 거쳤을 뿐임에도 크게 왜곡된 정보를 맞이한 충격은 여전히 선명하다.

오래전에 했던 그 놀이가 지금도 선명히 떠오르는 이유 중 하나는 아마도 그 놀이에는 특별한 몸짓이 필요했기 때문일 것이다. 선생님이 정한 규칙을 따르기 위한 움직임으로 시작된 놀이는 무언가를 서로 주고받는 과정에서 예상치 못한 변수가 생겨나기 마련이었다. 처음에야 말을 건네받으며 시작했지만, 마지막으로 문장을 전달받은 녀석들은 가장 먼저 칠판 앞에 도착하기 위해 몸싸움까지 해야 했다. 문장을 눈으로 읽고, 몸을 틀어 뒤돌고, 입으로 전달하고, 귀로 듣고, 교실 앞으로 달려나가기까지, 우리를 거친 무수한 감각이 그때의 시간을 기억하고, 땀을 냈던 우리의 몸이 그날의 분주함을 여태껏 담고 있었던 것이다.

이처럼 수많은 몸의 동작들이 생각을 전달하는 언어처럼 쓰인다. 그중 우리가 쉽게 기억할 수 있는 중요한 몸짓 중 진실한 게 또하나 있다. 바로 손짓이다. 손은 이렇게 정직할 수가 없다. 마음이 시켜 무모하게 결정한 일이나 머리가 교활하게 꾸민 일은 손이 먼저 움직여준다. 결국 나쁜 일도 손이 도맡아 저지르고, 곧은 생각도 손이 쓴다. 심지어 마음은 싫다고 거절할까 말까를 어렵사리 고민중인데 이 방정맞은 내 손은 이미 상대를 향해 주책스럽게 손사래를 치고 있다. 나도 미처 몰랐다. 내가 이미 손사래를 치고 있는 줄은. 나는 애써 내 손을 접어넣어야 했다. 손은 참 눈치가 없다. 한마디로 손은 생각보다 더 적극적이며 대범하고 솔직하다.

사람들은 당장 살기 위해 손이 발이 될 때까지 빈다. 두 손을 비비면 누군가의 용서를 받을 수 있다고 누가 가르쳐준 적도 없는데, 무조건 두 손을 싹싹 빌어 용서를 구해본다. 손은 가장 진실하기에 손이 닳도록 빈다는 것은 모든 걸 내려놓고 잘못을 인정하는 것이다.

누군가는 소원을 빌고, 누군가는 아이의 수능시험 고득점을 위해, 애처로운 누군가는 집 나간 가족을 위해 두 손을 모은다. 종교가 없을지라도 천지신명에게 모든 걸 맡기고 간청할 때는 누구라도 두 손을 가지런히 합장하며 진실해진다. 이 또한 누구와 특별한 약속 없이도 가장 간절하고 숭고하게 나를 이끄는 순간이 된다. 손짓은 이렇게 진실됨을 넘어 시공을 초월한다. 숭고한 몸짓이다.

고민고민하며 그려본 아이디어도 결국 맘에 들건 안 들건 손이 그린다. 맘에 들 때까지 쓰고, 맘에 들 때까지 다시 그리는 일. 손은 마다 않고 움직인다. 맘에 들 때까지 함께 해준다. 글을 쓰고 차를 그린다. 맘에 안 든다며 종이를 찢어버리고 다시 그려도 군소리 없다.

그렇게 움직임은 진실이다. 그리고 손은 내 생각 옆에 언

딴생각

제나 놓여 있는 펜과 다름없다.

한때 허리병이 도져서 수술을 받기 전 최후의 방편으로 어느 유명한 지압사를 만나게 된 일이 있다. 선천적 시각장애를 가진 분이었다. 그분 덕에 수술 없이 허리를 치료할 수 있었다. 하지만 짧지 않은 시간 동안 내 몸은 이리 젖혀지고 저리 젖혀져야 했다. '차라리 수술이 더 편할 수도 있지 않을까' 하는 생각이 들 만큼 나의 아픈 부위는 그의 엄지 아래에서 식은땀이 날 만큼 자극되고 달래지기가 반복되었다. 어쩜 그렇게 아픈 곳만 딱딱 짚는지, 신기할 정도였다. 그분은 하느님이 자신에게 앞을 볼 수 있는 능력 대신 남들과 다른 손을 주셨다고 말했다. 또, 손을 대지 않고도 아픈 기운을 느낄 수 있는 능력은 축복이라고도 했다. 그리고 덧붙이길, 만약 이 정교한 손 대신 다른 이들처럼 앞을 볼 수 있었다면 지금보다 만족스러운 삶을 살았을지 그건 장담할 수 없다 했다. 그의 어두운 시력을 하느님의 축복이라 함부로 말할 수는 없지만, 다른 이의 아픔을 달래는 그의 뛰어난 손은 분명 축복받은 능력 중 하나였다.

밥알을 움켜쥐고 몇 알을 쥐었는지 정확히 맞히는 초밥집 주방장의 신험한 능력도 그의 손짓이 만들어낸 특별한 기술이다. 한 코 한 코 스웨터를 뜨던 어머니의 손놀림도 사랑을 영글어내고 따뜻함을 만들어냈다. 할머니 손은 약손이라며 배를 쓰다듬으면 배탈이 금세 나았던 것은 할머니의 손이 부린 마법이었다. 심지어 엄살을 부렸을 때도 그 신비한 할머니 손길

딴생각

앞에선 엄살조차 사라지고 말았다.

●

　예술가의 손끝에서 탄생하는 예술 작품. 예술과 맞서 등장하는 과학. 그 사이에서 철학은 그 둘의 원리를 낱낱이 파헤친다. 하지만 근대에 이르면서 분야마다 각자의 길을 걷느라 서로의 유기성에 대해 무신경해지기 시작했다. 하지만 한 가지 분명한 것은 예술은 과학과 달리 손짓에 많이 의지한다는 점이다. 예술의 상당 부분은 연거푸 깎고 칠 위에 다시 그려내고 만드는, 많은 생각들을 손으로 옮기는 일이다. 새로운 공식에 의해 과거의 것이 종적을 감추는 과학과 달리 손이 이루어낸 예술품들은 시대를 지나도 오랜 생명을 얻는다. 새로운 이론이 등장하는 순간 진실이 새롭게 규정되어 오랜 것을 아낌없이 버리는 과학과 예술이 다른 지점도 바로 여기다.

　르네상스 시절 등장한 원근법은 그림 속에서 '매직아이' 같은 마법을 부리기 시작했다. 멀리 있는 것을 화폭 속에 조그맣게 그려넣으면, 정말 멀리 있는 것처럼 보이는 환영이었다. 반면 르네상스 이전 시절 활약한 조토 디 본도네Giotto di Bondone와 같은 화가들은 원근법에 대한 지식이 없었다. 그래서 그 시대의 그림을 들여다보면 기술적인 관점에서 어색해 보이는 부분이 적지 않다. 그럼에도 이는 르네상스 이전 작품의 회화적 가치를 상쇄하지 않는다. 오히려 예술적 가치는 더 높아진다. 디지털 기술 덕분에 마법 같은 예술품이 등장했을지라도 여전히 우리는 신기술의 힘을 빌린 작품의 예술적 무게를 쉽게 인정하지 못한다. 오히려 진실한 몸짓에 의해 완성된 예술품, 뜨거운 손의 분주함에 의지해야 했던 것들이 더 큰 힘을 얻게 되었다.

다빈치의 왼손, 피카소의 붓, 그리고 셰익스피어의 펜은 진실한 그들의 손에 의지한 덕에 영원한 생명을 얻었다. 시스타나 성당의 천장화로 잘 알려진 천지창조는 미켈란젤로가 천장에 매달린 채 수년간 손으로 그려야 했다는 사실 하나만으로도 경이를 자아낸다.

선생님이 첫번째 학생에게만 보여준 종이에선 분명 '영철'이었지만, 입에서 입을 거치고 우리의 분주한 몸짓을 지나 맨 뒤에 앉은 녀석에게 도착했을 땐 엉뚱하게도 '철용'이가 되어 있었다. 하지만 그때의 기억은 가장 또렷한 몸짓으로 기억되었다. 비록 오답이기는 했지만 칠판에 '철용'이라 적던 그날의 분필 가루로 하얗게 된 그 '손'은 지금도 잊지 못한다.

딴생각

아버지와 함께

딴생각

유럽 17년 차 디자이너의 일상수집

ⓒ 박찬휘 2022

초판 1쇄 인쇄 2022년 7월 17일
초판 1쇄 발행 2022년 7월 27일

지은이 박찬휘

편집 김윤하 이희연 이원주 신정민 ｜ **디자인** 김이정 ｜ **마케팅** 김선진 배희주
저작권 박지영 형소진 이영은 김하림
브랜딩 함유지 함근아 김희숙 안나연 박민재 박진희 정승민
제작 강신은 김동욱 임현식 ｜ **제작처** 한영문화사

펴낸곳 (주)교유당 ｜ **펴낸이** 신정민
출판등록 2019년 5월 24일 제406-2019-000052호

주소 10881 경기도 파주시 회동길 210
문의전화 031.955.8891(마케팅) 031.955.2680(편집) 031.955.8855(팩스)
전자우편 gyoyudang@munhak.com

인스타그램 @thinkgoods ｜ **트위터** @thinkgoods ｜ **페이스북** @thinkgoods

ISBN 979-11-92247-28-1 03800